Doris Bezler
Dunkler Zwilling

Doris Bezler

Dunkler Zwilling

Thriller

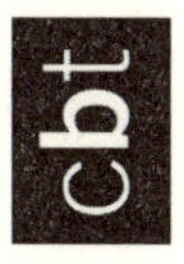

cbt ist der Jugendbuchverlag
in der Verlagsgruppe Random House

Verlagsgruppe Random House FSC® N001967
Das für dieses Buch verwendete FSC®-zertifizierte
Papier *Super Snowbright* liefert
Hellefoss AS, Hokksund, Norwegen.

Gesetzt nach den Regeln der Rechtschreibreform

1. Auflage 2013

Lektorat: Silvia Schröer
Umschlaggestaltung: init. Büro für Gestaltung,
Bielefeld
Umschlagfotos: © plainpicture/Mia Takahara
MI · Herstellung: KW
Satz: KompetenzCenter, Mönchengladbach
Druck: GGP Media GmbH, Pößneck
ISBN: 978-3-570-16269-9
Printed in Germany

www.cbt-jugendbuch.de

Prolog

Der Mond glänzte am Himmel wie ein alter, fleckiger Silberteller. Sein fahles Licht verwandelte die Landschaft in ein unwirkliches Schattenreich. Maurice sah sich vorsichtig um. Eigentlich kannte er sich gut aus in dieser Gegend. Bei diesem gespenstischen Licht wirkte jedoch alles fremd. Er hatte die Abkürzung durch das Wäldchen genommen und schaute nun von einer kleinen Anhöhe aus über die dicht bewachsenen Felder hinüber zu den ersten Häusern der Siedlung.

Irgendwo dort musste die S-Bahn-Haltestelle sein. Es passte zu diesem Mädchen, dass sie ihn heute dorthin bestellt hatte. Vollmond. 13. August 2011. Wunderbar! Vollmond an einem Dreizehnten. Das ist magisch! Da soll es geschehen! Ja, so hatte sie sich das wohl vorgestellt, dieses *Es*. Das konnte sie haben. Lange schon hatte er sich in wilden Träumen ausgemalt, wie *es* sein würde mit ihr. Einen ausgeklügelten Plan hatte er sich zurechtgelegt, wie er sie herumkriegen könnte und war mit wohligen Gedanken unter ihrer Kleidung spazieren gegangen. Er wusste auch schon, wo *es* stattfinden würde und war völlig überrascht gewesen, als die Initiative plötzlich von ihr ausging. Aber so war sie nun mal. Unberechenbar! Genau das war das Aufregende an ihr.

Ein sanftes Kribbeln durchrieselte ihn. Er stellte sich vor, wie ihre zarte Zeigefingerspitze über das Display ihres Smartphones huschte. *13. August, Mitternacht, Modertal. Ikd.* Die Blicke ihrer schwarz bewimperten Augen hoben sich. Es war eine irre Angewohnheit von ihr, den SMS nachzuschauen, als könne sie sehen, wie sie sich durch die Luft auf den Weg machten. Wahrscheinlich hatte sie noch eine Kusshand nachgeschickt und dann zufrieden gelächelt, wie eine Fee nach einem gelungenen Zauber. Maurice lachte still in sich hinein und schüttelte den Kopf. Ein verrücktes Mädchen war sie! Für 14 Jahre ganz schön weit! Viel weiter als die anderen Girlies in seiner Klasse. Und er war verrückt nach ihr. Launisch war sie. Er schaute hinauf zum Himmel. Launisch kommt von Luna, hatte der alte Deutschlehrer vor den Ferien mit hintergründigem Grinsen erklärt und zu ein paar Mädchen geschaut, die sich gerade heftig anzickten. Luna nannten die alten Römer den Mond, der für sie eine weibliche Gottheit war. Warum fiel ihm das jetzt wieder ein? Eigentlich hätten ihre Eltern sie besser Luna nennen sollen. Er beschloss für sich, das ab sofort insgeheim zu tun. Luna konnte manchmal eine üble Zicke sein. Aber sie war auch eine Schönheit. Viele Jungs in der Schule waren scharf auf sie. Doch sie wagten es nicht, das offen zu zeigen. Dafür hatten sie viel zu viel Respekt vor Maurice.

Er straffte die Schultern. In der Stille der Landschaft ertönte plötzlich ein anschwellendes Rauschen. Hinter den nachtschwarzen Halmen der Maispflanzen raste eine Kette hell beleuchteter Fenster vorbei. Nur in wenigen konnte man die Umrisse von Fahrgästen erkennen. Er kniff die Augen zusammen. Kam sie mit diesem Zug oder hatte sie sich zu Fuß auf den Weg gemacht wie er? Wenn es ein Mädchen gab, das keine Angst hatte, nachts alleine durch den dunklen Wald zu laufen, dann sie! Aber eigentlich hätte er sie dann auf dem Weg bemerken müssen. Oder versteckte sie sich vor ihm und wollte ein Spielchen mit ihm treiben? Zuzutrauen wäre es ihr!

Hinter ihm knackte plötzlich ein Zweig. Maurice schreckte zusammen. Dann entspannte er sich wieder. Wenn sie es war, die dort durch das Gehölz schlich, würde er den Spieß umdrehen und ihr erst mal einen schönen Schrecken einjagen. Ihre Geisterstunde konnte sie gerne haben. Und noch viel mehr!

Lautlos glitt er hinter einen breiten Baumstamm. Jetzt konnte er deutlich hören, wie sich jemand mit vorsichtigen Schritten einen Weg durch das trockene Laub bahnte. Dann trat die Gestalt in sein Blickfeld. Der Mond übergoss sie mit silbrigem Licht und ließ die Blässe ihrer Haut hell aufleuchten. Maurice brach schnaubend aus der Deckung.

»Du siehst aus wie ein Untoter. Was machst du hier?«, fauchte er.

Die Gestalt fuhr herum. In ihren Augen flackerte Angst. »Ich hatte dich auf einmal nicht mehr gesehen und dachte schon, ich hätte dich verloren«, wimmerte ein zartes Stimmchen.

»Wieso schleichst du mir nach?«, knurrte Maurice.

Jetzt glitzerten Tränen in dem spitzen Mausegesicht. »Ich wollte doch nur wissen, wo du hingehst. Ob du vielleicht rüber zur S-Bahn willst, um abzuhauen. Du hattest mir versprochen, mich mitzunehmen, wenn du gehst!«

Maurice schüttelte den Kopf. Etwas versöhnlicher sagte er: »Ich will doch gar nicht weg. Noch nicht.«

»Aber du hast gesagt, es wird dir langsam zu viel hier. Du willst weg, nur noch weg, hast du zu Annalena gesagt.«

»Ah, belauschen tust du mich auch? Das ist nicht okay!«

Die dunklen Augen schimmerten in dem weißen Gesichtchen wie nasse Steine. Dazu flüsterte es, als käme es von irgendwoher, nur nicht aus diesem Mund, dessen Lippen eher zitterten als Worte formten: »Du bist so anders geworden. Ich hab Angst um dich!«

Maurice lachte auf. »Und da willst *du* mir helfen? Ausgerechnet *du*? Mach dich mal locker! Es ist nichts weiter. Ich hab bloß eine harmlose Verabredung.«

Ein erleichtertes Aufatmen war die Antwort. Dann entstand um den schmallippigen, kleinen Mund ein bitterer Zug. »Du gehst also schnurstracks hin, wenn sie sich mit dir treffen will? So wichtig ist sie dir? Jede Wette, dass du wegen mir nicht mitten in der Nacht hierher gekommen wärst!«

Maurice lachte herb. »Bist du eifersüchtig, oder was? Wenn ich mich hier mit meiner Freundin treffen will, dann geht dich das gar nichts an.« Die Gestalt zuckte bei der barschen Abfuhr zusammen. Maurice bemühte sich um einen sanfteren Ton. »Es ist besser, wenn du wieder nach Hause gehst. Ich kann dich hier wirklich nicht gebrauchen. Wenn du willst, können wir morgen was zusammen machen.«

»Ins Kino?«, kam es hoffnungsvoll.

»Wenn du magst«, brummte Maurice.

Ein heftiges Nicken war die Antwort.

Maurice sog schnaubend die Luft ein. »Die Bedingung ist, dass du jetzt schnell verschwindest!«

Die Gestalt wandte sich auf der Stelle um und lief in Richtung der Bäume. Bevor sie ins Unterholz schlüpfte, drehte sie sich noch einmal um und hob die Hand in seine Richtung. »Wir treffen uns dann morgen in Mittelerde. Versprochen?«

Maurice hob ebenfalls die Hand und nickte. »Versprochen«, sagte er gedehnt.

Jetzt verschwand die kleine Gestalt endgültig und Maurice atmete sichtlich auf.

Wenig später stand er am Bahnsteig. Niemand sonst war dort zu sehen. Er zog sein Handy hervor. Es war zehn Minuten vor Mitternacht. Die nächste Bahn würde erst in einer halben Stunde kommen. Pünktlich könnte Luna also nicht mehr eintreffen. Aber wann sind Mädchen schon einmal pünktlich? Er schrieb ihr eine SMS. *Wo bist du?*

Die Antwort kam sofort. *Komme gleich. Wart auf mich! Bin ganz scharf. Ikd.*

Maurice runzelte die Stirn. Etwas machte ihn misstrauisch. Sie war ein verrücktes Huhn. Aber SMSen dieser Art passten nicht zu ihr. Hatte sie gekifft?

Er wählte ihre Nummer. Es läutete. Dann wurde die Verbindung unterbrochen. Maurice starrte ärgerlich auf das Handy. Schließlich ließ er es zurück in seine Tasche gleiten. Na gut, er würde noch die nächste Bahn abwarten. Aber dann würde er sich wieder auf den Heimweg machen. Er hatte keine Lust mehr auf ihre magischen Spielchen. Sie las zu viele dieser irren Vampirromane. Er schaute sich suchend um. Keine Menschenseele weit und breit!

Und wenn die SMS von einer anderen Person kam? War das möglich? Luna war nicht nur launisch, sondern zuweilen auch sehr zerstreut. Wie oft suchte sie ihr Handy? Aber warum sollte jemand ihn auf diese Weise hierher bestellen? Mit bösen Absichten? Am Ende war es gar ...? Nein, das war nicht möglich! Völlig absurd! So absurd, dass Maurice böse lächelnd den Kopf schütteln musste. Eine finstere Heiterkeit breitete sich in ihm aus. Niemals! Das würde der nicht wagen! Maurice legte die Hände wie einen Trichter vor den Mund und rief: »Hey, altes Monster, bin *ich* jetzt das Problem für dich? Komm raus aus der Deckung, du feige Sau! Ich habe keine Angst vor dir! Es ist mein Leben! Meines ganz allein!« Seine letzten Worte brachte er nur noch schluchzend hervor.

Wütend wischte er sich über die Augen. *Reiß dich zusammen, Maurice.* Erneut ließ er die Blicke über den menschleeren Bahnsteig wandern und blieb an dem Schriftzug der Haltestelle hängen, der schwarz auf weiß in großen Blockbuchstaben an der Wand des kleinen Bahnhofsgebäudes angebracht war. Plötzlich kam ihm eine Idee. Maurice tastete in den

Taschen nach dem Stift. Er war da. Ein dicker schwarzer Permanentmarker! Ein Muss für jede Schülertasche, wenn man auf Schulbänken oder an den Wänden des Schulklos Schriftzüge übermalen, ergänzen oder neu anbringen musste. Auf Zehenspitzen und mit weit ausgestrecktem Arm machte er sich ans Werk. Dann trat er einen Schritt zurück und musterte zufrieden das Ergebnis. Die Aufschrift »Modertal« war durch zwei Pünktchen über dem »o« und ein von oben eingeflicktes »r« in »Mördertal« umgewandelt worden. Super! Das passte! Dieses Arschloch sollte wissen, was er von ihm hielt.

Hoffentlich saß Luna in der nächsten Bahn. Sie musste ihn unbedingt auf andere Gedanken bringen. Wobei das gar nicht mehr so einfach war, seit die alte Hexe ihn völlig aus dem Takt gebracht hatte. Immer wieder sagte er sich, dass er ihrem Gefasel keinen Glauben schenken sollte. Aber ein nagender Zweifel war geblieben.

Neulich hatten sie in der Schule ein Gedicht gelesen:

Der Tod ist groß.
Wir sind die Seinen
lachenden Munds.
Wenn wir uns mitten im Leben meinen,
wagt er zu weinen
mitten in uns.

Er hatte diese Zeilen sofort auswendig wiederholen können. Sie ließen ihn nicht mehr los.

Vor ein paar Wochen hätte er die Alte lachend davongejagt. Vor ein paar Wochen war er ein völlig anderer gewesen.

Maurice' Blicke wanderten das Silberband der Schienen entlang. Sie waren glatt und blank und verloren sich im Dunkel einer fernen Zukunft. Was für ein magischer Vergleich! Hier stand er als kleiner Punkt auf einer gewaltigen Zeitschiene, deren Endstation er nicht kannte. Zugegeben, es gab ihm einen gewissen Kick, darüber nachzudenken, ob man sein Leben riskieren wollte als Einsatz in einem Spiel, dessen schicksalhafte Regeln man sich selbst ausgedacht hatte: Wenn der Zug vor der Zeit einfährt, springe ich. Wenn er pünktlich oder verspätet ist, bleibe ich stehen. In der Regel gab es immer zwei Möglichkeiten, ein Problem zu lösen. Manchmal war der radikale Schnitt die bessere Alternative. Man war sein Leben los, aber auch alle Probleme auf einen Schlag. Wie sollte man sich entscheiden? Besser man zwang das Schicksal, es für einen zu tun! Es hatte einen grausamen Reiz, dieses kleine russische Alltagsroulette! Zwei Möglichkeiten! So ähnlich, wie man die Blütenblätter einer Blume rupft: Sie liebt mich. Sie liebt mich nicht. Es war wie das Nerven zerfetzende »Entweder-Oder«-Spiel, das seit einigen Wochen sein Leben bestimmte. Knöchlein oder Fingerchen? Was weiß die alte Hexe? Ich springe. Ich springe nicht. Im Dunkel tauchten wie glühende Augen die Lichter des Triebwagens auf. Ein Monster im Veitstanz!, dachte er. Immer größer wurden die Lichtkegel. Ich springe, ich springe nicht …

Mittwoch, der 2. Januar 2013

Frohes neues Jahr, Max! LOL! Gratulation, das hat richtig super angefangen! Voller Griff ins Klo! Gestern war einer der härtesten Tage meines Lebens! Nicht körperlich. Es tut einfach scheiße weh, wenn man plötzlich die Wahrheit erfährt. Es ist, als würde dir jemand mit einem Stilett ins Herz stechen und noch ein bisschen hin und her drehen, damit es richtig durchzieht. Dabei kenne ich noch nicht mal die ganze Wahrheit, nein, die leider immer noch nicht. Damit rücken sie nicht heraus, trauen sich wohl nicht. Oder sie wissen wirklich nichts. Egal …
Eigentlich schreibe ich wegen etwas ganz anderem. Wegen der Briefe und weil ich Angst habe. Es gibt merkwürdige Ungereimtheiten im meinem Leben, die keine Zufälle sein können. Und merkwürdige Drohungen, die ich mir nicht einbilde. Ich hatte mir echt schon überlegt, ob ich damit nicht zur Polizei sollte. Aber ich ahne schon, was die sagen würden: Alles normal. Mobbing und geheime Drohungen gehören zum Schulalltag. Dumme-Jungen-Streiche! Das hört auch wieder auf!
So was in der Art würden auch meine Eltern sagen. Aber die wären im Moment eh die Letzten, an die ich mich wenden könnte. Die sind Meister in dem Triathlon

»Aushalten, Anpassen, Abwarten«, wie sie mir gestern wieder mal bestens bewiesen haben.
Ich bin also erst mal allein mit meinen Problemen. Echt allein! Wenn ich über das alles reden will, muss ich es mit mir selbst tun. Deshalb also dieses Tagebuch – auch wenn ich kein geübter Tagebuchschreiber bin und so was eigentlich nur für Mädchen ist. Ich brauche jemandem, dem ich sagen kann, welche Scheißangst ich manchmal habe! Was ist, wenn das alles erst der Anfang ist, wenn sich mein Feind im Dunkeln langsam steigert? Die Mafia macht das doch auch so. Sie schicken dir erst einmal einen toten Fisch, dann nageln sie dir deinen toten Hund an die Haustür und dann geht es dir selbst an den Kragen. Den toten Fisch hatte ich schon. Der lag vor den Weihnachtsferien in meinem Schließfach in der Schule. Wohlgemerkt in dem Schließfach, zu dem nur ich den Schlüssel habe! Ich habe das widerlich stinkende Teil unauffällig entsorgt, was gar nicht so einfach war. Seitdem habe ich eine Todesangst um Schorsch. Das ist mein Cockerspaniel, den ich nicht mehr aus den Augen lasse. Seit die Weihnachtsferien angefangen haben, bekomme ich diese merkwürdigen Briefe, in denen immer derselbe Satz steht. Keine Ahnung, wer Grund hat, mir so was zu schreiben.
Immerhin habe ich eine Chance herauszufinden, wer hinter der Sache mit dem Fisch steckt. Es muss jemand sein, der an den Generalschlüssel für die Schließfächer kommt. Jonas? Das würde dem Oberwitzbold unserer Klasse ähnlich sehen, sich einen so saudummen Scherz auszudenken. In diesem Fall habe ich

dem Vollpfosten durch mein Schweigen leider die Pointe genommen.
Aber was, wenn es nicht Jonas war und der Fischetäter identisch mit dem Briefeschreiber ist? Die Briefe kann man eigentlich nicht mehr unter »Joke« einordnen. Das geht eine Nummer zu weit! Wenn ich herauskriege, wer das ist, hat der ein Problem, aber hallo! Manchmal denke ich, es ist nur jemand, dem es Spaß macht, anderen einen Schrecken einzujagen, und dass ich unter Verfolgungswahn leide. Es gibt aber auch Momente, in denen ich nicht so gut drauf bin und dann denke ich, da gibt es eine ganz schräge Gestalt, einen fürchterlich abgedrehten, gefährlichen Typ, der kein anderer ist als Maurice' Mörder und der nichts anderes will, als mich daran zu hindern, ihn zu finden. Der Hauptgrund, warum ich ab heute Tagebuch schreibe, ist also, dass ich diese ganze unmögliche Story zu Papier bringen werde. Ich werde mich nicht kirre machen lassen, sondern weiter nachforschen. Anscheinend bin ich durch mein Stöbern in Maurice' Leben jemandem sehr nahe gekommen (ohne es zu ahnen). Ich lass mich nicht aus der Spur bringen, und ich werde keine Ruhe geben, bis ich endlich die Wahrheit herausgefunden habe! Das ist das Einzige, was ich jetzt noch für Maurice tun kann. Er hat so viel für mich getan. Das klingt ein bisschen gaga, aber das ist echt so: Maurice ist inzwischen so was wie mein Schatten, immer in meiner Nähe. Er redet mit mir von irgendwo aus dem Orbit, wir denken gemeinsam nach. Er ist und bleibt mein dunkler Zwilling. So, und jetzt schön der Reihe nach.

Zuerst mal zu mir. Ich bin 15 Jahre alt und heiße Maximillian Friedhelm Wirsing. Brüller! Ja, ich weiß, mein Name ist so etwas wie eine Mobbing-Garantie. Vor allem, wenn man dann noch so aussieht wie ich, jedenfalls wie ich aussah, damals, letzten Sommer. Ich lege mal ein Foto von mir bei, das meine Mutter gleich am ersten Tag hier vor unserem »neuen« Heim geschossen hat. Ich steh da wie ein Fragezeichen, dünn und spillerig. Knochige Knie beulen sich aus viel zu weiten Shorts. Shorts, die meine Mama selbst genäht hat – sozusagen mit »homemade by Mama«-Label. Oberpeinlich! Dazu Kniestrümpfe und Turnschuhe. Kinnlange Spaghettihaare! Hornbrille! Voll der Lauch! Ich muss mich wirklich nicht wundern, warum die damals solche Gesichter gemacht haben, als ich als Neuer vor der Klasse stand. Im Nachhinein muss ich sagen, war das schon obernett von ihnen, dass sie mir nichts getan, sondern mich einfach nur links liegen gelassen haben.
Letzten Sommer also, genauer gesagt im Juli, bin ich mit meinen Eltern nach Modertal gezogen. Ich kannte das schon von Besuchen bei meiner Oma. Kleiner Vorort. Inzwischen mit S-Bahn-Anschluss. 30 Minuten Takt. 30 Minuten bis zur Innenstadt. Das geht gerade noch, um sich nicht völlig wie auf dem Kaff zu fühlen. Oma wohnt in einem hundert Jahre alten Siedlungshäuschen aus Backsteinen, die inzwischen mehr schwarz als rot sind. Überhaupt sehen Haus und Garten bei ihr ziemlich vergammelt aus. Das fällt besonders auf, weil sämtliche Nachbarn rundherum ihre Häuser verputzt und die Gärten mit Formschnitt und

Gartenzwergen spießermäßig voll aufgerüstet haben. Bei meiner Oma wuchern die alten Obstbäume und die Brombeerhecken vor sich hin. Es gibt sogar noch einen Hühnerstall mit Hühnern, was die Nachbarn längst nicht mehr haben. Die gehen in den Supermarkt, kaufen Bioeier und beschweren sich fürchterlich, wenn sich mal eines von Omas Hühnern zu ihnen zwischen die Rosen verirrt. Als Kind war es für mich das Paradies. Überall konnte ich Löcher graben und Hütten bauen. Das hat nie jemanden gestört. Eine meiner zusammengenagelten Bretterbuden steht sogar heute noch.

Weil meine Oma nicht mehr so gut alleine zurechtkommt, haben meine Eltern also beschlossen, raus aus der Stadt zu ihr nach Modertal zu ziehen. Das ist aber nur die halbe Wahrheit und typisch für meine Eltern. Halbe Wahrheiten sind ihre Spezialität! Das, was wehtun könnte, wird ausgeblendet. Wahrheit light – sozusagen. Meine Oma ist eigentlich noch ziemlich fit für ihre bald 76 Lenze. Nur Getränkekästen schleppen oder Hecken schneiden ist nicht mehr ihr Ding. Meine Eltern konnten, ehrlich gesagt, die Miete in unserer alten Wohnung in der Innenstadt nicht mehr bezahlen. Mein Vater ist Bauingenieur. Seine Firma ging pleite. Er hat über ein Jahr lang Bewerbungen geschrieben. Meine Mutter ist gelernte Kostümschneiderin. So was braucht heute auch kein Mensch mehr. Sie arbeitet jetzt an der Kasse bei einem Supermarkt in der Stadt. Mein Vater ist immer noch zu Hause und macht dort meine Oma verrückt, weil er ständig was zu zimmern, zu hämmern und zu bohren findet.

Moment! Was schreibe ich da eigentlich alles auf? Und auch noch mit der Hand in dieses große, leere Buch? Hallo? Wie gruftig ist das eigentlich? Okay, mein Laptop ist leider völlig im Eimer. Und es gibt, wie gesagt, kein Geld, um ein neues zu kaufen. Internet hat Oma eh nicht. Und dass ich das hier nicht an einem Computer in der Schule schreiben kann, versteht sich ja wohl von selbst! Aber muss ich jetzt so in aller Ausführlichkeit etwas aus meinem Leben vorheulen? Sollte ich mich nicht besser kürzer fassen und nur die Facts auflisten? Nein, das geht nicht! Wer immer das hier einmal – aus welchem Grund auch immer – zu lesen bekommt, der sollte einfach auch möglichst viel von mir als Person wissen, weil er oder sie mich persönlich eventuell nicht mehr fragen kann. Weil ich dann nämlich tot bin! Tot wie Maurice. Ich bin der festen Überzeugung, dass es kein Selbstmord war, sondern Mord! Und zwar, weil er etwas aufgestöbert hat, dem auch ich auf der Spur bin. Deshalb wollen die mich auch drankriegen. Dummerweise habe ich keine Ahnung, wer »die« sein könnten. Auch deshalb habe ich dieses Buch angefangen, um mir selbst Überblick und Klarheit zu verschaffen. Vielleicht habe ich ja irgendwann beim Durchlesen plötzlich einen Flash. Vielleicht bist ja sogar du es, Chiara, die das alles liest. Ich hatte ernsthaft überlegt, ob ich nicht dir dieses Tagebuch zur Aufbewahrung geben sollte. Aber es gibt zwei Gründe, warum ich das nicht tue. Erstens könntest du es dann heimlich lesen und von mir denken, ich sei voll der Psycho und zweitens habe ich echt Angst, dich damit in Gefahr zu bringen, und das

möchte ich auf keinen Fall! Wenn ich diese Hintergründe über mich also jetzt so genau schildere, so tue ich das, damit du eines Tages verstehst, wie alles gekommen ist. Eines auf jeden Fall sage ich hier klipp und klar: Ich habe keine Gründe, mich umzubringen! (Genauso wenig wie Maurice!)
Zugegeben, es gab Zeiten, da habe ich manchmal an so was gedacht. (Und wer tut das nicht mal?) Wenn es in der Schule weiter bergab ging, wenn sie mich wieder mal gemobbt und ausgelacht haben, wenn meine Eltern sich tagelang wegen dem Scheißgeld angeschrien haben usw. Solche Phasen hat wohl jeder irgendwann. Doch seit ich dich kenne, ist das alles anders geworden! Du bist ein Supermädchen! Ich glaube, ich bin seit einiger Zeit sogar voll verknallt in dich. Alle sagen, du würdest in mir nur so eine Art Ersatzbruder sehen. Ich hoffe sehr, dass das nicht der Fall ist! Und dass ich in diesen öden Ferien zu Hause herumhänge und dich nicht sehen kann, weil du in Italien Urlaub machst, ist auch ein Grund, warum ich jetzt in dieses Buch schreibe. Ich sitze gerade eingemummelt im Bett. Die Heizung ist aus, wir müssen sparen und –

Die alte, geschwungene Türklinke senkte sich quietschend. Max sah hoch. Schorsch, der ausgestreckt auf dem Bettvorleger geschlafen hatte, setzte sich auf und spitzte die Ohren, so weit das bei seinen langen Schlappohren möglich war. Max ließ Buch und Schreibstift schnell unter die Bettdecke verschwinden. Der graue Haarschopf seiner Großmutter schob sich vorsichtig durch den Türspalt.

»Oh, ich dachte, du schläfst. Es war so still«, sagte sie, schloss leise hinter sich die Tür und trat mit einem Schritt an sein Bett, das unter der Dachschräge den größten Teil des Zimmers einnahm. Der Cockerspaniel umtänzelte sie schwanzwedelnd. Sie streichelte ihm sanft über das goldbraune Fell.

»Bin gerade wach geworden«, erklärte Max.

Frau Wirsing betrachtete ihren Enkel, wie er da mit angezogenen Beinen im Bett saß und entdeckte eine Ecke des Buches, die unter der Bettdecke hervorlugte. Sie ließ sich nichts anmerken. »Du solltest noch einmal in aller Ruhe mit ihnen reden! Wenn du willst, komme ich dazu.«

Max zog die Decke bis zum Kinn. »Es gibt nichts mehr zu reden! Ich weiß jetzt Bescheid. Und es erklärt auch so manches!«, verkündete er düster, rollte sich mit dem Gesicht zur Wand und zog die Decke über die Ohren. Das Buch knisterte. Max rückte es unauffällig zurecht.

Frau Wirsing, senior, verzog schmerzlich das Gesicht. »Wie meinst du das? Was soll es erklären?«

»Dass sie so oft Zoff mit mir haben, dass sie mich nicht verstehen, dass sie mich mit dem Taschengeld so knapp halten, dass es in dem Scheißhaus kein Internet und keinen vernünftigen Computer gibt, dass es …«

»Nun mach aber mal halblang«, brauste die Großmutter auf. »So was kommt überall vor. Als dein Vater so alt war wie du, da …«

Max setzte sich mit einem Ruck auf. Mit wutverzerrtem Gesicht herrschte er sie an, wie er es noch nie getan hatte: »Mein Vater? Wer bitte schön? Mein Vater? Du weißt nicht, was mein Vater in meinem Alter getan hat, du weißt nur, was dein Sohn, dieser verlogene Schrottbastler in meinem Alter getan hat! Und das interessiert mich nicht!«

Die Großmutter war entsetzt einen Schritt zurückgewichen. »Max, du versündigst dich«, flüsterte sie. »Das kannst du nicht so meinen! Das sagst du jetzt nur, weil du so verletzt bist. Ich verstehe das. Aber du musst auch verstehen, dass deine Eltern ...«

»Nein!«, brüllte Max. »Sag nie wieder ›deine Eltern‹ hörst du? Und jetzt geh raus und lass mich endlich in Ruhe! Lasst mich doch endlich alle in Ruhe!« Max drehte sich mit einer heftigen Bewegung wieder zur Wand.

Über das Gesicht der alten Frau rannen Tränen. Ihre Hände hoben sich in einer hilflosen Geste und senkten sich wieder. Schorsch winselte und kratzte an der Tür. »Ich lass ihn mal raus in den Garten«, sagte sie mit leiser Stimme und griff nach der Türklinke.

Mit einem Satz war Max aus dem Bett und drückte gegen die Tür. Schorsch verkroch sich mit eingezogenem Schwanz unter dem Schreibtisch. »Nein!« rief Max. »Du lässt Schorsch nicht mehr allein in den Garten! Hast du gehört?«

Die alte Frau Wirsing sah erschrocken zu ihrem Enkel auf, der sie um mehr als einen Kopf überragte. Ihre runzeligen Lippen zitterten, als sie sagte: »Aber der muss doch einmal raus, Max! Du kannst deine Wut doch jetzt nicht an dem Hund auslassen!«

»Mach ich ja nicht«, brummte Max. »Ich gehe gleich mit ihm um die Ecke. Und jetzt geh raus, damit ich mich umziehen kann!«

Die alte Frau schüttelte den Kopf. »Ja, dann ...«, sagte sie und verließ mit müden Schritten das Zimmer, als seien ihre Knochen mit einem Mal um Jahre älter geworden.

Max starrte auf die geschlossene Tür.

Donnerstag, der 3. Januar

Heute Morgen lag wieder so ein Brief bei uns im Kasten. Allerdings steckte er nicht in einem blauen Umschlag wie die beiden vom 25. und 29. Dezember. Der Umschlag war weiß, es war ein anderer Text. Auch mit der Hand geschrieben, aber eine andere Schrift. Ich lege ihn zu den anderen beiden hinten ins Buch.
Gestern habe ich mich auch noch mit Oma gezofft. Das ist bis jetzt noch nie vorgekommen. Irgendwie tut sie mir ein bisschen leid. Ich hätte sie nicht so abfertigen dürfen. Aber andererseits, wie soll man jemandem vertrauen, der einem so viele Jahre etwas vorgelogen hat? Die gehört doch mit zu dem Komplott! Die ist auch nicht besser als ihr Sohn und ihre Schwiegertochter!
Ich wünschte, Chiara wäre hier, und ich könnte ihr alles erzählen!

Ich habe mich entschlossen, die beiden Personen, die ich bis zum 01.01.2013 als Papa und Mama bezeichnet habe, was ziemlich babymäßig klingt, von nun an mit ihren Vornamen Andreas und Sonja anzureden. Erst hatte ich überlegt, Andreas' Mutter auch nicht mehr »Oma« zu nennen, aber eigentlich kann sie ja am wenigsten was dafür und ist bestimmt von Andreas und Sonja gezwungen worden, den Schnabel zu halten, was sie dann um des lieben Friedens willen gemacht hat. So ist Oma nun mal: Kinder, keinen Streit, es gibt genug Unfrieden auf der Welt!
Nach dem Krach mit ihr bin ich mit Schorsch eine große Runde um Modertal gelaufen. Erst unsere Straße entlang, dann rüber zu den Wohnblocks an der Klapperwiese. Kaum war ich dort vorbei, lief mir der kleine Justin über den Weg. Er ist zwölf und sieht aus wie ein Grundschüler. Nur Haut und Knochen und dunkle Ringe unter den Augen. Wie ein verhungerter Waschbär! Er muss mich vom Fenster aus gesehen haben und hat sich mir an die Fersen gehängt. Er wollte unbedingt Schorsch an der Leine führen, aber der läuft lieber frei und Justin bettelte, ich solle ihn anleinen. Mann, dieser Justin nervt! Ob er Maurice seinerzeit auch so auf den Keks ging? Bestimmt! Eigentlich sollte ich netter zu ihm sein, schließlich habe ich ihn von Maurice geerbt.
Irgendwie sind wir dann auch am Bentheim-Schlösschen vorbeigekommen. Da wurde Justin ganz unruhig und zitterte sich einen ab. Er starrte durch den Gartenzaun. Der alte Köhler war damit beschäftigt, die Gartenwege zu kehren. Als würde das jemanden inter-

essieren, sind doch alle in Urlaub! Als er uns sah, rastete er wie üblich gleich aus. Was wir denn da zu glotzen hätten, asoziales Pack! Justin zischte sofort ab wie Schmitts Katze! Da hatte ich ihn wenigstens los. Ich ließ mich von dem Alten nicht kirre machen, ganz im Gegenteil. Ich blieb schön cool und schaute erst recht durch den Zaun und das Haus rauf und runter. (Vor einem halben Jahr hätte ich mich das noch nicht getraut und hätte voll die Panik bekommen. Aber inzwischen weiß ich es besser. Das habe ich von Maurice gelernt. Der soll auch immer cool geblieben sein und hat sich nicht aus dem Takt bringen lassen.) Der alte Köhler kam an und meinte, er wolle jetzt die Polizei holen, weil es so aussähe, als hätte ich vor einzubrechen.

Ey, Mann, sagte ich, machen Sie sich mal locker! Wenn ich hier rein will, dann lässt mich meine Freundin rein, da brauch ich nicht einzubrechen.

Die ist nicht da, hat der Alte geknurrt.

Klar, weiß ich, hab ich gesagt, und mich insgeheim gefreut, dass er Chiara ohne Protest als meine Freundin verbucht. Am Haus waren überall die Läden zugeklappt und das sind eine Menge bei diesem Riesenbunker. Zwölf Zimmer hat mir Chiara einmal gesagt. Und hat mir dann sogar Maurice´ Zimmer gezeigt. Das war echt ein Schock für den edlen Herrn von Bentheim, als er uns dort erwischt hat. Ich dachte, der kriegt jetzt einen Infarkt.

Aber Moment mal, ich wollte ja eigentlich alles von Anfang an aufschreiben! Also noch mal zurück auf Start. Sommer 2012. 14. Juli kamen wir mit dem Möbelwagen

in Omas Haus an. Nicht mit einer Umzugsfirma, nee, das wäre zu teuer gekommen, sondern mit einem geliehenen Laster von einem Ex-Arbeitskollegen von Andreas. Immerhin gab es eine Hebebühne! Trotzdem war das eine elende Schlepperei. Heute würde ich diese Kisten locker tragen können, aber damals hatte ich noch nicht die Muckis dazu. Wochenlang habe ich mitgeholfen, Möbel zusammenzubauen, Kisten auszupacken. Max, komm doch mal! Max, tu doch mal! Und der gute Max von damals hat alles gemacht. Vielleicht haben sie mich nur deswegen genommen, weil sie einen billigen Haussklaven haben wollten. Das meine ich ernst. Es soll Leute geben, die sich Kinder zulegen, weil sie einen Organspender brauchen!
Bei dem ganzen Trubel – große Katastrophe – hatte ich total vergessen, dass Sonja am 13. August ihren 50. Geburtstag feiert. Für mich war der Tag aus einem völlig anderen Grund wichtig: Es war der erste Schultag nach den Ferien. Eigentlich hätte ich locker in meiner alten Schule bleiben können. Allerdings hätte ich dann täglich mit der S-Bahn hinfahren müssen, was gleich abschlägig beschieden wurde: Zu teuer für uns, Max! Du gehst auf die Modertaler Gesamtschule! Da kannst du zu Fuß hingehen, und es ist auch noch ein schöner und ungefährlicher Weg durch das Wäldchen. Super! So was können einem eigentlich nur Feinde wünschen. (!)
Einen Riesenschulbunker haben sie da mitten in die Äcker gesetzt mit gefühlten zehntausend Schülern, die dich alle anglotzen als kämest du gerade frisch vom Mars. Die Klasse 10e, in die ich sollte, war der absolu-

te Gipfel. Kaum stand ich vorne neben dem Lehrer, hatte ich schon das erste durchgekaute Papierkügelchen auf dem Kittel. Wer war das?, knatschte der Lehrer. Erstaunlicherweise (haha) meldete sich keiner. Und so ließ er es auf sich beruhen. Damit war ihnen klar, was sie sich mit mir erlauben können.
Der Lehrer damals in der ersten Stunde war unser Biolehrer, Herr Pöppel, den alle Popel nennen. Er machte Vertretung für den Klassenlehrer, Herrn Weigmann. Bei dem hätten sie anders gespurt und ich hätte einen besseren Start gehabt.
Der Pöppel war sauer wegen der Vertretung und sagte ziemlich lustlos: Darf ich euch einen neuen Mitschüler, den Max, vorstellen? Einige guckten zum Fenster raus, einige tippten unter der Bank was ins Handy. Einige grinsten mich blöd an. Aber ansonsten friedliches Schweigen.
Dann schob dieser Pöppel mit dem Feingefühl einer Mülltonne meinen vollen Namen hinterher: Maximillian Friedhelm Wirsing. Alles tobte vor Lachen. Popel rastete aus, brüllte in die tobende Meute. Irgendwann waren sie still und ich sah in ihren lüsternen Augen, was ich ab jetzt für die war. Der Pöppel legte allerdings noch einen drauf und fragte, wie ich denn genannt werden will: Max oder lieber …? Schon riefen sie aus der Klasse mit Comic-Stimmen: Maxi! Friedi! Wirsi! Aaaaach wie süß, stöhnte eine Blonde. Das war Annalena. Sie ist ein Superweib mit blonden Haaren, langen Beinen und einem Hintern in der Jeans, dass einem ganz schwindelig wird und die eigene Jeans zwei Nummern zu klein.

Ich muss zugeben, es hat mich damals am meisten angenervt, dass ausgerechnet sie sich ihren Spaß mit mir machte. Natürlich war mir klar, dass ich bei einem solchen Mädchen niemals landen könnte. (Dass sich das später änderte, zählt zu den sieben Weltwundern meines Lebens.) Gefallen hat sie mir schon damals, und mir wurde in ihrer Nähe immer heiß, was alle anderen, vor allem Jonas, Zündstoff für die blödesten Bemerkungen und Aktionen gab. Denn bei meiner hellen Haut glüh ich wie ein Streichholz.
Trotz allem hatte ich an dem Morgen Glück, weil sich alle unbedingt von ihren tollen Urlaubserlebnissen erzählen mussten und schnell das Interesse an mir verloren. Ich hätte sowieso nicht mithalten können, denn Kistenschleppen in Modertal ist ja nicht gerade das ultimative Event, mit dem man punkten kann. Sie plapperten alle wild durcheinander und übersahen mich einfach, was mir am liebsten war.
Ich versuchte, aus ihren Erzählungen etwas aufzuschnappen und abzuspeichern. Es ist besser, seine Feinde zu kennen. Schon damals fiel mir auf, dass es für einen kurzen Moment absolut still wurde, als jemand den Namen Maurice nannte. Sie tauschten Blicke aus, dann zwitscherten sie plötzlich weiter wie die Stare in Omas Kirschbaum.
Irgendwann war dieser schreckliche Schultag zu Ende und die Meute verteilte sich zu Fuß oder mit Fahrrad oder »Taxi Mama« ins Umland. Einige nahmen den Weg wie ich durch das Wäldchen Richtung Modertal. Manche wohnten dort, aber viele mussten auch zur S-Bahn-Haltestelle. Ich wartete, bis der Pulk schnatternd

abgezogen war. Dann schlich ich ihnen mit Abstand hinterher. Ich war fest entschlossen, dies als meinen letzten Schultag mit diesem Haufen in die Geschichte eingehen zu lassen. Ich wollte zurück an meine alte Schule. Auch wenn es nicht stimmte, erschien die mir im Rückblick wie ein Paradies mit lauter netten Lehrern und Mitschülern. Ich nahm mir vor, meinen Eltern das Angebot zu machen, für das Fahrtgeld jobben zu gehen. Sie würden dann noch andere Gründe nennen, zum Beispiel das frühe Aufstehen, die Fahrtzeit usw. Um besser argumentieren zu können, ging ich zum S-Bahnhof, an dem kaum noch jemand stand, und wollte den Fahrplan studieren. Da sah ich, dass unter dem Glaskasten mit dem Fahrplan, der auf Metallstelzen steht, sich Berge von Blumen häuften. Ein wildes Durcheinander von Botanik! Ich dachte, wer kippt denn so was hier aus? Und dachte gleichzeitig an den Geburtstag meiner Mutter. Shit! Ich wusste, dass sie früher nach Hause kommt, weil wir im Garten grillen und sie dafür noch einiges vorbereiten wollte. Und ich hatte nicht einen Cent mehr, um ihr etwas mitzubringen. Einige von den Blumen sahen noch ganz brauchbar aus, also begann ich, sie auszusortieren und zu einem Superstrauß zusammenzubinden, der deutlich besser als »Marke Tankstelle« aussah. Als ich fast fertig war, kam plötzlich vom anderen Bahnsteig her eine kleine Kugel mit zwei Beinen auf mich zugeschossen. Oben drauf hatte sie einen Kopf mit wilden, dunklen Locken. Ihr Gesicht sah ich erst, nachdem sie die Haare wütend über die Schultern geworfen hatte und mich übelst anmachte: Was geht, ey? Wie schräg bist du

denn drauf? Leg die sofort wieder hin, aber avanti! Damit war mir klar: Aha, die hat einen italienischen Migrationshintergrund. In Italien soll dieser Ton an der Tagesordnung sein. Die kreischen immer und meinen es gar nicht so. Also nahm ich sie nicht ernst. Auch wenn ich damals nicht gerade das Superselbstbewusstsein hatte, aber vor so einer kleinen Kugel hatte selbst ich keine Angst. Ich sagte also ganz ruhig: Nee, fällt mir nicht ein, und jetzt mach dich mal vom Acker! Dann bückte ich mich, um die nächste Blume aufzuheben. Plötzlich schlug sie mir die aus der Hand und fauchte: Leg sie alle sofort wieder hin, sonst bist du tot! Das sah bei ihr ziemlich lächerlich aus. Sie geht mir gerade bis zur Brust. Nee, bestimmt nicht! Du hast sie ja nicht alle, du Kugelmonster!, jokte ich.
Inzwischen weiß ich, wie schlimm ich sie damit getroffen habe und wie aufgewühlt sie durch meine Blumenklauerei war. Damals verstand ich das nicht, sondern lachte, während sie Rotz und Wasser flennte. Das ist eine Gedenkstätte, schluchzte sie. Der Komposthaufen?, fragte ich. Sie jaulte mich an: Heute Morgen hast du mir noch leid getan, und ich fand es ziemlich unfair, wie sie mit dir umgegangen sind, aber jetzt weiß ich, dass es genau richtig war! Du bist ja völlig gaga, Maximillian Friedhelm Grünkohl! Dann rollte sie davon.
Ich sah ihr nach und merkte, dass ich da gerade einen ziemlichen Fehler gemacht hatte. Die ging also auch in die 10e, dunkel erinnerte ich mich, aber in diesem wabernden Grimassenhaufen war sie mir nicht sonderlich aufgefallen. Ich hatte also meine Chance verspielt,

wenigstens eine Seele auf meiner Seite zu haben. Im Gegenteil, sie war ab jetzt Feindin Nr. 1.
Heute tut mir das riesig leid, dass ich mich damals so blöd benommen habe. Sorry, Chiara, aber ich hatte ja nicht die geringste Ahnung! Erst ganz langsam im Laufe der Zeit fing ich an, die Zusammenhänge zu begreifen. Das war gar nicht so einfach, denn wenn ich eine von den Figuren in meiner Klasse fragte, bekam ich nur äußerst knappe Auskünfte und zwischen Chiara und mir herrschte ohnehin Funkstille. Woher sollte ich denn auch ahnen, dass sie die Stiefschwester von Maurice war, der wie sie in diese Klasse gegangen war? Chiara hat einen anderen Familiennamen. Sie heißt Chiara Plati. Maurice hieß von Bentheim mit Nachnamen. Sie haben zusammen mit ihren Eltern in dieser alten Villa mit Erkern und Türmchen gewohnt, die man in Modertal das »Bentheim-Schlösschen« nennt. Manche spotten auch und sagen »Disneyland« dazu oder »Neu Bentstein«. Daran merkt man, dass die Leute den von Bentheims nicht gerade freundlich gesinnt sind. Die bunkern sich aber auch ein in ihrem Nobeltempel, ähnlich wie die Fürsten von einst, und lassen keinen an sich ran.
Um die Villa ist ein großer Park mit einem hohen Zaun aus Eisenstäben. Noch heute kommt es nur äußerst selten vor, dass ich Chiara mal besuche. Sie blockt immer ab und schlägt dann einen Treffpunkt irgendwo außerhalb vor oder bei mir. Bei mir kommt aber alle Schlag meine Oma rein und fragt, ob wir noch Tee wollen oder Kekse oder Saft oder ob ich ihr mal gerade was unten aus dem Keller holen könnte oder, oder ...

Sie hat wohl Angst, ich raube Chiara die Unschuld und Oma kriegt dann Probleme mit Herrn von Bentheim. Der sitzt nämlich in der Verwaltung unserer Siedlung und hat dort viel Einfluss. Man sagt, er sei ein ziemlicher Hardliner, wenn es um die Durchsetzung seiner Interessen geht, ein Geschäftsmann eben. Er hat eine Immobilien- und eine Baufirma. Ihm gehören viele Grundstücke und Mietshäuser, unter anderem auch die großen Blocks an der Klapperwiese. Die Straße dort heißt Hasenpfad und alle Modertaler, die nicht dort wohnen, nennen es Harzerpfad. Da weiß man dann schon, wer da wohnt.

Der Klingelton eines Handys riss Max aus seinen Gedanken. Er schob die Bettdecke zur Seite und tastete wie verschlafen nach seinem Telefon, das auf dem Schreibtischstuhl vor seinem Bett lag. Für einen ordentlichen Nachttisch war in dem engen Dachzimmer kein Platz gewesen. Außerdem empfand Max ein solches Möbelstück als äußerst spießig. Dicht an das Kopfende seines Bettes schloss sich der Schreibtisch an, der unter die schmale Fensterbank des Gaubenfensters geklemmt war, um möglichst viel Tageslicht nutzen zu können. Max hielt das Handy vors Gesicht und blinzelte im Dämmer seiner Betthöhle auf das Display. Er zuckte zusammen. Chiara! Sofort drückte er die Taste. Ihre Stimme klang abgehackt.

»Endlich einmal Netz«, sagte sie. »Ausflug nach Donnafugata« und »alles schrecklich« verstand er.

Aus den nächsten Versatzstücken schloss er, dass sie nicht vorhatte, noch länger zu bleiben und versuchte, so schnell wie möglich nach Hause zu kommen. Dann war die Verbindung unterbrochen. Er konnte ihr gar nicht mehr sagen, wie froh er war, dass sie bald wieder bei ihm sein würde.

Mit einem Grinsen auf dem Gesicht kraulte er Schorsch, der lang ausgestreckt am Fußende des Bettes lag, hinter den Ohren. Schorsch grunzte und suchte sich schwanzwedelnd eine neue Position im Fußbereich. Max hatte Mühe, am Hund vorbei die Beine auszustrecken. Dann legte er die Decke über sie beide und kuschelte die Füße in das seidige Hundefell. Die Wärme breitete sich angenehm aus. Max stauchte die Kissen in seinem Rücken, stöberte Tagebuch und Stift hervor und setzte seine Schreibarbeit fort.

Eben gerade hat Chiara angerufen. Soweit ich es verstanden habe, kommt sie vorzeitig zurück. Also muss der Besuch bei ihrem Vater in Sizilien ein ziemlicher Reinfall gewesen sein. So viel Zoff hatte sie mit ihrer Mutter, damit sie ihn endlich mal kennenlernen und besuchen durfte! Franca, Chiaras Mutter, hatte wohl schon geahnt, dass es Chiara nicht gefallen würde. Nach vielem Hin und Her haben die von Bentheims es ihr schließlich erlaubt, alleine zu ihrem Vater zu fliegen, während sie mit Michelle in Thailand Urlaub machen. Schwesterherz Michelle machte einen ziemlichen Auf-

stand. Sie wollte dann auch nicht mit den Eltern in Urlaub fahren und lieber bei ihrem Pferd bleiben. Aber mit elf hat man da schlechte Karten. Ich freu mich auf Chiara. Bin mal gespannt, was sie sagt, wenn ich ihr erzähle, wie für mich das Jahr angefangen hat. Ihre Meinung ist mir wichtig, denn im Umgang mit Leuten, die nicht die eigenen Eltern sind, aber so tun, hat sie ja nun mal wenigstens teilweise Erfahrung und –

Schon wieder klingelte es. Diesmal unten an der Haustür. Schorsch sprang auf und kläffte schwanzwedelnd. Max drängte den Hund zur Seite und schloss ihn trotz Protestgebell im Zimmer ein. Max befand sich heute alleine im Haus. Die Großmutter war mit ihrem Sohn in die Stadt gefahren, um Einkäufe zu erledigen. Sie hofften auf den Preissturz nach Weihnachten. Daher musste sich Max dazu aufraffen, selbst zu öffnen. Zunächst schlich er sich in die Küche und lugte durch einen Spalt in der Gardine, um sich zu vergewissern, wer dort vor der Tür stand. Jonas! Einen Moment war Max unschlüssig, dann griff er sich schnell eine Jacke von der Garderobe, zog sie über seinen Schlafanzug und öffnete die Tür.

Jonas schaute lachend auf Max' Beine und die nackten Füße. »Hey, Mann, es ist gleich zwei. Kommst du eben erst aus den Federn?«

Max verzog unwillig das Gesicht. »Nee, Mann, hab nur gechillt. Was willst du?«

Jonas brachte die Arme in Stellung wie ein Boxer, führte einige Bewegungen in der Luft aus und hüpfte tänzelnd auf der Fußmatte hin und her. »Action! Ich will was für meinen Body tun. Hey, raff dich auf und mach mit! Bist doch sonst nicht so lahm.«

Max gähnte. »Was schlägst du vor?«

»Mucki-Bude, Wellenbad, Radfahren, Jogging, Basketball auf dem Schulhof«, ratterte Jonas herunter.

»Jogging«, wählte Max.

Jonas runzelte die Stirn. »Da hast du dir die gruftigste Alternative ausgesucht. Und das bei diesem Schmuddel-Knatsch-Wetter! Ich fände besser, wir würden ...«

Max unterbrach ihn: »Aber das ist das Einzige, wo Schorsch mitkommen kann.«

Jonas stöhnte. »Muss das sein?«

»Ja«, kam es unmissverständlich. Max wandte sich zur Tür. »Warte, ich zieh mich nur um!«

Wenige Minuten später stand er in Laufkleidung wieder neben Jonas. Schorsch wuselte erwartungsvoll um seine Beine. »Wo lang?«, fragte Max.

»Durch die Klapperwiese in die Felder und dann zu mir nach Hause«, schlug Jonas vor.

Max lief los und fragte: »Funktioniert dein Laptop?«

Jonas schloss zu ihm auf und nickte. »Ich hab heut eigentlich keinen Bock mehr auf Games, ich mach seit Weihnachten nichts anderes.« Er hielt die Arme, als habe er ein Maschinengewehr im Anschlag und ahmte Schussgeräusche nach. »Uschg, uschg, uschg, ägägägägä, tziu, tziu, tziu. Wam!«

»Ist ja gut«, brummte Max. »Ich wollte was recherchieren.«

Jonas schrie auf: »Am Ende für die Schule? Ich fass es nicht! Geht's noch?« Max antwortete nicht und lief in leichtfüßigen Sätzen, während Jonas keuchend hinterherstampfte. »Habt ihr immer noch kein Internet?«

»Nein.«

»Wie gruftig ist denn das?«

Eine Stunde später ließ Jonas sich japsend auf die kleine Bank neben seiner Haustür sacken. »Mann, du hast ja vielleicht einen Zahn drauf! Du trainierst heimlich!«

Max grinste und deutete auf den hechelnden Schorsch. »Habt ihr mal 'ne Schüssel Wasser für ihn?«

Jonas erhob sich und kramte in seiner Hosentasche nach den Wohnungsschlüsseln. »Vor allem hol ich dir erst einmal einen Putzlappen, damit du ihm die Pfoten sauber machst. Meine Mutter kriegt einen Anfall, wenn sie sein Wolfskin-Label auf dem Parkett entdeckt.« Jonas nickte in Richtung Anbau, wo die Sanitär- und Heizungsbaufirma der Familie Hofmann untergebracht war. Der Vater war der Chef, die Mutter arbeitete im Büro. In dem kleinen Gartenbereich davor lag ein Teich, um den herum die trockenen Schilfhalme sorgfältig abgeschnitten waren.

»Habt ihr da Fische drin?«, fragte Max.

»Ich denke schon«, sagte Jonas.

»Kann es sein, dass da gerade einer fehlt?«

Jonas musterte Max, als zweifle er eindeutig an

dessen Verstand. Max fixierte sein Gegenüber mit schmalen Augen. »Was weiß ich«, brummte Jonas. »Das Fischzeugs interessiert mich nicht.« Er wandte sich zur Tür. Gerade als er den Schlüssel in das Schloss stecken wollte, wurde von innen geöffnet.

Groß und breit stand Tobias, Jonas' älterer Bruder, vor ihnen. Er musterte die beiden abschätzig. Vor allem an Max blieb sein Blick hängen. »Ah, Besuch«, sagte er wenig begeistert.

Neben ihm schob sich ein schlankes, großes Mädchen in den Türrahmen. Mit einer gekonnten Bewegung schnickte sie ihr langes Blondhaar zur Seite. »Hi«, quiekte sie mit Heidi-Klum-Stimme. Ein kleines Lächeln flog zu Max, was Tobias düster registrierte.

»Hi, Annalena«, erwiderte Max und lachte dabei nicht ihr, sondern Tobias ins Gesicht.

»Eigentlich ist es ganz günstig, dass ich dich treffe«, erklärte Tobias mit reglosem Gesicht. »Ich wollte dir sagen, dass ich deine Unterstützung bei der Sport-und-Spiel-AG ab nächstem Halbjahr nicht mehr brauche.«

»Ach, und wieso auf einmal?«, brauste Max auf.

»Weil Annalena das mit mir machen wird. Ich habe das bereits mit der Schulleitung abgesprochen. Die finden es auch besser, wenn ein Mädchen mit dabei ist.«

Max' Gesicht wurde dunkelrot. »Und wieso redet man nicht mit mir? Wieso regelst du das einfach?«

Annalena zog sich hinter Tobias zurück. Der legte schützend den Arm um ihre Schultern und lächelte kühl. »Ich habe denen gesagt, dass du keine Zeit mehr hast. Ab Februar muss eh wieder ein neuer Vertrag gemacht werden. Du kannst ja eine andere AG aufmachen. Bei mir jedenfalls bist du raus und wenn du mal überlegst, ist das auch besser so für dich.«

Max trat einen Schritt vor. Jonas hielt ihn am Arm fest. »Wie willst du wissen, was besser für mich ist?«, schrie Max ihn an.

Tobias lächelte in Richtung Annalena. Sie verzog beschwichtigend das Gesicht. »Du musst dich mal davon lösen, alles das machen zu wollen, was Du-weißt-schon-wer auch gemacht hat«, erklärte Tobias betont ruhig. »Das tut dir nicht gut! Du musst eine eigene Persönlichkeit entwickeln! Oder weißt du schon nicht mehr, was das ist?«

Max wollte auf Tobias losgehen, doch Jonas packte ihn an beiden Armen und hielt ihn zurück.

»Tobias, nicht!«, mahnte Annalena leise.

Tobias mimte weiter den wohlmeinenden Pädagogen. »Warum nicht? Das musste doch mal gesagt sein. Ist ja nur zu seinem Besten!«

»Lass uns gehen!«, drängte Annalena. Sanft schob sie Tobias an, und er setzte sich in Bewegung.

»Gut, dann haben wir das ja geklärt«, triumphierte er im Vorübergehen.

Max starrte ihm mit Augen eng wie Schießscharten nach.

»Komm rein!«, sagte Jonas sanft und drückte die Eingangstür weiter auf.

Max bückte sich und zog Schorsch am Halsband zurück. »Danke, kein Bedarf! Ich habe keine Lust, die Luft zu atmen, die der Arsch verfurzt hat«, zischte er.

Kaum war Max um die Ecke verschwunden, kickte Jonas wütend gegen die Tür, dass sie schepperte. Die Mutter klopfte von innen gegen das Bürofenster und drohte mit dem Finger. Jonas schnitt eine finstere Grimasse in ihre Richtung.

Freitag, der 4. Januar

Dieser Tobias ist so ein A…. Ist das wirklich nur wegen Annalena? Ich will doch schon seit Jahrhunderten nichts mehr von der. Oder hat sie ihn angestachelt, weil sie ihm von mir vorgeschwärmt hat, so wie sie mir damals von Maurice vorgeschwärmt hat? Inzwischen weiß ich längst, dass sie eine Menge Märchen erzählen kann, wenn es um ihren Vorteil geht. Von mir aus kann er sie geschenkt haben.
Aber wieso dann plötzlich auch noch das mit der AG? Er und ich sind doch ganz gut klargekommen. Am Anfang hat er sogar gesagt, mit mir würde das viel besser hinhauen als mit Maurice. Ähnliches haben die Jungs gesagt, die in die Spiele-AG gekommen sind. Ich kam ganz gut zurecht mit denen, obwohl da ein paar ziemlich schräge Vögel dabei sind. Diese AG ist nämlich so eine Art soziale Maßnahme der Schule. Kinder mit Problemen im Sozialverhalten, die in jedem normalen Sportverein rausfliegen oder gar nicht erst hingehen würden, sollen dort gemeinsam nach Regeln spielen lernen. Wir machen Ball- und Laufspiele, damit sie mal richtig Gas geben und Dampf ablassen

können, aber auch Gesellschaftsspiele. Echt, so was Simples wie Uno, Mau Mau, Schwarzer Peter, Memory oder am schlimmsten: Mensch ärgere dich nicht können die nicht aushalten. Die ticken schnell aus, schmeißen heulend die Spielsteine auf den Tisch, wenn sie einer rausschmeißt, oder treten alles zusammen, wenn sie mal ein Spiel verloren haben. So was in der Art wird von mir erzählt, als ich drei war. Aber diese Kinder, vorwiegend Jungs, sind zwischen zehn und dreizehn! Unsere Aufgabe ist es, mit ihnen »Frustrationstoleranz« zu üben, also eigentlich das, was unsereins täglich macht, wenn in Mathe mal wieder 'ne Fünf reinfliegt und man damit klarkommen muss. Ich hab eigentlich kein Problem, so was wegzustecken, aber Andreas und Sonja sollten mal in der AG vorbeischauen, um an ihrer Frustrationstoleranz zu arbeiten.
Geleitet wird die AG eigentlich von Herrn Maurer. Der sieht selbst aus wie ein wandelndes Fitnessstudio. Braun gebrannt und sehnig wie ein alter Indianer. Die Schüler nennen ihn daher auch Old Schepperhand. Es geht das Gerücht, dass er dem ein oder anderen schon einmal unter vier Augen eine gescheppert hat. Mit der Zeit wurden so viele Schüler in die AG gesteckt, dass die Gruppe geteilt wurde. Old Schepperhand hat die Gruppe mit den Hardcore-Fällen übernommen. Die andere Gruppe, in der »nur« die Hippeligen und Unkonzentrierten herumaffen, betreuen zwei Schülerscouts, die sich so ihr Taschengeld verdienen, was für mich dann ab Februar im Schornstein ist. Bis dahin muss ich mir was anderes suchen.

Das ist hier in Modertal gar nicht so einfach, und in der Stadt muss man die Fahrtkosten wieder abziehen. Der Zoff mit Tobias gestern geht mir einfach nicht aus dem Kopf. Wieso wurde der am Schluss so gemein und sagt vor Annalena zu mir, ich hätte keine eigene Persönlichkeit und würde alles nur Maurice nachmachen wollen? Am Anfang hat das vielleicht gestimmt. Wenn ich ehrlich bin, gab es sogar Phasen, da war ich besessen von dem Gedanken, Maurice sei mein Zwillingsbruder, und wir wären beide von den Eltern weggegeben und danach getrennt worden. Aber jetzt ist es schon lange nicht mehr so. Jetzt will ich eigentlich nur noch wissen, was mit ihm passiert ist, vor allem wegen Chiara, schließlich war er ihr Stiefbruder. Dass ich mich überhaupt so in die Geschichte mit Maurice reingesteigert habe, kam eigentlich durch einen blöden Zufall. Es war kurz vor den Herbstferien. Irgendwie hatte ich mich mit den Gestalten in meiner Klasse arrangiert. Ich ging ihnen aus dem Weg und um Chiara machte ich einen noch größeren Bogen als um die anderen. Bis auf kleine Jokes, über die nur sie lachen konnten, ließen sie mich in Ruhe. Ich hatte sowieso wenig Chancen, mitzukriegen, was bei denen so läuft, denn ich konnte ja nicht ins Internet und einen Account bei Facebook hatte ich eh nicht. Wieso auch, wenn ich kein vorzeigbares Face hatte? Außerdem hatte ich keine Lust, täglich eine leere Freundesliste zu checken. Insofern waren die anderen jeden Morgen vor der Schule immer schon besser informiert als ich. Ich wusste also nicht, dass Annalena an dem Tag ihren 16. Geburtstag feierte. Herr Weigmann saß vorne und kümmerte sich ums Klassenbuch. Nach und nach trudelte einer nach dem anderen ein. (Ich sehe immer zu, dass ich morgens der Erste im Klassenraum bin, damit ich checken kann, ob jemand mir was Stinkendes unter die Bank gelegt oder die Schrauben aus meinem Stuhl gedreht hat. Das war schon ein paarmal passiert.) Als Annalena reinkam, jaulten sie plötzlich los: Häppi Börsdäi tu juhuhu. Ich brummte ein bisschen aus dem Backspace mit. Die Girlies fielen Annalena anschließend reihenweise um den Hals. Kiss, kiss! Überreichten Geschenke. Die Kerle pirschten sich vorsichtiger ran. Diejenigen, die in der Klasse den Ton angeben, wie Marc und Felix, kamen als Erste an die Reihe, durften Annalena sogar mal kurz und fest drücken und ihre Schulter tätscheln. Die anderen gaben artig Pfote. Ich blieb in sicherer Entfernung und beobachtete die Schau. Neben mir bückte sich Jonas, fummelte was an seinen Schuhen und sagte zu mir: Tu mir den Gefallen und gib ihr schnell mein Geschenk da, ich kann jetzt nicht. Über ihm auf der Bank stand ein schön eingewickeltes Päckchen. Ich war sooooo blöd damals! Dachte in dem Moment echt, dass ich die Chance hätte, bei Jonas und vor allem bei Annalena zu punkten. Ich bemerkte noch nicht einmal die schadenfrohen Blicke der anderen! Alle wussten Bescheid, gemeinsam hatten sie diesen Joke über Facebook ausgeheckt! Auch Annalena war eingeweiht. Sie nahm das Päckchen, machte einen auf »total happy«, sie fände es obersüß von mir, dass ich ihr was schenken würde. Sie küsste mich sogar blitzschnell schmatzend auf die Backe. Ich wurde rot wie ein Pavianhintern und war

nicht in der Lage, zu erklären, dass das Geschenk eigentlich von Jonas ist. Ich hätte nur gestottert. Entschuldigend schielte ich zu ihm hin, doch er sah ganz zufrieden aus. Das hätte mich warnen müssen! Alle grinsten. Ich verstand es falsch. Noch hätte ich die Chance gehabt, ihr das Teil einfach wieder aus den Händen zu reißen. Sie zog die Karte von dem Päckchen und las laut vor: Für Annalena with Love, Maximillian Friedhelm Wirsing.
Muss es nicht »in Love« heißen?, korrigierte Chiara in ihrer Rolle als Klassenbeste. Alles brüllte los. Jetzt endlich ging mir eine ganze Lichterkette auf. Ich wollte nur noch abhauen, doch sie umzingelten mich wie eine wilde Horde beim Kriegstanz. Der Weigmann ließ es laufen. Er sah mich und Annalena nicht in dem Pulk und dachte wohl, dass wir ausgelassen Geburtstag feierten und er die Zeit nutzen konnte, um das Klassenbuch auf Vordermann zu bringen. Ich stand also da und musste ertragen, wie sie auspackte. Felix und Marc mit ihren Kleiderschrankbodys gaben ihr zusätzlich Deckung. Ich ahnte Schreckliches und hatte recht. Langsam zog sie jedes einzelne Teil raus und hielt es in die Höhe. Dazu klatschte und grölte die Meute. Sie pfiffen und riefen Oh und Ah. Ein durchsichtiger Slip aus knallrotem Stoff. An einer gefährlichen Stelle hat er ein Loch, das mit schwarzer Spitze umhäkelt war. Oh, geil!, rufen sie. Aber Friedi, ist das denn die passende Größe für dich? Oh, Mann, Maxilein, das hätte ja keiner von dir gedacht! Dann kommt eine Art BH, ebenfalls knallrot und schwarz, der allerdings eher wie so eine Art Käfig aussieht und die interessantesten

Sachen frei lassen soll. Dann eine Packung Kondome extra feucht. Bei einer Packung Kopfschmerztabletten hatten sie den Namen überklebt und Viagra draufgeschrieben. Eine Mädchenstimme kreischte: Unser Maxi wird jetzt XXL, guckt mal! Alle Augen in meine untere Etage! Ich kniff unwillkürlich die Beine zusammen, was das brüllende Gelächter nur noch anfeuerte. Sie kriegten sich kaum noch ein. Da endlich polterte der Weigmann dazwischen und bahnte sich einen Weg durch die Menge: Schluss, Leute! Setzt euch! Die Party ist vorbei, ich will vor den Ferien noch einen Test über die Weimarer Republik schreiben.
Blitzschnell stopfte Annalena das Zeug in ihr Paket und verschwand. Ich bewegte mich wie ein Roboter und kämpfte dagegen an, ihnen jetzt nicht auch noch den Gefallen zu tun und loszuheulen. Aber ich spürte, wie mir die Tränen aus den Augen quollen. In dem Moment sah ich in Chiaras Gesicht. Sie schaute mich an, als hätte sie gerade die beste Schokolade der Welt im Mund. Ja, sie genoss mein Elend richtig. Das geschieht dir recht, sagten ihre Augen. Ich hatte plötzlich große Lust, ihr eine reinzuhauen. Dir werde ich es zeigen, euch allen werde ich es zeigen!, dachte ich. Ich bin wirklich kein Schläger. Ich halte viel aus, aber in dem Moment spürte ich, wie sich in mir immer mehr Druck aufbaute. Mich hielt nur zurück, dass sie ein Mädchen und ein gutes Stück kleiner ist als ich. Wir standen uns gegenüber und sahen uns an wie zwei Straßenköter kurz vor der Beißerei. Da kam von hinten Jonas auf mich zu, klopfte mir auf die Schulter und tat so, als wolle er mich in Richtung meiner Bank

wegschieben. Vor dem Lehrer machte er jetzt einen auf Friedensengel. So ein Schleimer! Ohne dass der Weigmann es hören konnte, aber laut genug für die anderen um uns herum sagte er: Na, Friedhelm, alles fit im Schritt?
Man muss wissen, Jonas ist so einer, der hat das Talent, immer genau in dem Moment ein Hölzchen zu zünden, wenn die Luft voller Benzin ist. Macht er das absichtlich oder einfach, weil er nicht merkt, wie andere gerade drauf sind? Jedenfalls bin ich daraufhin ausgerastet, wie noch nie in meinem Leben. Er hatte nicht damit gerechnet und meine Faust traf ihn unerwartet auf die Zwölf. Das Blut schoss ihm aus der Nase. Er wischte es mit dem Handrücken weg und stürzte sich auf mich. Jonas ist zwar genauso groß wie ich, damals war er aber eindeutig derjenige, der deutlich mehr Kampferfahrung und Kampfgewicht mitbrachte! Wie im besten Kickboxer-Film holte er mit seinem Bein aus und trat mich vor die Brust, dass ich gegen die Bank hinter mir flog. Der Weigmann brüllte: Aufhören! Aber ich warf mich auf Jonas wie ein Katapultgeschoss und kämpfte – wie ein Mädchen. Ich spuckte, kratzte und kniff ihn. Ich riss an seinen Ohren, seinen Haaren, seinen Klamotten, flennte dabei und jaulte wie ein junger Hund. Das ging nicht sonderlich lang, denn Marc und Felix hatten das schnell unter Kontrolle und hielten uns auseinander, während der Weigmann uns in den Senkel stellte. Wohlgemerkt uns! Er gab nicht mir allein die Schuld, obwohl ich angefangen hatte. Das fand ich oberfair von ihm. Er sagte, er will in der Pause ein Gespräch mit uns führen und unsere Eltern

anrufen. Wir sollten uns jetzt die Gesichter waschen, auf unsere Plätze gehen und über unser Verhalten nachdenken.
Annalena hob meine zerbrochene Brille auf und gab sie mir. Ich wollte nicht, dass das so ausartet, sollte wirklich nur ein Joke sein, sagte sie. Ich reagierte nicht, sondern steckte einfach nur die Überreste meiner Brille in meinen Rucksack, dann ging ich zum Waschbecken im Klassenraum und wartete brav hinter Jonas, bis er fertig war. Er tat so, als wäre ich Luft, aber immerhin hielt er die Klappe. Ich kühlte die Schwellung unter meinem Auge und sah, dass das wohl morgen ein schönes Veilchen geben würde. Meine Haare waren von dem vielen Wasser, das ich mir ins Gesicht geklatscht hatte, ganz nass geworden. Ich strich sie einfach hinter die Ohren. Im Spiegel erkannte ich verschwommen, dass ich jetzt aussah, als hätte ich eine Kurzhaarfrisur. Mit dem Face würden die mich jetzt noch mehr dizzen. Aber in diesem Moment war mir das völlig egal. Sollten sie doch! Ich drehte mich langsam um, straffte die Schultern und ging aufrecht und mit ruhigen Schritten zu meinem Platz. Immerhin hatte ich denen mal gezeigt, dass ich mir nicht alles gefallen lasse! Durch das geschwollene Auge und die fehlende Brille konnte ich die Gesichter der anderen nicht so genau erkennen und ehrlich gesagt, wollte ich sie auch gar nicht sehen. Chiara hat mir jedoch später erzählt, wie geschockt sie alle waren, als ich mich umdrehte und mit diesem ganz anderen Gang auf sie zukam. Sie müssen mich angestarrt haben, wie einen Zombie, der gerade aus seinem Grab geklettert

ist. So ähnlich war es ja auch. Ich hatte zwar keine Ahnung, aber in dem Moment sah ich genau wie Maurice aus. Maurice, der im Jahr davor noch zu ihrer Klasse gehört hatte und auf den Schienen der S-Bahn-Station Modertal gestorben ist. Besonders schlimm war dieser Augenblick für Chiara. Sie erzählte mir später, sie hätte ein Déjà-vu gehabt und plötzlich wäre alles an mir Maurice gewesen, meine Stimme, mein Gang, die Art, wie ich lache oder wie ich die Seiten in einem Buch immer von hinten nach vorne blättere. In den folgenden Tagen fielen ihr immer mehr Ähnlichkeiten auf und die anderen bestätigten ihre Beobachtungen. Manche meinten, es wäre Zufall, die Esoteriker waren der Ansicht, ich wäre ein Wiedergänger.
Zuerst merkte ich davon nichts, weil sie das alles über Facebook bequatschten. Sie machten sogar heimlich Handyfotos von mir und posteten sie. Dazu pinnten sie Fotos von Maurice. Ich spürte zwar ihr verändertes Verhalten mir gegenüber, aber ich dachte, sie hätten mehr Respekt vor mir, seit ich Jonas eine gelangt hatte.
In den Herbstferien traf ich Jonas zufällig draußen beim Fahrradfahren. Ihm war genauso langweilig wie mir, seine Eltern fahren wegen dem Geschäft nie in Urlaub. Wir hatten auch längst Waffenstillstand geschlossen. Wie gesagt, keiner hat mich mehr seit diesem Tag noch irgendwie dumm angemacht. Zuerst machten wir Kinderkram, versuchten das Wasser im Moderbach aufzustauen und ließen Hölzchen schwimmen. Jonas fragte mich, was ich eigentlich von dem Maurice-Kult halte, den sie um mich machen und warum ich bei Facebook dazu keine Kommentare abge-

be. Als ich ihm ehrlich sagte, dass ich nicht ins Internet kann, sind wir zu ihm nach Hause gegangen. Er hat mir alle Fotos gezeigt und ich war erst einmal ziemlich angepisst, dass die einfach so meine Bilder posten, bis ich kapiert habe, dass das diesmal nicht schlecht, sondern total positiv für mich gemeint war. Ein Bild fiel mir besonders auf. Chiara hatte es gemacht. Sie hatte mich fotografiert, als ich auf der Treppe vor dem Schuleingang stand. So ein Foto gab es wohl auch von Maurice. Sie hat aus beiden Bildern eins gemacht. Es sieht so aus, als ob wir beide nebeneinander auf der Treppe stehen und nachdenklich über den Schulhof gucken. (Ich stehe oft kurz vor Ende der Pause da, weil ich aus bekannten Gründen Erster im Klassenraum sein will, wenn es läutet.) Der Wind weht mir die Haare aus dem Gesicht, sodass es aussieht, als seien sie so kurz wie bei ihm. Meine Brille hatte ich noch nicht wieder, sie war noch in Reparatur, und das Monstermodell von Ersatzbrille zog ich nur im Notfall auf. Wir stehen da so nebeneinander, die gleiche Körpergröße, die gleiche Haltung, den gleichen Ausdruck im Gesicht. Wie Zwillinge, hat Jonas auf einmal gesagt. Er schickte mir das Foto auf mein Handy. Ich habe es heute noch und sehe es mir oft an. Als ich wieder zu Hause war, konnte ich mich nicht mehr davon losreißen.
In der Nacht träumte ich das erste Mal von Maurice. Ich sah ihn mit diesem nachdenklichen Gesicht an der S-Bahn-Haltestelle stehen. Er unterhielt sich mit mir. Wir wollten in den Zug einsteigen. Dann sehe ich plötzlich, dass da gar kein Zug ist, sondern es nach dem Bahnsteig ganz tief hinunter geht. Maurice merkt

es nicht, weil er mich beim Reden ansieht. Er macht einen Schritt. Ich packe ihn am Ärmel. Wir fallen beide. Wir fallen und fallen. Wir sind Fallschirmspringer und fliegen auf gleicher Höhe. Unsere Haare flattern. Maurice lacht und ruft mir etwas zu. Der Wind reißt ihm die Worte aus dem Mund und rauscht in meinen Ohren. Ich verstehe nichts und weiß nur plötzlich, dass ich die Reißleine ziehen muss. Mein Schirm öffnet sich, ich werde nach oben gezogen und Maurice verschwindet aus meinem Blickfeld. Sofort habe ich Angst, dass ihm was passiert ist. Hat sich sein Schirm nicht geöffnet oder liebt er das Risiko und wartet bis zum letzten Augenblick? –

Bang, chicka, bang, bang. Max' Handy meldet das Eintreffen einer SMS. Er geht hinüber zum Schreibtisch und findet sein Handy unter einer leeren Fertigpizza-Packung. Als er die Nachricht liest, breitet sich ein Lächeln auf seinem Gesicht aus. Einen kurzen Moment zögert er. Es wird vermutlich den traurigen Rest seiner Telefonkarte kosten, sie jetzt anzurufen. Egal.

Sie meldet sich sofort. »Hallo Max, was für ein Segen, endlich wieder Netz zu haben. Auf diesem Kaff bei meinem Vater brach es ständig zusammen, überhaupt ist da alles ziemlich zusammengebrochen.«

»Also war es nicht gut?«

»Voll der Horrortrip! Da gibt es nichts außer alten Steinen, Ölbäumen und Mauleseln.«

»Sonja und Andreas träumen von so einem Urlaubsparadies.«

»Wer sind Sonja und Andreas?«

»Die Leute hier bei mir im Haus, die bis vor Kurzem noch behauptet haben, meine Eltern zu sein.«

»Habt ihr Zoff zu Hause?«

»Mehr als das. Ich erzähl's dir, wenn du wieder da bist. Wo bist du jetzt?«

»Ich bin zu meiner Oma nach Monza geflohen. Endlich wieder Zivilisation! Ich werde auf jeden Fall übers Wochenende noch bei ihr bleiben. So viel Zeit brauche ich, um mich zu erholen und vor allem, um sie zu überzeugen, dass sie mich alleine nach Deutschland reisen lässt. Sie will das jetzt erst mal mit Giusi, der Schwester von meiner Mama, besprechen und dann vielleicht auch noch mit ihrer Nachbarin. So ist das in Italien. Außerdem will sie die Erlaubnis meiner Alten einholen, dass ich die letzte Ferienwoche allein im Haus bleiben darf.«

»Der alte Köhler ist ja da und wurschtelt bei euch im Garten herum, der kann auf dich aufpassen – und ich natürlich auch.«

»Danke. Den Köhler werde ich als Argument verwenden. Dich lass ich lieber aus dem Spiel. Geht's dir denn einigermaßen?«

»Geht so. Wir haben viel zu bequatschen, wenn du wieder da bist.«

»Ja, ich freu mich drauf. Melde mich. Ciao!«

Max legte das Handy vorsichtig beiseite, als sei es ein kleiner, zerbrechlicher Vogel. Er betrachtete es lächelnd und hatte dabei ein anderes Bild vor Augen: Chiaras rundliches Gesicht mit den roten Wangen und den schwarzen Augen, die ihn unternehmungslustig anblitzten. Ihre dunklen Locken tanzten um ihre Stirn und sie pustete sich vorwitzige Strähnen aus dem Gesicht. Er spürte, wie sich die bleierne Stimmung, die ihn seit Jahresanfang belastete, ein wenig auflöste. Es war gut, bald alles mit Chiara besprechen zu können. Sie würde wissen, wie es von nun an weitergehen soll. Die meisten Ereignisse der letzten Wochen hatte sie hautnah miterlebt. Max erinnerte sich. Nach dem Schock mit dem Foto hatte er heimlich begonnen, etwas über Maurice herauszufinden. Schnell hatte er bemerkt, dass Chiara ein wichtiger Schlüssel in seinen Nachforschungen war. Auch seine Großmutter, die in Modertal geboren und aufgewachsen war, wusste einiges über die von Bentheims.

Die alte Villa hatte jahrelang leer gestanden, bis Gero von Bentheim sie Ende der achtziger Jahre kaufte und auf dem modernsten Stand renovieren ließ. Er zog dort mit seiner Frau, Friederike von Bentheim, ein. »Eine bildschöne Frau mit blonden Locken und einem Körper wie eine Elfe«, hatte Oma erzählt. »Sie war eine Pferdenärrin, hat mitgeholfen, die alte Reitschule auf dem Erlenhof wieder in Betrieb zu nehmen. Ihr Mann hat die Reithalle errichtet. Anfangs glaubte man, die seien sich selbst genug. Die Frau hat ihre Pferde, er hat seine Firma. Die wollen keine Kinder. Ende der Neunziger kam dann Maurice. Die von Bentheims lebten sehr zurückgezogen. Da bekam man nicht viel mit. Viele Leute mochten sie deshalb nicht. Es wurde schlecht über sie geredet. Ich für meinen Teil habe nie Probleme mit ihnen gehabt.«

»Erzähl mir mehr von Maurice«, hatte Max gebeten.

»Warum willst du etwas über ihn wissen?«

»Er ging in meine Klasse und seine Schwester ist da jetzt noch.«

»Die Schwester geht in deine Klasse? Wie heißt sie?«

»Chiara«, hatte Max versucht, so beiläufig wie möglich zu sagen.

Die Großmutter hatte nachdenklich die Augen zusammengekniffen. »Das ist italienisch. Stimmt, sie ist seine Stiefschwester. Die zweite Frau von Gero von Bentheim hat sie mit in die Ehe gebracht. Sie ist mit Maurice nicht mehr verwandt als du oder ich.«

Bei dem Wort »du« war Max unwillkürlich zusammengezuckt. So alt wie ich, dachte er. Am Ende ist Maurice am gleichen Tag geboren! »Was ist mit der ersten Frau, also mit Maurice' Mutter geschehen?«, hatte Max nachgehakt.

Die Oma hatte geseufzt. »Man erfuhr ja so wenig, deshalb entstanden viele böse Gerüchte. Es hieß, sie würde sich nicht um Maurice kümmern. Sie überließ alles irgendwelchen Au-pairs oder den Köhlers. Frau Köhler arbeitete dort als Köchin und Haushälterin. Oft hat sie mir erzählt, sie hätte auf den Kleinen aufpassen müssen, weil »die Madame« – so sagte sie immer –, im Bett geblieben war. Später wurde sie kleinlaut. Da stellte sich nämlich heraus, dass Frau von Bentheim offensichtlich sehr krank war. Irgendwann ist sie dann auch in eine Klinik gekommen. Und dann war plötzlich die Italienerin als neue Frau von Bentheim da. Endlich gab es eine Mutter für Maurice und gleich eine Schwester dazu. Die Leute sagten, dass der Kleine richtiggehend aufgeblüht ist. Ein Jahr später wurde dann noch ein Mädchen geboren. Wie sie heißt, weiß ich im Moment gar nicht. Ich für meinen Teil habe mich jedenfalls gefreut, dass es in diesem Haus wieder bessere Zeiten gab und der kleine Maurice eine funktionierende Familie um sich hatte. Ich habe zwar nicht so viel Einblick, aber wenn man die neue Frau von Bentheim mit den Kindern sieht, merkt man, dass es ihnen gut geht. Vielleicht hat mich das Schicksal dieses kleinen Jungen auch so berührt, weil er mich an dich erinnerte.«

»Er erinnerte dich an mich, wieso?«, hatte Max alarmiert gefragt.

Die Oma hatte gezögert. »Nun, er war ja schließlich so alt wie du und auch ein kleiner, blonder Junge.«

»Mehr Ähnlichkeit hast du nicht gesehen?«

»Nein, natürlich nicht. Er war auch größer und kräftiger als du. Warum fragst du so komisch?«

»Die in meiner Klasse meinen, ich sehe ihm ähnlich.«

»Ihr habt euch als Kinder ein bisschen ähnlich gesehen. Später aber nicht mehr. Er war ein ganz anderer Typ als du. Haben deine Klassenkameraden dir auch erzählt, was mit ihm geschehen ist?«

Max hatte genickt. »Sie sagen, es wäre nicht klar, ob es Selbstmord oder Mord war.«

Die Oma hatte den Kopf geschüttelt. »Da hast du es wieder! Hier ist es schlimmer als auf dem Dorf! Ständig müssen sich die Leute das Maul zerreißen.«

»Aber manchmal ist an Gerüchten auch was Wahres dran«, hatte Max entgegnet. »Vielleicht wissen manche mehr und rücken nur nicht offen damit heraus!«

Die Oma hatte wieder heftig den Kopf geschüttelt. »Alles nur Geschichten! Von Brandstiftung, Mord und Totschlag. So was lieben die Leute!«

»Brandstiftung?«

Max hatte am Gesichtsausdruck seiner Oma gesehen, dass sie nicht gerne über diese Ereignisse redete. Aber da er sie so aufmerksam anschaute, wollte sie ihn nicht enttäuschen. Zögerlich hatte sie begonnen: »Als das Haus einer lieben Freundin letztes Jahr abgebrannt ist – halt, Moment, das war ja schon vorletztes Jahr. Juli 2011! Genau! Da haben die Leute gemeint, es sei Brandstiftung gewesen. Jemand habe sie umbringen wollen. So ein Blödsinn! Es war ein altes Haus! Sie hat seit Jahrzehnten nichts mehr dran gemacht. Die alten Leitungen, der Gasherd von annodazumal. Selbst ich hätte den längst rausgeschmissen. Wie oft hatte ich ihr das gesagt.«

»Ist das die Freundin, mit der du mal auf einer Demo warst?«, hatte sich Max erkundigt.

»Brigitte Wiesner. Vielleicht erinnerst du dich sogar an sie. Du warst als kleiner Bub einmal mit dabei! Auf jeden Fall gab es keinen, der einen Grund gehabt hätte, sie umzubringen. Sie war eine herzensgute Seele, sie hat niemandem was zuleide getan! Und jetzt hören wir auf mit diesen Mördergeschichten. Sonst träumen wir heute Nacht noch schlecht!«

So war sie, die Oma. Sie wollte alles positiv sehen. Nur keinen Ärger! Friede, Freude, Eierkuchen! Max schaute zum Fenster hinaus. Draußen war alles grau in grau. Regentropfen krochen die Scheiben hinab. Wo lag eigentlich Monza? Er zog den Schulatlas aus dem Regal und blätterte ungeduldig darin herum. Wie einfach wäre es gewesen, das zu googeln. Wieder wuchs in ihm der Groll gegen Eltern, die nicht in der Lage waren, einem die Grundversorgung zu sichern. Er wunderte sich, wie schnell er fand, was er suchte. Ein kleiner roter Punkt in Norditalien. Ein Städtchen dicht neben Mailand. War das ein Vorort so ähnlich wie Modertal? Gratuliere, Chiara, das ist ja nicht gerade das Kontrastprogramm! Aber alles war wohl besser als dieses Bergdorf in Sizilien.

Max verschanzte sich wieder in seinem Bett. Schorsch, der erwartungsvoll aufgesprungen war, ließ sich mit enttäuschtem Seufzen vor dem Bett nieder. »Wir warten noch, bis der Regen aufhört«, erklärte Max. Er griff sich den Stift und las noch einmal seine letzten Sätze. Dann schrieb er weiter.

Von da an träumte ich immer häufiger von Maurice. Ich weiß gar nicht mehr, ob es Absicht war oder sich irgendwie von selbst ergab, aber ich fing an, mich immer mehr so zu stylen wie er. Das nötige Kleingeld verdiente ich mir mit mehreren Nebenjobs. Ich ging sogar mit dem Handyfoto zum Friseur und ließ mir einen Haarschnitt à la Maurice verpassen. Meine Eltern konnte ich überzeugen, dass Kontaktlinsen praktischer sind als eine Brille und sie haben draufbezahlt. Die in meiner Klasse waren völlig weg. Vor allem Annalena. Wo ich auftauchte, erschien sie auch. Das konnte kein Zufall mehr sein!
Oma und meine Eltern staunten nur noch und dachten, ich treibe die ganze Schau wegen Annalena. Ich hatte inzwischen einen Terminplan wie ein Manager. Wenn ich nicht in der Schule war oder bei einem meiner Jobs, joggte ich durch die Modertaler-Felder bis zum Hutewald. Das war weit genug weg, damit mir niemand begegnete, denn dort machte ich Krafttraining an Baumstämmen, spurtete die Hänge rauf und runter und schleppte Steine und Hölzer. Schorsch lief regelmäßig mit, schleppte Stöckchen und verlor deutlich an Gewicht, was dem verfressenen Kerl sichtlich guttat. Jeden Abend vor dem Bett steigerte ich die Zahl meiner Liegestütze und war bald bei hundert angekommen. Tolle Leistung, wenn ich an meine ersten Bauchplatscher denke. Schon nach ein paar Wochen hatte ich ein Sixpack, wie man es auf manchen Fotos bei Maurice bewundern konnte. Er soll regelmäßig ins Studio gegangen sein. Dafür fehlte mir das Geld. Aber in seinem Taekwondo-Verein meldete ich mich noch in

den Herbstferien an und trainierte regelmäßig mit. Schon bald hatte ich das Gefühl, jeden Angreifer ohne Probleme aufs Kreuz legen zu können. Doch das war gar nicht mehr nötig. Denn alle hatten plötzlich Respekt vor mir – wie früher vor Maurice! Annalena schmachtete mich an und ich traute mich sogar, mit ihr wild auf Jonas' Geburtstagsparty herumzuknutschen. Da war keiner, der es wagte, sich deswegen mit mir anzulegen. Nur Jonas' Bruder Tobias warf mir Blicke zu, als würde er mich gerne neben den Würstchen auf dem Grill brutzeln sehen. Ich hab ihn mit Winner-Miene angegrinst.
Eines Tages, es muss so Ende Oktober gewesen sein, beobachtete ich nach der Schule auf dem Pausenhof eine Gruppe kleiner Jungs beim Fußballtraining. Tobias stand mit der Trillerpfeife im Mund daneben und machte einen auf Obergorilla. Doch plötzlich hörten ein paar von denen nicht mehr auf sein Kommando. Sie blieben stehen und starrten mich an. Da ist Maurice!, rief einer. Ich erinnere mich noch genau. Es war Justin Kinkel, der kleine Loser aus dem Harzerpfad, dem sie Pinkel hinterherrufen. Maurice ist wieder da!, schrie er aufgeregt. Sie rannten alle auf mich zu und sprangen an mir hoch wie junge Hunde. Dabei bemerkten sie ihren Irrtum und ließen von mir ab.
Ich blieb noch eine Weile und sah ihnen zu. Es gefiel mir, dass ich für sie so eine Art Star war und sie ständig zu mir hinguckten und winkten. Später kam dann Tobias auf mich zu und machte mir den Vorschlag, mit ihm zusammen die AG zu übernehmen. Er würde halbe, halbe mit mir machen. Es wäre ihm

lieber, wenn er noch eine Unterstützung hätte und ich sähe so aus wie einer, der Kohle bräuchte. Das gab ich natürlich nicht so gerne zu, sondern sagte zu ihm: Irrtum. Ich sehe aus wie einer, der Kohle hat. Tobias hat gegrinst und die Hand zum High Five gehoben. Ich schlug ein. Damit hatte ich bei einem weiteren wichtigen Typen gepunktet. Von da an war ich nur noch auf der »Street of Glory« unterwegs.

Es gab allerdings noch ein winziges Restproblem. Und das war Chiara. Sie ging mir aus dem Weg. Aber oft erwischte ich sie dabei, wie sie mich aus der Ferne beobachtete. Es wurde zu einem Spiel. Erst tat ich so, als bemerkte ich sie nicht, und dann sah ich sie ganz schnell an, sodass sie das Visier nicht mehr schnell genug herunterklappen konnte. Dabei spiegelte sich eine ganze Palette von Ausdrücken in ihren Augen. Manchmal hatte sie ein Lächeln drauf, das ganze Gletscher abschmelzen könnte, oder sie schaute so Madonna-Maria ernst, dass man sich am liebsten für alles auf dieser Welt bei ihr entschuldigt hätte, vor allem für die eigene Existenz. Und dann gab es Momente, in denen sie mit unendlich traurigen Augen an mir hing. Damit schlug sie sogar Schorsch, der diesen Blick auch drauf hat, wenn ich weggehe, ohne ihn mitzunehmen. Irgendwann nahm ich all meinen Mut zusammen und beendete das Theater, indem ich in der Mittagspause in der Schulkantine eine große Portion gemischten Salat und zwei Gabeln erstand und zu dem Tisch ging, an dem sie saß und an ihrem Wasser nippte. Insalata Mista gefällig?, fragte ich wie ein Oberkellner. Sie sagte, dass sie eigentlich gerade Null-Diät mache, aber sie lächelte dankbar, als ich in eine Tomate piekte und sie ihr hinhielt. So fütterten wir uns gegenseitig und erzählten uns dazwischen alles Mögliche aus unserem bisherigen Leben. Wir lachten viel und ich wusste nun, dass auch Chiara auf meiner Seite war. Zu der Zeit war ich fest überzeugt, dass es keinen mehr gab, der noch etwas gegen mich haben könnte, doch dann fand ich in der letzten Woche vor den Ferien diesen Fisch im Schließfach. Erst hatte ich Jonas im Verdacht. Ich beobachtete ihn aufmerksam und warf ihm kritische Blicke zu. Doch er benahm sich so verpeilt wie sonst auch. Am 25. Dezember lag dann der erste Brief im Kasten. Meine Oma brachte ihn mir erst abends, weil den ganzen Tag niemand nachgeschaut hatte. Es war ja Weihnachten, und da kam keine Post. Am 29. Dezember dann der nächste Brief mit derselben Botschaft. Als hätte jemand abgewartet, ob ich reagiere, um dann denselben Brief noch einmal zu schicken. Gestern morgen steckte dann der dritte Brief im Kasten. Da stand was anderes drin.

Max sah von seiner Schreibarbeit auf und betrachtete den Hund, der die Beine von sich gestreckt hatte und auf dem Teppich vor dem Bett döste. Er liegt da, wie erschossen, dachte Max und hatte plötzlich ein Gefühl als ob Eiswasser durch seine Adern flösse. Schorsch hob den Kopf. Hatten Hunde einen siebten Sinn und merkten, wenn man an sie dachte? Schorsch sprang auf. Er wedelte und winselte und riss mit der Pfote an Max' Arm. Max klappte das Buch zu. »Ist okay, wir gehen eine Runde.«

Als Max von einem ausführlichen Spaziergang mit Schorsch im Nieselregen zurückkam, dämmerte es bereits. In Schorschs Fell hingen Schlamm, faules Laub und Kletten. Max klemmte sich den Hund unter den Arm, ging hinunter in den Keller zur Waschküche und begann mit den Reinigungsarbeiten. Anschließend sauste Schorsch wie befreit mit wehenden Ohren durch die Wohnung. Treppauf, treppab, durch die Zimmer. Er schnappte ausgelassen nach allem, was er finden konnte und trug es einige Meter mit sich. Mal war es ein Socken, mal ein Hausschuh, mal ein Stück Zeitung. Max stand lachend an der Treppe und sah dem tobenden Fellbündel vergnügt zu. Als Schorsch bei der nächsten Runde an Max vorbeikam, trug er einen Brief im Maul.

»Stopp!«, rief Max und Schorsch ließ vor Schreck sein Spielzeug fallen.

Max bückte sich und hob den Umschlag auf. *Maximillian Friedhelm Wirsing* stand darauf. Im Gegensatz zu den bisherigen Briefen war es ein länglicher, cremefarbener Umschlag, wie man ihn für Grußkarten verwendet. Die letzten drei Briefe waren unfrankiert in den Briefkasten draußen am Gartenzaun eingeworfen worden. Und dieser hier? Wo hatte Schorsch den her? Max verfolgte mit den Augen den Weg zurück, auf dem Schorsch gekommen war. Er war von der Haustür durch den Flur gesaust. Also musste jemand diesen Brief unter der alten, zugigen Holztür durchgeschoben haben. Aber vorhin lag da kein Brief, das wäre Max beim Hereinkommen aufgefallen. Also musste es passiert sein, als er mit dem

Hund unten in der Waschküche gewesen war. Wie dreist! Jemand war durch den Vorgarten bis zur Haustür gekommen, hatte dort vermutlich lauschend gestanden und dann den Brief durchgeschoben.

Max starrte auf die Tür. Sein Herz schlug bis zum Hals. Da kommt dir jemand immer näher, dachte er. Sein Blick fiel auf Schorsch, der mit bettelnden Hundeaugen vor ihm saß und sein Spielzeug zurückhaben wollte.

»Du bist mir vielleicht ein Wachhund, schlägst nicht mal an, wenn einer an der Tür ist!«

Als Antwort kläffte Schorsch hell, was allerdings eher zu bedeuten hatte, dass seine Geduld am Ende war und er weiter mit dem schönen Papier spielen wollte. Der Laut des Hundes erinnerte Max daran, dass Schorsch sehr wohl eben im Flur gebellt hatte. Ja, er hatte sogar an der Eingangstür gekratzt, nur hatte Max das als Teil seines verrückten Spiels interpretiert.

Max ging zur Tür und lauschte. Schorsch folgte ihm und schnüffelte am Türspalt. »Sag schon, steht da draußen noch einer?« Schorsch kläffte kurz und sprang an Max' Beinen hinauf. Eine Botschaft, der Max nichts Brauchbares entnehmen konnte. Also schlich er sich in die dunkle Küche und lugte vorsichtig zwischen den Vorhängen hindurch zur Eingangstür. Die Straßenlaternen beleuchteten spärlich den nassen Vorgarten mit seinem Gewirr aus vertrockneten Stauden und Buschwerk. Vor der Haustür stand niemand. Andererseits war es kein Problem, sich irgendwo auf diesem unübersichtlichen Grundstück zu verstecken. Wenn es in diesem Winter wenigstens mal Schnee gegeben hätte, dann hätte man vielleicht Spuren sehen können. Aber bei diesem Wetter verschwand alles in schlammigem Einheitsgrau. Die Großmutter hatte noch nicht einmal eine Lampe mit Bewegungsmelder an der Tür wie ihre Nachbarn.

Max verließ seinen Posten und zog sich in sein Zimmer zurück. Dort öffnete er den Brief. Die Botschaft war neu. Sie war nicht mit der Hand, sondern mit Computer geschrieben.

Hör auf mit der erbärmlichen Show, du bist nicht Maurice, sondern nur ein verkleideter Emo! Bald bist du dran!

Max zog die anderen Briefe hervor und legte sie daneben. War das ein und dieselbe Person, die sich bewusst verstellte, oder hatten verschiedene Personen die Botschaften verfasst? Wussten sie voneinander? Hatten sie sich gar abgesprochen? Nachdenklich legte Max die Stirn in Falten und biss sich auf die Unterlippe. Auf jeden Fall schienen alle Briefeschreiber zu wissen, dass er nicht ins Internet konnte und nur auf diesem Weg erreichbar war.

Da schlichen also alle möglichen Personen ums Haus und warfen unbemerkt Briefe an ihn ein. Er würde sich auf die Lauer legen, vielleicht hatte er Glück und erwischte einen. Dann würde er wissen, ob es sich um dumme Schülerstreiche handelte. Vielleicht war jemand neidisch auf sein neues Image und wollte ihn auf diese Art einschüchtern. Oder er entdeckte, dass es sich um jemand ganz anderen handelte. Aber um wen?

Samstag, der 5. Januar

Man glaubt es nicht. Wer schrieb mir heute Morgen eine SMS und wollte sich mit mir treffen? Annalena! Sie schlug vor, dass wir zusammen in die Stadt ins Kino fahren. Vorher wollte sie durch die Läden ziehen und ich sollte mit. Eigentlich hatte ich keine Lust auf das Gedränge. Leute auf Schnäppchenjagd sind schlimmer als eine Horde Fünftklässler auf dem Schulklo. Ich weiß, es gab mal Zeiten, da hätte ich mich um den Job als Tütenschlepper bei Annalena gerissen. Inzwischen hat sich das gelegt. Trotzdem. Es machte mich neugierig, was sie von mir wollte. Hat ihr Tobias' Auftritt mir gegenüber auch nicht gefallen? Wollte sie mir das sagen? Oder wollte sie mir erklären, dass sie mit ihm zusammen ist und deshalb die AG mit ihm machen will. Soll sie doch.

Ich ließ mich auf ein Meeting mit ihr ein und dachte, es wäre auf jeden Fall besser, als nur zu Hause herumzuhängen und den Alten zu begegnen, die mich ständig mit Hungerblick anschauen und mich anbetteln, nicht mehr böse auf sie zu sein. Sie möchten, dass alles wieder so ist wie früher. Gelitten!

Früher, das gibt es nicht mehr. Es hat noch nie ein

»Früher« gegeben. Ich bin gerade damit beschäftigt, mir meine Vergangenheit mühsam neu zusammenzubasteln! Und dabei seid ihr keine große Hilfe, Sonja und Andreas!
Ich stand also heute Mittag mit Annalena am S-Bahnhof. Es war wie immer ein mulmiges Gefühl. Es gibt kaum jemanden, der hier steht und nicht daran denkt. Man sieht es in den Gesichtern der Leute. Sie versuchen so betont cool aus der Wäsche zu gucken. Schon wieder hat einer aus dem Modertal-Schild »Mördertal« gemacht. Sie können das abwischen, so oft sie wollen. Immer gibt es irgendwen, der es wieder erneuert. Ich dachte gerade darüber nach, ob es immer dieselbe Person ist, die das tut, und ob sie es deshalb tut, weil sie mehr weiß als ich. Annalena muss ähnliche Gedanken gehabt haben, denn plötzlich fragte sie mich: Glaubst du immer noch daran, dass ihn damals jemand gestoßen hat? Ich schaute sie an. In ihren Augen stand Angst, richtige Angst.
Dann legte sie los: Ich sage dir jetzt etwas, was du noch nicht weißt. Etwas, was ich keinem in der Klasse erzählt habe. Aber du musst mir versprechen, dass du es für dich behältst und dass du mir glaubst.
Einen Moment musste ich nachdenken. Kann man das alles auf einmal versprechen? Andererseits bin ich oberneugierig. Deshalb sagte ich: Okay, ist gebongt.
Und dann rückte sie raus mit einem ziemlichen Hammer. Sie erzählte mir, dass die Polizei sie verhört hatte, damals. Sie hatten Maurice' Handy zwischen den Gleisen gefunden und hatten einiges wiederherstellen

können. Es gab eine SMS. Er war um Mitternacht zum S-Bahnhof bestellt worden.
Ich konnte es nicht fassen. Dann ist doch klar, dass es Mord war! Wer wird von jemand anderem zu seinem Suizid bestellt? Das gibt es wohl nicht! Haben sie herausgefunden, von wem die SMS kam?, wollte ich von ihr wissen.
Sie guckte mich an, als hätte ihr jemand gerade sämtliche Knochen gebrochen. Von mir, flüsterte sie dann.
Waaas?, schrie ich, von dir? Du hast ihn herbestellt? Wie kaputt ist das denn? Was bist denn du für eine?
Durch mein Gebrüll verschreckte ich sie. Sie stand nur noch da und heulte. Die S-Bahn kam. Wir stiegen ein. Als ich mich neben sie setzte, stand sie auf und setzte sich drei Reihen weiter nach vorne. Ich überlegte, ob ich nicht wieder aussteigen und sie da sitzen lassen sollte. In diesem Moment hasste ich sie richtig. Sie ist die Pest! Sie ist genauso eine wie ihr neuer Freund Tobias. Am Ende ist es folgendermaßen gelaufen, dachte ich plötzlich. Tobias war schon damals wegen Annalena eifersüchtig auf Maurice. Sie wollten ihn loswerden. Sie bestellten ihn zur S-Bahn-Haltestelle und er gab ihm einen Tritt. Eigentlich müsste ich sofort zur Polizei und sie anzeigen. Ich stand auf. Die S-Bahn würde erst in 5 Minuten losfahren. Modertal ist die Endstation. »Endstation Mördertal«, dachte ich.
Doch dann wurde es langsam wieder etwas klarer in meinem Hirn. Warum sollte ich zur Polizei gehen? Die Polizei hat sie doch schon verhört, die haben doch schon einiges herausgefunden und anscheinend konnten sie ihr nichts nachweisen. Ich schaute nach

vorne, sah wie schief ihre Strickmütze auf dem Kopf saß und wie sie zitterte. Die ist echt fertig, dachte ich. Sieht so eine Mörderin aus? Eigentlich nicht, musste ich zugeben. Aber vielleicht sah so jemand aus, der etwas mit sich herumschleppt, was er endlich loswerden will. Ich ärgerte mich, dass ich es verbockt hatte. Sie hätte mir alles erzählt. Also, probierte ich es noch einmal.

Ich setzte mich neben sie. Sie blieb sitzen. Ich strich ihr ein bisschen über den Arm. Sie ließ es sich gefallen. Die Bahn fuhr los. Eine Weile schauten wir aus dem Fenster. Eine halbe Stunde dauert die Fahrt in die Stadt, eine halbe Stunde, in der ich mehr erfuhr als im letzten halben Jahr. Ihr Handy sei ihr an dem Tag geklaut worden. Es war ein Samstag. Am Vormittag, im Reitstall, hätte sie es noch gehabt. Auf dem Heimweg hat sie in ihrer Tasche gewühlt und es nicht mehr gefunden. Sie dachte, es sei im Reitkoffer. Dann hat sie alles durchsucht, im Reitstall angerufen und gesagt, dass sie ihr Handy vermisse. Das hat die Polizei nachgeprüft und gemeint, dass sei ein Punkt, der sie entlaste. Ihr Handy ist nie wieder aufgetaucht. Es konnte auch nicht von der Polizei geortet werden, weil es abgeschaltet war. Sie konnten nur ermitteln, dass es zum Zeitpunkt, als die SMS verschickt wurde, am Modertaler Sendemast eingeloggt war. Dieser Mast steht auf dem kleinen bewaldeten Hügel, der zwischen Modertal und unserer Schule liegt. Ich komme jeden Tag da vorbei. Ab jetzt werde ich beim Anblick des Mastes immer an diese SMS denken. Wer stand in der Nähe und bestellte Maurice dort hin?

Annalena hat nur noch geheult. Vielleicht hat es sie erleichtert.
Warum hast du mir das jetzt plötzlich alles erzählt?, fragte ich.
Da rückte sie mit der Sprache heraus. Sie will, dass ich endlich aufhöre, weiter in vergangenen Geschichten herumzuwühlen und am Ende vielleicht noch Tobias verdächtige.
Genau das hatte ich ja bereits wenige Minuten vorher getan. Daher fragte ich sie, wie sie darauf kommt, dass ich ihn verdächtigen könnte und warum das so schlimm für sie wäre? (Ich hatte mich absichtlich ein bisschen doof gestellt.) Da erzählte sie mir einige Details, die ich so genau noch nicht kannte.
Tobias und Maurice müssen einerseits viel zusammen abgehangen haben, andererseits muss es zwischen den beiden auch voll die Konkurrenz gewesen sein. Es ging das Gerücht, dass Tobias und Maurice da was am Laufen hatten, was ihnen eine Menge Kohle brachte. Als Annalena mit Tobias zusammenkam, hat sie ihn darauf angesprochen. Er hat ihr gesagt, dass das nur böse Gerüchte gewesen seien. Sie glaubte ihm das. Er sei eigentlich ein ganz Netter und total süß zu ihr. (Kotz!) Sie meinte, viele hätten über die beiden nur deshalb abgelästert, weil sie total neidisch darauf gewesen seien, dass Tobias und Maurice immer flüssig waren. Maurice hätte von zu Hause her genug bekommen und Tobias hätte immer gejobbt. Sie drängelte, wer immer das damals mit der SMS gewesen sei, Tobias jedenfalls nicht! Deshalb sollte ich aufhören, weiter nachzuforschen.

In dem Moment hatte ich einen Flash. Hast du Tobias das mit der SMS von dir an Maurice erzählt?, fragte ich. Sie schüttelte den Kopf und versicherte mir, dass es niemand außer mir weiß! Ha, ha. Wer's glaubt. Wahrscheinlich hat Tobias sie auf mich angesetzt, damit ich aufhöre weiter nachzuhaken. Der Junge hat eine Leiche im Keller und will mich auf Abstand halten! Ich werde also dranbleiben! Danke, Annalena, damit hast du das Gegenteil von dem erreicht, was du wolltest.

Unten in der Küche klappte die alte Frau Wirsing die Backofentür auf, und bückte sich, um den Braten herauszuziehen. Sonja kam heran und nahm ihr sanft die Topflappen aus den Händen.

»Lass mich das machen, der Bräter ist doch viel zu schwer.«

Max' Großmutter trat zur Seite. Sie musterte ihre Schwiegertochter besorgt. Sonjas Gesicht hatte eine durchsichtige Blässe bekommen und ihre Stimme klang rau und matt. Im Flur hörte man die alte Holztreppe knarren. Andreas Wirsing kam mit schweren Schritten die Treppe hinunter.

»Und? Kommt er wenigstens zum Essen?«, erkundigte sich die alte Frau Wirsing.

Andreas schüttelte den Kopf und brummte etwas Unverständliches.

Seine alte Mutter seufzte. »Den Sonntagsbraten hat er noch nie versäumt! Es ist doch sein Lieblingsessen! Ich habe eine Extraportion Klöße gemacht.«

Ihre Stimme klang, als hätte sie gerade eine schlimme Diagnose gestellt.

»Dann fangen wir eben ohne ihn an«, sagte Sonja resigniert.

»Kommt überhaupt nicht infrage!«, rief Frau Wirsing und stapfte entschlossen die Treppe hinauf. Nach wenigen Stufen hielt sie inne und rief den beiden in der Küche zu: »Und nach dem Essen reden wir noch einmal mit ihm. Und zwar alle! So geht das nicht weiter. Das hält ja kein Mensch aus, was ihr einander antut! Heute kommt alles auf den Tisch und nicht nur der Braten.« Dann setzte sie ihren Weg fort.

Es war ihr tatsächlich gelungen, Max zu holen. Nach einem schweigsamen Essen saßen sie um den abgeräumten Tisch. Andreas und Sonja hatten Max angekündigt, noch einmal mit ihm über das Thema von Neujahr reden zu wollen. Sie versprachen, mit nichts mehr hinter dem Berg zu halten, sondern ihm alles zu erzählen, was sie wüssten.

»Schonungslose Aufklärung«, hatte Andreas gesagt, und Max hatte ihn aufmerksam angesehen.

»Schonungslos für jeden? Auch für euch?«

Andreas nickte. »Wir werden dir alles erzählen, was du wissen willst. Es wird dir nicht gefallen, deshalb hatten wir dir nicht alles erzählt.«

Sonja schaltete sich ein. »Eigentlich wollten wir warten, bis du achtzehn bist und schon viel mehr auf eigenen Füßen stehst. Aber als du plötzlich anfingst zu drängeln, dass du unbedingt deine Geburtsurkunde sehen wolltest, da merkten wir, dass man dir nicht länger verschweigen konnte, dass du unser Adoptivsohn bist. Aber glaube mir, Max, du bist für uns wie unser eigenes Kind! Du bist unser Sohn, ich hab dich lieb wie –«

»Schon gut!«, unterbrach Max und bemühte sich, seiner Stimme einen besonders harten Ton zu verleihen.

Sonja zuckte zusammen. Tränen standen in ihren Augen. Max wandte den Blick von ihr ab und sah durch die Terrassentür hinaus in den verwilderten Garten, der mit seinen vertrockneten Stängeln und den kahlen Ästen an den Bäumen traurig und verloren wirkte. Hinten am Zaun tropfte der Regen vom rissigen Holzdach einer kleinen schiefen Hütte. Max schluckte. In ihm stiegen die Bilder einer sonnigen Zeit auf, als er dort draußen mit Hammer und Nägeln gewerkelt hatte. Später hatte Andreas ihm geholfen, dem Bauwerk Stabilität zu verleihen. Max konnte sich noch gut an seine Sprüche von damals erinnern. »Die Axt im Haus erspart den Zimmermann! – Es ist gut, wenn du beizeiten lernst, mit Werkzeug umzugehen. – Ein Haus bauen, einen Baum pflanzen und ein Kind zeugen. Das sind die drei Dinge, die ein Mann in seinem Leben tun sollte.«

Wieder stieg die Wut vom Neujahrstag in Max auf. Sie hatten ihn betrogen! Sie hatten ihm alles genommen! Er war plötzlich ein Wesen ohne Vergangenheit. Max verzog den Mund, als habe er auf etwas Bitteres gebissen. Dann spuckte er die Worte in Andreas' Richtung: »Haus bauen und Baum pflanzen kannst du wenigstens.«

Andreas wurde weiß im Gesicht und Max tat im selben Moment leid, was er gesagt hatte, doch er nahm es nicht zurück.

»Also, was willst du wissen?«, fragte Andreas sehr leise und sah ebenfalls hinaus in den Garten. Sonja schnäuzte in ein Taschentuch.

Max bemühte sich um eine feste Stimme: »Warum ihr mir die Geburtsurkunde nicht zeigen wollt. Und mir Geschichten erzählt, sie wäre in einer Umzugskiste verräumt worden. Für wie blöd haltet ihr mich? Sonja ist ein Dokumentenfreak, die weiß von jedem Zettel, wo er ist!«

Sonja räusperte sich. »Wir wollten dir das erst einmal mit der Adoption erklären und dann über diese Urkunde sprechen. Aber du bist ja gleich aufgestanden und rausgerannt. Wolltest nichts mehr hören! Ich verstehe ja, dass du –«

»Das ist nicht die Antwort auf meine Frage«, fuhr Max dazwischen. »Wo ist sie, und warum wollt ihr sie mir nicht zeigen?«

Andreas' Blicke hefteten sich auf Max. »Weil da ein Name drin steht, mit dem du nichts anfangen kannst.«

Max horchte auf. »Ein Name? Was für ein Name?« In seinem Inneren meinte er es flüstern zu hören: Siehst du, Bruder! Also doch! *Von Bentheim* steht in deiner Geburtsurkunde!

Andreas erhob sich und verließ das Zimmer. Alle sahen ihm schweigend nach. Max kannte jedes Geräusch in diesem alten Haus. Er hörte, dass Andreas hinauf ins Schlafzimmer der Eltern ging, die Schublade der Kommode aufzog und wieder zurückkam. Er klappte eine Mappe auf, die er mitgebracht hatte, und legte vor Max ein Blatt Papier auf den Tisch. Das Geburtsdatum kannte er: 1. März 1997. Den Geburtsort auch. Ebenso den Vornamen Maximillian. Als Nachname stand dort etwas anderes.

»Busch?« schrie Max. »Was ist denn das für ein Name? Wer ist das?«

»Ich habe dir doch gesagt, dass du damit nichts anfangen kannst«, erklärte Andreas kühl.

Max schaute hilfesuchend zu Sonja. »Sind das meine Eltern? Heißen die so?«

Sonja schüttelte den Kopf. Sie tupfte sich die Tränen aus den Augen. »Dieser Name wurde dir gegeben.«

»Von wem?«, rief Max.

»Von einem Amtsvormund. Kinder, die keinen Namen haben, erhalten einen Namen, damit man sie standesamtlich melden und eine Geburtsurkunde ausstellen kann.«

Max schüttelte den Kopf, als wollte er wirre Gedanken loswerden. »Das heißt also, meine echten Eltern haben mir keinen Namen gegeben, sondern haben das jemand anderem überlassen. Weiß man aber trotzdem, wer meine Eltern sind?«

»Das ist in deinem Fall nicht so«, erklärte Andreas.

»Was soll das heißen, du redest schon wieder so um fünf Ecken herum! Wer sind meine echten Eltern? Raus damit!«

Die Großmutter erhob sich und ging zur Anrichte. Dort zog sie eine große Blechdose hervor. Max wusste, dass das ihre Sammelkiste für Rezepte und Zeitungsausschnitte war. Sie blätterte tief unten in der Kiste. Dann hatte sie ein vergilbtes Papier in der Hand und legte es vor Max auf den Tisch.

»Das hast du noch?«, rief Sonja erstaunt.

Die alte Frau nickte und beobachtete Max. Der starrte auf den alten Zeitungsartikel, der jetzt vor ihm auf dem Tisch lag. In der Mitte war eine Babymütze mit Streifenmuster abgebildet. Daneben lag ein Schnuller. Am Zeitungsrand zeigte ein Maßband die Größe der Gegenstände. *Neugeborenes in der Uniklinik ausgesetzt.* Max begann den Text zu lesen.

Ein Neugeborenes ist nur wenige Tage nach seiner Geburt in einer Besuchertoilette des Klinikums der Universität ausgesetzt worden. Die Herkunft des Kindes ist unklar. Die Polizei sucht auch am heutigen Freitag weiter nach der Mutter. Das Kind befindet sich in Obhut des Krankenhauses. Von dort erfuhren wir, dass es am Donnerstagabend gegen 18 Uhr von einer Besucherin entdeckt wurde. Das Baby war in eine hellblau-weiße Decke gewickelt und mit einer blauen Strampelhose mit Schmetterlingsapplikation und einem weißen Hemdchen bekleidet. Dazu trug es die abgebildete blau-weiß geringelte Mütze. Laut einer Sprecherin der Uniklinik soll der Säugling leicht unterkühlt, aber ansonsten gesund sein. Allerdings ist das Kind mit 47 cm recht klein und wiegt nur 2300 g. Es sei aber gut gepflegt und der Nabel professionell versorgt worden. Die Sprecherin meint, es könne sich durchaus um ein Frühgeborenes handeln. Der genaue Tag der Geburt sei schwer zu bestimmen. Das Kind wird vorerst in der Klinik verbleiben, bis es deutlich an Gewicht zugenommen hat. Das Jugendamt wurde benachrichtigt. Aus Datenschutzgründen wurde nicht bekannt gegeben, ob es sich um einen Jungen oder ein Mädchen handelt. Ferner wurden am Kind und in der Tragetasche, in der es ausgesetzt wurde, Gegenstände gefunden, welche nur die Mutter bzw. die Person kennen kann, die das Kind in der Uniklinik abgelegt hat. Aus ermittlungstechnischen Gründen werden diese Gegenstände noch geheim gehalten. Die Polizei hat ein Verfahren wegen Kindesaussetzung nach Paragraph 221 des Strafgesetzbuches eingeleitet und sucht nach Zeugen, die am Donnerstagnachmittag im Bereich der Kliniktoilette Beobachtungen gemacht haben, die mit dem Ablegen des Kindes in Zusammenhang stehen könnten. Auch wer Angaben über Frauen machen kann, die schwanger waren, jetzt aber kein Kind haben, wird gebeten, sich bei der nächsten Polizeidienststelle zu melden.

Max las den Artikel ein zweites Mal. »Und das soll ich gewesen sein?«, flüsterte er schließlich.

Sonja nickte. »Ich erinnere mich an den Artikel. Ich weiß noch, wie ich damals dachte: Da ist eine verzweifelte Frau, die das Kind weggeben muss, und wir wünschen uns ein Kind und bekommen keins. Das ist ungerecht! Ich wusste, dass ich wegen einer Unterleibsinfektion keine Kinder haben konnte. Andreas und ich standen längst auf der Adoptionsliste des Jugendamtes. Ich weiß noch genau, wie ich damals im Mai 1997 plötzlich den Anruf bekam: ›Wir haben ein Kind für Sie!‹ Das ist noch heute die beste Nachricht, die ich in meinem Leben je erhalten habe. Endlich hatte das Warten ein Ende, wir haben uns so sehr gefreut. Wir erfuhren dann vom Jugendamt, dass du das Findelkind aus der Uniklinik bist. Du warst damals erst einmal in einer Pflegefamilie untergebracht, denn sie müssen bis acht Wochen nach der Geburt warten, ob sich die leibliche Mutter nicht doch noch meldet. Dann erst dürfen sie das Kind zur Adoption freigeben. Aber so lange darf ein Kind nicht namenlos und ohne Geburtsurkunde bleiben, deshalb wurde dieser Name für dich bestimmt.«

»Und wie kam dieser Amtsvormund ausgerechnet auf Maximillian Busch? Denkt der sich das frei Schnauze aus?«, fragte Max.

»So genau weiß ich das nicht«, antwortete Sonja. »Die Frau vom Jugendamt hat uns damals gesagt, dass es in der Tragetasche einen Hinweis gab, der auf ›Max‹ und auf ›Busch‹ deutete. Daher hätten sie sich für diesen Namen entschieden, weil sie dem Kind damit wenigstens eine kleine Anbindung an seine Herkunft erhalten wollten.«

»Und den *Friedhelm* und *Wirsing* habe ich dann euch zu verdanken?«, fragte Max mit sichtlicher Geringschätzung.

»Wir durften deinen Vornamen noch ergänzen«, erklärte Sonja.

»Es war mein Wunsch«, schaltete sich die Großmutter ein. »Du weißt doch, dein Opa hieß Friedhelm. Was hätte der sich gefreut, wenn er dich noch hätte kennenlernen dürfen, aber leider war er im Jahr zuvor gestorben.«

Max verzog grübelnd das Gesicht und tat so, als lese er noch einmal in dem Zeitungsartikel. Die Erwachsenen beobachteten ihn dabei mit stummer Anspannung. Dann stellte er eine für sie völlig unerwartete Frage: »Gab es damals noch irgendwo so ein Findelkind?«

»Wie kommst du darauf?«, fragte Sonja.

»Ich habe doch gerade was gefragt, wieso bekomme ich schon wieder nur eine Frage als Antwort?«, brauste Max auf.

Andreas hob die Stimme: »Max, ich verstehe deinen Frust. Glaub mir, ich verstehe das wirklich, aber trotzdem musst du deine Mutter nicht so anfahren. Das geht nicht!«

»Sie ist nicht meine Mutter, sie heißt Sonja«, entgegnete Max barsch.

Sonja schossen wieder die Tränen in die Augen. Andreas schüttelte stumm den Kopf und schaute mit zusammengekniffenen Augen in den Garten hinaus.

»Max, du versündigst dich«, sagte die Großmutter leise.

Max schnaubte. »Ach ja, ich versündige mich? Dein Standardspruch! Dann geh doch in die Kirche und erzähl es deinem lieben Gott, aber vergiss nicht, ihm zu sagen, dass ich hier in diesem Haus jahrelang verarscht worden bin!«

Andreas erhob sich und knallte die Mappe auf den Esstisch, sodass alle im Raum zusammenfuhren und ihn erschreckt ansahen. »Jetzt reicht's, Maximillian. Wenn das deine Antwort darauf ist, dass wir dir jahrelang ein Elternhaus geboten haben, in dem du dich bis vor Kurzem äußerst wohlgefühlt hast, ist das schlicht und einfach nicht fair! Wir haben uns um dich genauso bemüht, wie das leibliche Eltern tun, wir haben dich ernährt, gekleidet, erzogen. Wir haben uns die Nächte um die Ohren geschlagen, wenn du nicht schlafen konntest. Wir haben dich gepflegt, wenn du krank warst und uns gekümmert, wenn du Sorgen hattest. Das war und ist für uns völlig selbstverständlich, und zwar einzig und allein deshalb, weil wir dich lieben wie einen eigenen Sohn, auch wenn du das im Moment nicht glauben magst. Ja, es gibt irgendwo auf dieser Welt deine leiblichen Eltern, deine echten Eltern, wie du es vorhin nanntest. Aber diese Eltern wollten dich nicht. Sie wollten oder konnten das alles, was wir getan haben, nicht auf sich nehmen. Ja, wir sind Ersatzeltern für dich, aber dadurch sind wir nicht weniger wert.« Bei den letzten Worten bebte Andreas' Stimme. Er drehte sich um und ging hinaus. An der Garderobe im Flur schlug ein Bügel scheppernd gegen die Holzpaneele, dann fiel die Haustür laut ins Schloss.

Schorsch erschien in der Zimmertür und schaute mit tief hängenden Ohren die dort sitzenden Menschen an, als wollte er fragen: Wieso geht der ohne mich weg, und was sitzt ihr hier so dumm herum, anstatt mit mir spazieren zu gehen? Die Menschen blieben reglos. Jeder starrte stumm vor sich hin. Schorsch verschwand wieder im Flur und trampelte sich knirschend eine Kuhle in seinem Körbchen zurecht, bevor er sich grunzend niedersinken ließ.

Max' Finger ruhten auf dem Zeitungsartikel. »Sagt

schon! Könnt ihr euch erinnern, ob es damals noch Berichte über ein zweites Findelkind gab?«

»Nein, gab es nicht«, sagte die Großmutter mit fester Stimme. »Das hätte man erfahren. Die ausführlichen Berichte standen zwar hier in den Regionalzeitungen, aber eine Nachricht über dein Auffinden kam abends sogar deutschlandweit in der Tagesschau. Hätte es ein zweites Kind gegeben, hätten sie darüber berichtet. Wie kommst du auf die Idee einen Zwillingsbruder zu haben?«

Max zuckte mit den Schultern.

Plötzlich sog die Großmutter hörbar die Luft ein. »Jetzt weiß ich, woran du denkst. Deshalb hattest du mich vor ein paar Wochen so wegen Maurice von Bentheim ausgefragt. Du glaubst jetzt, er sei dein Bruder! Aber das ist völlig unmöglich, Max!«

Max sah seine Großmutter trotzig an. »Wieso? Es kann doch sein, dass die erste Frau von Bentheim das Kind gar nicht selber bekommen hat, sondern dass meine echte Mutter es ihnen auf die Treppe gelegt hat. Und mich hat sie halt in der Uniklinik abgelegt. Einen hierhin, einen dahin.«

Die Großmutter schüttelte abwehrend den Kopf. »Hirngespinste! Junge, das sind Hirngespinste! Ich kannte die Hebamme, die Maurice auf die Welt gebracht hat. Ich war sogar befreundet mit ihr. Sie hat die sehr schwierige Schwangerschaft der Frau von Bentheim betreut und dann mit ihr diese äußerst problematische Geburt gemeistert.«

»Wieso schwierig?«, fragte Sonja.

Die Großmutter machte eine verächtliche Handbewegung. »Die Schwangerschaft und die Geburt waren vermutlich so leicht oder so schwierig wie jede andere auch. Die Frau von Bentheim war schwierig. Brigitte kam oft ganz aufgelöst zu mir. Die von Bentheim wollte keine ärztliche Hilfe und bestand auf einer Hausgeburt, obwohl von vorneherein klar war, dass das bei ihr nicht leicht sein würde. Ständig hatte sie Sonderwünsche und Brigitte ist gerannt und hat alles für sie erledigt. Trotzdem kam schon bald die nächste Forderung.«

»Brigitte? Ist das Brigitte Wiesner, mit der du 2005 diese Bürgerinitiative gegen die Bebauung der Klapperwiese gegründet hast?«, fragte Sonja.

Die Großmutter nickte.

Sonja lächelte ein wenig. »Ich wusste gar nicht, dass sie Hebamme war.«

»Ja, das war sie, und eine sehr gute. Alle hier haben auf sie geschworen und ihr mehr vertraut als so manchem studierten Mediziner. Maurice' Geburt war, glaube ich, ihre letzte. Danach hat sie sich zur Ruhe gesetzt. Ach, ich vermisse sie. Wie oft haben wir da draußen im Garten gesessen und über die Pflanzen gesprochen. Sie kannte alle Heilkräuter und ihre Wirkungen und hat Vorträge über Naturmedizin gehalten.«

Max verzog nachdenklich die Stirn. Brigitte Wiesner? Der Name kam ihm bekannt vor, er erinnerte sich nur nicht mehr, woher.

Sonntag, der 6. Januar

Nun sind sie endlich mit allem herausgerückt. Nicht nur, dass sie mich adoptiert haben, nein, ich bin auch noch ein Findelkind vom Klo. Superstart, Max! Gratuliere! Das muss ich obergeheim halten, sonst könnte ich mich nicht retten vor Leuten, die mich deswegen dizzen. Vielleicht erzähle ich es Chiara. Weiß nicht, mal sehen. Dass Maurice mein Zwillingsbruder ist, kann ich auch endgültig haken. Oma jedenfalls ist sich bombensicher, dass das Kind von der Bentheim nicht auch ein Findelkind ist, sondern dass ihre Freundin Brigitte die Geburt voll real miterlebt hat. Ich lege mal hier den Zeitungsartikel bei. Oma hat ihn mir überlassen. Als Sonja nicht mehr im Zimmer war, hat Oma mir gestanden, dass sie den Artikel damals ausgeschnitten hatte, weil sie hoffte, Andreas und Sonja könnten dieses Kind bekommen. Oma war daher zu Renate Herold gegangen, die auch hier in der Siedlung wohnt. Die war zu der Zeit Sozialarbeiterin beim Jugendamt, und Oma hat sie gebeten, dort ein gutes Wort für ihren Sohn und ihre Schwiegertochter einzulegen, damit sie das Findelkind vom Uniklo bekommen. Durch Renate Herold war Oma damals auch immer auf dem neuesten Stand, was die Fahndung nach der Mutter des Kindes betraf. Der Mann von der Renate Herold war nämlich bei der Kriminalpolizei. Der weiß wahrscheinlich bis heute nicht, was seine Frau alles weitergeplappert hat.

Aber so ist Oma. Sie macht immer hintenherum Politik und die wenigsten Leute merken, was sie so alles ein-

fädelt. Insofern war das echt eine Sensation, als meine Oma eines Tages ganz offen und laut protestieren ging. Meine Oma! Wir haben noch Fotos, wie sie Transparente gemalt hat und in einer Riesendemo zur Klapperwiese gepilgert ist. Einmal hat sie mich mitgenommen und später einen Riesenkrach mit Andreas bekommen. Ich war damals acht und fand es lustig, die Oma und mich mit einem Vorhängeschloss an den nächsten Baum zu ketten. Es ging um die Gelbbauchunken im Moderbachtümpel, um die Hufnasenfledermaus und die alten Hochstamm-Obstbäume. Auf der Klapperwiese sollten damals weitere Wohnblocks gebaut werden. Oma ist heute noch voll stolz, dass sie es damals geschafft haben, das zu verhindern. Inzwischen ist die Klapperwiese sogar ein Naturschutzgebiet, und es würde mich nicht wundern, wenn Oma es mit ihrer Initiative noch fertigbringt, ganz Modertal als Weltnaturerbe casten zu lassen.
Eben habe ich eine SMS bekommen. Chiara kommt morgen. Ich werde sie am Flughafen abholen. Sie hat es wirklich fertiggebracht, ihre Familie herumzukriegen, dass sie die Woche alleine im Bentheim-Schlösschen wohnen darf. Chiara kann beinhart sein, wenn sie etwas will. Sturmfreie Bude, hat sie geschrieben. Na, das kann was werden.

Blitzschnell drehte Chiara mit der Gabel die Spaghetti in der Tomatensoße und führte dann ein perfekt gewickeltes kleines Knäuel zum Mund. Max probierte dieses Kunststück erst gar nicht, er nahm einen Esslöffel zu Hilfe, in dem er die Nudeln mühsam um die Gabel drehte. Trotzdem machte sich immer eine Nudel selbstständig und löste sich tropfend in Richtung Teller. Max stopfte alles schnell in den Mund und schlürfte dabei wie ein Karpfen im Schilf, was Chiara zu missbilligenden Seitenblicken veranlasste.

»Ich nix Italiano«, erklärte Max. »Wenn ich sie mit dem Messer klein schneiden würde, dann würdest du schreien.«

»Und wie!«, kicherte Chiara und führte die nächste Portion zum Mund.

Max beobachtete sie lächelnd. Seit er sie heute Mittag vom Flugzeug abgeholt hatte, war sie ununterbrochen am Reden. Sie erzählte von Sizilien. Dass dort das Wetter auch nicht besser sei als hier. Grau, 12 Grad. Nichts Halbes, nichts Ganzes. Zu warm für Winterklamotten, zu kalt zum Baden. Dazwischen schob sie Kurzberichte über ihren Vater und dessen neue Familie ein.

»Francesco ist ja ganz lieb und nett, er hat sich auch voll die Mühe gegeben und für einen Sizilianer echt viel geredet. Allerdings habe ich nur die Hälfte verstanden. Ich kann eh nicht mehr so fließend Italienisch, aber was ich kann, habe ich in Monza gelernt, das ist etwas ganz anderes.«

»Wirst du ihn wieder besuchen?«, fragte Max.

Sie zuckte mit den Schultern. »Glaube nicht. Wollte ja nur mal wissen, wer er ist, was er für ein Typ ist und so, aber jetzt ist mein Bedarf gedeckt.«

»Du willst ihn nicht wiedersehen, obwohl er dein Vater ist?«

Chiara schob Spaghetti nach und grunzte. Dann schluckte sie und sagte: »Es ist eine andere Welt. Meine Mama hat mich ja gleich gewarnt.«

Max sah sich in der modernen, geräumigen Küche um, in der viel Edelstahl blitzte. Sie saßen an der Granitplatte des voluminösen Esstisches, der in der Mitte des Raumes stand. Max schätzte, dass allein diese Küche die Hälfte der Grundfläche des Hauses einnahm, in dem er wohnte. Im Vergleich zu mir, wohnt sie in einer anderen Welt, dachte er. Umso mehr schätzte er es, dass Chiara damit so natürlich und unverkrampft umging. Tat sie das nur, weil er Maurice ähnelte? Weil Maurice einer gewesen war, der hierher gehörte? Würde sie den ganz normalen Max in ihrer Nähe dulden, den Max hinter der Maurice-Maske?

»Los! Und jetzt erzähl du endlich! Was ist los bei euch in der Family?«

Max tat eine Weile so, als müsse er die Spaghetti ausführlich kauen, dann begann er zögerlich. Chiara hörte ihm aufmerksam zu. Ihre Miene begleitete und kommentierte mitfühlend alles, was er sagte. Plötzlich fiel es ihm nicht mehr schwer, ihr alles zu berichten, und nach einiger Zeit war Chiara über sämtliche Details informiert.

»Das ist ja nicht zu glauben«, flüsterte sie. »Einfach in einem Klo abgestellt. Wer tut so etwas?«

»Sie hat sich nicht gemeldet, und die Fahndung nach ihr verlief ergebnislos, hat Oma mir erzählt.«

»Woher wusste sie das so genau?«, fragte Chiara.

Max sah durch das bodentiefe Fenster hinaus auf die perfekt gepflegte Rasenfläche. Kein Blatt lag da noch, alle Büsche rundherum waren ordentlich geschnitten. Ein wenig erinnerte ihn das an den Stadtpark oder den Friedhof. Maurice, dachte er. Wie oft hat Maurice hier so mit Chiara am Tisch gesessen?

Chiara wiederholte ihre Frage.

Max blinzelte, als wäre er gerade aufgewacht. »Oma kennt einen aus der Siedlung, der war früher bei der Polizei, seine Frau war beim Jugendamt, dadurch saß sie an der Quelle. Trotzdem denke ich ...« Max sprach den Satz nicht zu Ende, sondern sah weiter grübelnd in die Ferne.

»Was denkst du?«, hakte Chiara nach.

Max sah sie prüfend an und meinte immer noch ehrliches Interesse zu spüren. »Willst du das wirklich wissen?«, erkundigte er sich probehalber.

»Ja!«, bestätigte sie überzeugt.

Er holte tief Luft. »Ich werde das Gefühl nicht los, dass sie noch mehr über diese ganzen Geschichten von damals weiß und nicht alles erzählt.«

»Warum sollte sie dir jetzt noch etwas verschweigen?«

»Meine Oma schweigt immer aus einem einzigen Grund.«

»Und der wäre?«

»Sie will die anderen schonen. Meine Oma ist ein einziges wandelndes Schonprogramm! Mit schlechten Nachrichten rückt sie nur Löffelchen für Löffelchen heraus, damit ihre Lieben sich nicht daran verschlucken.«

»Und du meinst, sie weiß doch mehr über deine Herkunft, als sie dir erzählt hat?«

Max zuckte mit den Schultern.

Chiara überlegte laut: »Aber was kann das sein? Wenn sie zum Beispiel wüsste, wer deine Mutter ist, wäre es doch das Allerletzte, so was für sich zu behalten. So brutal kann sie nicht sein!«

»Vielleicht ahnt sie es ja auch nur. Schließlich kennt sie die Leute hier in der Siedlung ziemlich gut.«

»Aber es ist doch nicht gesagt, dass deine Mutter eine von hier aus der Siedlung ist, oder hängst du jetzt wieder aufs Neue der Idee nach, Maurice könnte dein Zwilling gewesen sein?«

Max schüttelte den Kopf. »Das hat Oma sogar widerlegt. Sie kannte die Hebamme, die Maurice auf die Welt gebracht hat. Maurice ist kein Findelkind wie ich.«

Chiara verzog schmerzlich das Gesicht. »Das hätte ich dir auch alles sagen können. Gero hat Mama und mir sogar erzählt, wie das damals war. Maurice wurde in dem Zimmer geboren, das dann später sein Kinderzimmer wurde. Gero hätte den kleinen Kerl im Arm gehabt und sei der glücklichste Mann der Welt gewesen. Ein gesunder, kleiner Junge! Ein Göttergeschenk, hat er gesagt.«

»Wann hat er das erzählt?«

Chiara verzog nachdenklich das Gesicht. »Es war, nachdem wir von Maurice' Beerdigung zurückkamen. Ich habe Gero noch nie so aufgelöst gesehen, es war das Schlimmste, was ihm passieren konnte. ›Wie konnte er das nur tun?‹, hat er ständig gefragt.«

»Er glaubte also auch, dass es Selbstmord war?«

»Ja, es war Selbstmord!«, fuhr Chiara heftig auf.

Max verzog skeptisch die Mundwinkel. »Warum bist du dir da so sicher?«

Chiaras Augen wurden glasig. »In den letzten Wochen davor war er so – anders. Er war in sich gekehrt und nachdenklich.«

»Hast du ihn nicht gefragt, was mit ihm los war?«

»Doch, habe ich, und zwar genau einmal. Er hat zu mir gesagt, es ginge mich nichts an, ich soll lieber in die Stadt gehen und Klamotten kaufen, damit hätte ich genug Probleme bei meiner Figur. Da sollte ich mich mal besser drum kümmern.«

»Das war ja nicht gerade nett.«

Chiara sah Max mit bitterem Lächeln an: »So war er. Maurice war nicht gerade nett.«

Max schaute sie verblüfft an. »Ich dachte immer, ihr hättet euch so gut verstanden?« Chiara zuckte mit den Schultern. »Wir sind uns aus dem Weg gegangen, soweit das zu arrangieren war. Ich habe sogar meine Mutter bearbeitet, sie solle beantragen, dass ich in eine andere Klasse komme oder die Schule wechseln kann.«

»Und warum?«

»Maurice war ein Machtmensch. Einer, der sich nur gut gefühlt hat, wenn er über andere bestimmen konnte. Ich hatte die Nase voll davon, ihm ständig meine Hausaufgaben geben zu müssen und Referate für ihn zu schreiben und dafür verantwortlich zu sein, dass seine Noten einigermaßen auf Stand blieben.«

»Und warum hast du dann nicht gewechselt?«

»Weil Gero es nicht wollte. Er wollte, dass ich sozusagen als Back-up für Maurice einstehe und seinen Schulabschluss garantiere. Maurice war sein Kronprinz, sein Ein und Alles. Sein Stammhalter, der später einmal seine Firmen übernehmen sollte. Maurice und Michelle sollten erben, seine leiblichen Kinder eben. Und damit es nicht zu viele Erben gibt, hat er es auch schön vermieden, mich zu adoptieren. Darum heiße ich Chiara Plati und nicht von Bentheim. Scheiß drauf! Ich habe noch eine nette Familie in Monza.«

»Das ist die Mutter von deiner Mutter?«

»Ja. Mamas Schwester und ihr Mann wohnen auch noch im Haus und meine Cousine und mein Cousin. 15 und 17 Jahre alt, also ganz brauchbar.«

Max lächelte. »Irgendwie sitzen wir beide im selben Boot.«

»Wie meinst du das?«

»Wir sind auf der Suche danach, wer wir sind und wohin wir gehören.«

Chiara stand auf, um die Teller abzuräumen. »Ist das nicht jeder, irgendwie?«

Max brachte Chiara das restliche Geschirr zur Spülmaschine. »Darf ich noch einmal in Maurice' Zimmer?«

Chiara stöhnte. »Warum das jetzt?«

Max erklärte: »Das letzte Mal war ich dort, als ich noch fest überzeugt war, er sei mein Bruder. Jetzt möchte ich mich dort von dem Gedanken verabschieden.«

»Du weißt, dass Gero das letzte Mal fast ausgetickt

ist, als er uns dort oben stehen sah. Er mag es nicht, wenn ich Besuch in den ersten Stock bringe, das ist absolute Familien-Sperrzone.«

Max nickte. »Ich hatte damals einen Moment den Eindruck, er hielt mich für Maurice und hat sich tief erschreckt!«

»Blödsinn!«, murmelte Chiara und stieg vor ihm die Treppe nach oben. Max folgte ihr lautlos über den weichen, tiefen Teppich.

»Ihr habt es noch immer so gelassen, wie es war?«

Chiara nickte und ließ die Tür aufschwingen. »Bitte sehr, tu dir keinen Zwang an, sing dein Abschiedslied!«

Max trat vorsichtig ein. Der Raum wirkte jetzt kleiner auf ihn, als er ihn in Erinnerung hatte. Er erklärte sich das damit, dass Maurice für ihn bei seinem letzten Besuch in diesem Zimmer, kurz nach den Herbstferien, so etwas wie ein übermächtiger Geist gewesen war. Automatisch war daher in seiner Vorstellung der Raum gewachsen.

Max' Blicke wanderten umher. *Hallo Maurice, habe gerade erfahren, dass du hier geboren worden bist. Hier hat dich dein stolzer Papa auf dem Arm getragen und vielleicht mit dir hier an der Balkontür gestanden und dir den schönen Park gezeigt, den du einmal erben wirst. Wie oft hast du selbst hier gestanden? Woran hast du gedacht in den letzten Wochen deines Lebens? Was hat dich gequält?*

Der Raum sah extrem aufgeräumt aus. Aufgeräumt oder ausgeräumt? Auf jeden Fall so, wie Max' Zimmer noch nie ausgesehen hatte.

Was hast du hier eigentlich gemacht, Maurice?

Max' Blick fiel auf einen großen Flachbildschirm an der Wand.

Aha, du hast da drüben im Bett gelegen und ins Glotzofon gestarrt.

Max trat an die blanke Schreibtischplatte heran. Auf dem Holz zeichnete sich ein heller Fleck ab. Bestimmt hatte hier einmal ein Laptop gestanden. Max setzte sich auf den Schreibtischstuhl und rollte ein wenig hin und her. An der Pinnwand über dem Schreibtisch hing ein kleines, bedrucktes Schild. Max erhob sich, beugte sich weit vor und entzifferte, was dort geschrieben stand.

»Hat Maurice das dort hingehängt?«, fragte Max.

Chiara stülpte die Unterlippe vor. »Wer sonst? So, wie er damals drauf war, sieht ihm das ähnlich.«

Max las laut vor: »Stirb erst, wenn du tot bist!« Fragend sah Max zu Chiara hinüber. »Was ist denn das für ein unlogischer Spruch?«

Chiara sah nachdenklich zum Fenster hinaus. »So unlogisch ist das gar nicht. Es gibt Leute, die sind schon ein paar Jahre vorher tot.«

Max begegnete Chiaras Blick. Etwas in diesem Zimmer drückte auf die Stimmung. Lag es daran, dass Maurice' Anwesenheit hier noch zu spüren war? Nein, im Gegenteil. Das Zimmer wirkte so unbewohnt und unpersönlich wie ein Hotelzimmer. Wenigstens ein bisschen Leben in die Trostlosigkeit brachte das hohe Regal mit den bunten Buchrücken, das sich neben der Tür bis zur nächsten Wand erstreckte. Max trat näher heran und schüttelte den Kopf. »*Kalle Blomquist, Pippi Langstrumpf, Emil und die*

Detektive. War das die Lektüre, mit der sich Maurice vor dem Schlafengehen beschäftigt hat?«

Chiara grinste. »Maurice hat nie gelesen. Das Regal hier steht schon seit ich mich erinnern kann. Hier sind die Kinderbuchklassiker mehr oder weniger dekomäßig untergebracht. Ich glaube, das Regal hat die Innenarchitektin vor Maurice' Geburt so eingerichtet.«

»Wow, Innenarchitektin!«, kommentierte Max, woraufhin Chiara sich genötigt fühlte zu sagen: »Mein Zimmer habe ich selbst eingerichtet, und dort gibt es Bücher, die gelesen wurden! Bist du jetzt fertig mit dem Kapitel Maurice?«

Max nickte und verließ mit ihr den Raum. Die Art, wie sie die Tür hinter ihnen beiden zuzog, hatte etwas Endgültiges.

»Du willst nicht mehr, dass ich mich noch weiter mit Maurice beschäftige, nicht wahr?«, fragte Max.

Chiara sog schnaubend die Luft ein. »Richtig! Ich möchte, dass du endlich merkst, dass du Max bist und dass dieser Max zum Glück sehr wenig mit Maurice zu tun hat!«

Max fuhr auf: »Aber du selbst hast doch am stärksten darauf reagiert, wie ähnlich wir beide uns sind!«

»Nein, das hast du falsch verstanden. Ich war sehr verwundert darüber, wie jemand, der äußerlich wie Maurice wirkt, so ganz anders sein kann. So nett, so zurückhaltend, so ganz ohne blöde Sprüche. Selbst wenn du versucht hast, dich wie er zu stylen, hast du mir immer vorgeführt, wie die andere, die positive Version von Maurice hätte ausfallen können. Deshalb konnte ich nicht aufhören, dich anzuschauen und in deiner Nähe zu sein.«

Max gab immer noch nicht auf. »Aber du hast doch das Zwillingsfoto von uns zusammengebastelt und gepostet.«

Chiara machte eine abwehrende Geste. »Ich habe das nicht montiert, damit man sieht, wie ähnlich ihr euch seid, sondern wie unterschiedlich ihr seid bei aller scheinbaren Ähnlichkeit.«

»Das klingt ziemlich kompliziert«, kommentierte Max.

Chiara zog Max in ihr Zimmer, klappte ihr Laptop auf und zeigte ihm das Bild. »Bei der Vergrößerung müsstest du es erkennen. Hier, sieh doch, es ist ganz unmöglich, dass ihr Zwillinge seid. Sein Haaransatz ist gerade, du hast in der Mitte der Stirn so eine kleine Spitze. Seine Augen sind schmal, er hatte leichte Lupflider, bei dir ist das rund und glatt um die Augen. Seine Oberlippe ist schmal, deine geschwungen. Und dann der Gesichtsausdruck! Er sieht in die Ferne so mackermäßig wie der Cowboy aus der Zigarettenreklame. Du aber siehst in die Welt mit so einem kleinen Lächeln um die Mundwinkel. Geheimnisvoll. Fast wie die Mona Lisa.«

Max ließ sich auf Chiaras Bettcouch fallen und schlug sich auf die Schenkel. »Wie die Mona Lisa, na das sind vielleicht Komplimente! Ich bin doch keine Tunte!«

Chiara kicherte und warf ihr Stuhlkissen nach ihm. »Es sollte aber eins sein. Du merkst es nur nicht, du Vollpfosten!«

»Rache!«, schrie Max und warf ein Kissen nach ihr. Sie fing das Kissen, sprang zu ihm hinüber und schlug auf ihn ein. Max schlug mit einem großen Stofftier zurück. »Lass meinen Schlaf-Elch in Ruhe!«, quiekte Chiara. Max hielt ihr den Elch direkt vor das Gesicht und mimte mit tiefer Stimme: »Die größten Kritiker der Elche, waren früher selber welche!« Chiara krümmte sich vor Lachen. Irgendwann lagen sie mit erhitzten Gesichtern und atemlos nebeneinander auf der Couch. Max hob die Hand und strich ihr vorsichtig die feuchten Locken aus dem Gesicht. In dem Moment klopfte es kurz an der Tür. Zugleich schwang sie auf und Herr Köhler stand im Türrahmen.

Montag, der 7. Januar

Dieser Köhler ist vielleicht eine Gestalt! Gruselig wie der Glöckner von Notre Dame. Aus den Riesenlöchern seiner roten Knollnase wachsen lange, verklebte Haare. Oben auf dem Kopf hat er eine Glatze und rundherum einen Haarkranz aus fettigen gelbweißen Strähnen. Er ist kleiner als ich, aber für sein Alter noch ganz schön drahtig. Plötzlich stand er in Chiaras Zimmertür und schmeißt mich mehr oder weniger raus. Er hätte hier die Aufsicht über das Fräulein Plati (Fräulein! Aus welchem Mittelalter haben sie den rübergebeamt?) und so einen Zirkus könnte er nicht dulden! Chiara hat ihm zwar ein paar freche Antworten hingedonnert, aber

irgendwie war dann doch die Stimmung hin, und ich bin gegangen. Der Köhler wohnt eigentlich in der Modertal-Siedlung in einem schick renovierten Häuschen. Aber wenn die von Bentheims in Urlaub sind, dann hütet er das »Schloss«, wohnt in der Einliegerwohnung im Keller und führt sich auf wie der Schlossherr persönlich.
Aber was rege ich mich auf, Hauptsache, Chiara ist wieder da. Heute Mittag habe ich sie vom Flughafen abgeholt. Es war echt ein Masterpiece von mir, mich dort nicht total zu verlaufen und dann noch das Gate zu finden, aus dem sie endlich herauskam. Zugegeben, ich war eine ganze Stunde früher da, um dann so tun zu können, als würde ich mich auskennen, wie all die anderen, die so selbstverständlich an mir vorbeiliefen. Ich habe noch nie in einem Flugzeug gesessen. Urlaub hieß bei uns früher immer »auf dem Bauernhof in der Nähe«. Hat mir eigentlich auch Spaß gemacht, aber wenn ich dann hörte, was die aus meiner Klasse alles erzählten, wo sie gewesen waren, da traute ich mich nicht mehr, was zu sagen. Sie zeigten ihre Bilder herum und ich nahm es meinen Eltern übel, dass wir nie aus Deutschland herauskamen. Erst als ich merkte, dass das eigentlich eine ganz miese Show war, ging es mir besser. Ob Kreta, Mallorca, Ägypten oder Türkei. Immer siehst du im Hintergrund einen blaugrauen Streifen Meer, vorne einen türkisblauen Swimmingpool. Auf dem einen Bild steht der Hotelplattenbau rechts davon, auf dem anderen links. Irgendwie alles dasselbe. Dafür muss ich nicht einmal um die halbe Welt reisen.

Für Chiara ist Fliegen das Normalste von der Welt, so ähnlich wie S-Bahn fahren. Sie war von hier alleine nach Sizilien geflogen und auf dem Umweg über Mailand wieder zurück. Gero von Bentheim zahlt. Alles kein Problem.
Irgendwie habe ich gerade ein bisschen den Hänger. Ich denke darüber nach, dass man dazu verdammt ist, alles so zu nehmen, wie es kommt. In den Nachrichten haben sie vor ein paar Tagen einen Bericht darüber gebracht, dass die Russen jetzt keine Waisenkinder mehr zur Adoption in die USA lassen. Sie haben gezeigt, wie es den Kindern, die eigentlich keiner will, dort in den Waisenhäusern geht. Dagegen ist hier jeder Knast ein Nobelhotel. Seit ich weiß, dass ich auch so ein Trash-Kind bin, reagiere ich auf solche Sachen empfindlich. Du kannst nichts dafür, in welches Leben du hineingeboren wirst. Sportlich betrachtet, sind solche Startbedingungen unfair. Niemand käme auf die Idee, bei einem Hundertmeterlauf dem einen Laufschuhe zu geben und dem anderen eine Eisenkugel ums Bein zu binden. Ob du ein Loser wirst, steht von Anfang an fest. Maurice startete im Bentheim-Schloss und ich auf einem Klo. Super!
Ich weiß, ich sehe das im Moment ein bisschen krass, aber ich habe gerade so eine angefressene Stimmung! Vielleicht hängt das auch mit heute Nachmittag zusammen. Es fing gut an. Ich bin mit Chiara zu ihr nach Hause, wir haben Spaghetti mit Tomatensoße gekocht und viel gequatscht. Warum musste ich auf die blöde Idee kommen, noch einmal in Maurice' Zimmer zu wollen? Ich hätte merken müssen, dass das Chiara

nicht recht war. Aber manchmal bin ich wie ein Maulesel. Etwas hat mich dazu gedrängt. Ich wusste selbst nicht, was, aber ich wollte es herausfinden. Bin ich jetzt schlauer? Ich habe mich in diesem Zimmer total fremd gefühlt und mich gefragt, ob es Maurice auch so ging? Wenn es dort damals auch schon so aussah, dann ist das ein Zimmer, das er schon längst verlassen hatte, bevor er weg war. Hatte er bereits seine Koffer gepackt, seine Zelte abgebrochen in diesem Leben und wollte sich davonmachen? Oder ging es um den Spruch, den er sich aufgehängt hat? Dass man nicht sterben soll, bevor man tot ist? Wollte er ein anderes Leben anfangen? Woanders? Eigentlich hatte er es doch saugut dort, wo er war. Aber warum mache ich mir diese Gedanken? Ich sollte aufhören, mich noch weiter mit Maurice zu beschäftigen. Das macht mich nur völlig depri. Chiara hat recht, ich sollte mich nicht um Maurice, sondern viel mehr um Maximillian kümmern.
Eben gerade fällt mir auf, dass Maurice ja so etwas wie die französische Variante von Moritz ist. Und ich wurde Maximillian genannt, Kurzform Max. Max und Moritz. Ist das Zufall, dass wir beide nach diesem Zweiergespann heißen?
Jetzt fange ich schon wieder an, dunkle Theorien zu entwickeln. Hör endlich auf damit, Max! Es ist Zufall! Du hast mit Maurice nichts zu tun. Und das ist auch besser so!
Es war schon ein ziemlicher Schock heute, als Chiara mir sagte, dass sie Maurice eigentlich gar nicht besonders mochte. Ich hatte immer gedacht, dass sie sehr an

ihm hing. Muss man doch auch nach ihrer Reaktion damals, als ich die Blumen am Bahnsteig geklaut habe. Ich glaube, dass sie selbst nicht so richtig weiß, wie sie zu Maurice stehen soll. In einem Moment überwiegen ihre positiven Erinnerungen, im anderen die negativen.
Heute rückte sie plötzlich damit raus, dass Maurice voll der arrogante Macker gewesen wäre! So deutlich hat sie das noch nie gesagt. Es würde bedeuten, je mehr ich Maurice ähnele, desto weniger mag sie mich. Will ich das? Ich glaube, nicht nur mit mir, auch mit ihr ist was passiert in den Ferien. Da sehnt sie sich jahrelang danach, endlich mal ihren richtigen Vater kennenzulernen. Riskiert Zoff mit ihrer Mutter, um ein Treffen durchzusetzen, und muss dann erleben, dass es ein Reinfall auf der ganzen Linie ist. Sie hat erzählt, wie sie in Sizilien auf den staubigen Steinen unter einem Olivenbaum saß und sich nach ihrem Klavier in Monza gesehnt hat. Nie hätte sie so was von sich gedacht. Tja, Chiara, hätten sie dich unter dem Olivenbaum starten lassen, wäre es vielleicht umgekehrt!
Irgendwie muss ich mich ab heute auch neu sortieren. Also, neue Basics: Du bist Max, das Findelkind vom Klo! Mit Maurice hast du nicht das Geringste zu tun! Was mit Maurice passiert ist, geht dich nichts an!
Da fällt mir ein, ich habe Chiara gar nicht von der SMS erzählt, die von Annalenas Handy abgeschickt wurde. Wahrscheinlich würde sie dann nicht mehr an ihrer Selbstmordtheorie festhalten. Egal.
Also, was macht Max jetzt?
Anderer Haarschnitt?

Nee, keine Totalrenovierung! Kurz ist ja gar nicht so schlecht, aber vielleicht ein bisschen länger über den Ohren und Fransen in die Stirn. So ähnlich wie dieser Jake Bugg. Und tschüss mit dem gelackten Justin-Bieber-Look!

Max saß leicht vorgebeugt auf der Bettkante und sah nachdenklich in Richtung des kleinen Fensters über dem Schreibtisch. Die schwarzen Äste des großen, alten Kirschbaums zeichneten ein wirres Strichmuster in den wolkig grauen Winterhimmel. Ein Blick auf das Handy verriet, dass es noch gut zwei Stunden Zeit bis zum Abendessen waren. Entschlossen sprang Max aus dem Bett, seinem Lieblingsschreibplatz, und versteckte wie üblich das Tagebuch unter der Bettdecke. Er wusch sich schnell die Haare über dem Waschbecken im Bad und bearbeitete sie mit dem Föhn. Das Styling-Gel ließ er weg und zog die Spitzen in die Stirn und über die Ohren. Dann schüttelte er sich wie Schorsch. Die Haare suchten sich eine natürliche Position um seinen Kopf. Einige kleine Strähnen standen eigensinnig ab. Er bändigte sie nicht mit Spray, sondern ließ sie gewähren. Max betrachtete sich skeptisch. Sonderlich cool sah das nicht aus, eher wie »der gute Max von nebenan«. Wollte er das? Vielleicht würde es besser aussehen, wenn die Haare wieder etwas länger gewachsen waren? So ein Pony, das ganz tief in die Augen hing, wäre doch etwas! Boy-Group-Max. Er streckte seinem Spiegelbild die

Zunge heraus und ging zurück in sein Zimmer. Dort zog er aus dem Schrank und der Kommode alle Kleider und warf sie auf sein Bett. Sorgfältig sortierte er aus, was ihm persönlich zusagte und was er sich nur deshalb zugelegt hatte, weil es an Maurice erinnerte. Da waren einige sehr teure Stücke dabei. Er hatte sie in einem Second-Hand-Laden in der Stadt erworben, vielleicht nahmen die sie auch wieder zurück. Auf Markenklamotten waren die immer scharf, egal wie abgetragen sie waren. Oft machte das ja gerade den Style aus.

Anschließend holte er aus dem Keller einige leere Umzugskartons und beschäftigte sich in den nächsten beiden Stunden intensiv mit dem Auf- und Ausräumen seiner Schränke. Aus dem Bücherregal sortierte er alles aus, was mit der Altersangabe bei spätestens 14 endete. Es blieb nicht mehr viel übrig. Überhaupt sah das Zimmer jetzt sehr leer aus. Aber brauchte er noch einen Technik-Baukasten? Auch der kam in eine Kiste und gab über dem Kleiderschrank die Sicht auf die Tapete frei.

Sonja steckte den Kopf zur Tür herein und sah sich besorgt um. »Was um alles in der Welt machst du hier? Du willst doch hoffentlich nicht ausziehen?«

Max genoss das Erschrecken in ihren Augen. Statt einer Antwort fragte er: »Kann ich das auf den Dachboden räumen?«

»Ich weiß gar nicht, ob da oben Platz ist, da war schon ewig keiner mehr.«

Max verzog unwillig das Gesicht. »Kann ich oder kann ich nicht?«

Sonjas Blick flackerte ängstlich. »Ich frag mal Oma, wo der Stock mit dem Haken ist, damit man die Luke aufziehen kann.«

Wenig später hatte sich Max' Aufräumaktion zu einem Familienunternehmen ausgeweitet. Andreas versuchte mit dem Hakenstock, den verrosteten Mechanismus der Bodenklappe in Gang zu setzen, während die anderen dabei standen und ihn beobachteten.

»Muss das denn sein?«, fragte Oma mit bedenklicher Miene.

»Ja«, erklärte Sonja. »Max will sein Zimmer umräumen und die Kindersachen aussortieren. Das kann ich verstehen«.

Max verzog das Gesicht. Er wollte nicht, dass alle ihm halfen, er wollte nicht, dass Sonja ihn verstand. Schorsch kam angesaust und sprang zur Begrüßung an Max' Beinen hoch. Max kraulte ihn. »Seine Ohren sind ja ganz nass«, stellte er fest.

»Ich habe unten die Küchentür aufgemacht, damit er in den Garten kann. Du hattest ja keine Zeit, um mit ihm Gassi zu gehen«, erklärte Sonja.

»Er soll nicht alleine raus!«, rief Max.

In dem Moment löste sich die Klappe. Staub rieselte. Andreas zog vorsichtig die mit rußigen Spinnweben verhangene Leiter aus, bis sie auf dem Flurboden stand. Max musste niesen und schaute durch die Luke nach oben. Durch ein geteiltes Blechfenster konnte man in einen finsteren Wolkenhimmel blicken, in dem sich eine schmale Mondsichel wie ein schiefer, grinsender Mund zeigte. Max schaute beklommen hinauf. Na, Maurice? Findest du es lächerlich, was ich hier gerade veranstalte? Aber es muss sein. Es ist der Abschied von dieser besessenen Idee, dein Bruder zu sein. Es ist der Abschied von dem alten Max, der nichts alleine auf die Reihe bekam. Der neue Max, der zieht sich jetzt selbst seine Spur. Trotzdem schade. Mit so einem virtuellen Bruder als Schicksalsgenossen wäre alles leichter. *Tschüss, Maurice, letzte Grüße, dein Max.*

Max biss sich auf die Unterlippe. Eine dunkle Wolke verschluckte den Mond.

»Ich hole den Staubsauger«, erklärte Sonja und Max zuckte zusammen, als habe ihre Stimme ihn aus einer anderen Welt gerissen.

Andreas kletterte als Erster nach oben. »Wo ist hier der Lichtschalter?«, rief er.

»Gleich neben dir an dem Holzpfosten«, antwortete die Großmutter.

Ein schwacher, gelblicher Lichtschein fiel durch die Luke. Andreas stöhnte auf und rief vorwurfsvoll: »Eine freiliegende Leitung einfach nur aufs Holz genagelt! Moderner Brandschutz sieht anders aus!«

Max kletterte ebenfalls die Leiter hinauf und sah sich um. Der Boden bestand aus staubigen, alten Holzbrettern. Vor der Giebelwand, in der es ein kleines, rundes Fenster gab, stapelten sich ein paar Kisten. Sonst war der gesamte Dachraum leer.

»Gar nicht so wenig Platz hier oben«, kommentierte Andreas. »Und hier in der Mitte kann man gut aufrecht stehen. Wenn man Geld hätte, könnte man das ausbauen und für Max ein schönes, großes Zimmer einrichten.«

»Man hat aber kein Geld«, sagte Max kühl.

Andreas verzog den Mund und schwieg. Omas Kopf tauchte in der Luke auf, von unten tönte das Gebrause des Staubsaugers. »Geh wieder runter, Mutter, du brichst dir noch die Knochen!«, sagte Andreas.

Die Großmutter zog ein trotziges Gesicht, stieg noch weiter hinauf und stand bald neben ihnen.

Andreas schüttelte stumm den Kopf und deutete zur Giebelwand. »Was ist mit den Kisten da drüben? Soll ich die nicht gleich mal entsorgen? Das Zeug da drin braucht doch bestimmt kein Mensch mehr!«

Die Oma betrachtete das Durcheinander aus verstaubten Schuhkartons und Keksdosen und schüttelte den Kopf. »Das muss ich erst noch einmal durchsehen!«

Andreas stöhnte. »Das hat jahrelang keiner durchgesehen, dann wird es auch in Zukunft keinen mehr interessieren. Aber von mir aus, stellen wir jetzt einfach noch ein paar weitere Kisten dazu. Komm, Max, bring mir mal deine Sachen!«

Max nickte und verschwand. Als er den ersten Karton nach oben bringen wollte, sah er, wie die dick bestrumpften Beine seiner Oma mühsam Sprosse für Sprosse hinab kamen. Begleitet wurde jede ihrer Bewegungen von einem hohlen Klappergeräusch. Max stellte seinen Karton ab und breitete die Arme aus, um sie notfalls auffangen zu können. Schließlich erkannte er, warum sie so extrem langsam geklettert war. In der einen Hand trug sie eine große, flache

Keksdose, die sie anscheinend von dort oben gerettet hatte. Die Oma und ihre Dosen!, dachte Max. »Soll ich dir das abnehmen?«, fragte er.

»Nein!«, antwortete seine Großmutter abwehrend und presste die Dose an ihren Körper wie einen kostbaren Schatz. Kaum hatten ihre Füße den Boden berührt, verschwand sie zügig über die Treppe nach unten. Die Küchentür fiel ins Schloss. Max sah ihr grinsend nach. Ein bisschen erinnerte ihn seine Oma gerade an Schorsch. Der bunkerte die Sachen, die er sich nicht abnehmen lassen wollte, schnurstracks in seinem Körbchen.

Wenig später waren alle Kisten verstaut und Max sah sich in seinem Zimmer um. Andreas hatte ihm geholfen, das Bett unter das Fenster zu schieben und den Schreibtisch stattdessen unter die Schräge zu stellen.

»Da hat er doch kein Licht«, monierte Sonja.

»Dafür gibt es Lampen«, erklärte Andreas.

»Normalerweise hat man auch einen Bildschirm auf dem Schreibtisch stehen und da stört Tageslicht nur«, sagte Max.

»Ich würde beim Arbeiten lieber zum Fenster hinausschauen«, meinte die Großmutter, die wieder aufgetaucht war und frische Luft in den Kleidern mitbrachte. Schorsch drängte sich an ihr vorbei ins Zimmer. Seine Pfoten hinterließen dunkle Abdrücke auf dem Teppich.

Sonja stöhnte auf. »Nein! Gerade habe ich gesaugt!«

»War er schon wieder alleine draußen?«, rief Max vorwurfsvoll.

»Nein«, erklärte die Großmutter. »Ich war mit ihm im Garten.«

Erstaunte Blicke begegneten ihr.

»Und diesen komischen Bettvorleger willst du behalten?«, fragte Sonja und deutete auf das große Tigerfellimitat mit Kopf, das sie vor Jahren einmal erstanden hatten, als man für Max noch in der Kinderabteilung der Möbelhäuser einkaufte.

»Ja, der bleibt hier für Schorsch«, erklärte Max. »Könnt ihr mich jetzt bitte alleine lassen?«

In der Tür wandte sich die Großmutter noch einmal zu ihm um. »Du hättest dich wenigstens bei ihnen bedanken können.«

»Wofür?«

»Dass sie dir bei der Räumerei geholfen haben.«

»Ich habe sie nicht darum gebeten«, erklärte Max patzig.

Kopfschüttelnd verließ die Großmutter den Raum. Max lauschte noch einen Moment, bis sich ihre Schritte entfernt hatten. Dann wandte er sich um und wühlte unter seiner Bettdecke das Tagebuch hervor. Sollte er das überhaupt noch weiterschreiben, oder gehörte das auch zu einer anderen Zeit? Er las noch einmal, was er heute früher am Tag geschrieben hatte. Dabei fielen der hinten im Buch eingelegte Zeitungsausschnitt und die Drohbriefe heraus.

Da gibt es noch eine ganze Menge unerledigter Dinge, dachte Max. Es geht gar nicht nur um Maurice, sondern viel mehr um mich. Max zog den kaum sichtbaren Reißverschluss auf, der sich seitlich am

Tigerfell befand. Der Tiger war mit einem flachen Kissen gefüllt, das ebenfalls einen Reißverschluss hatte, damit man die Schaumstoffflocken nachfüllen konnte. Dort zwischen die Flusen bettete Max das Tagebuch und hielt es für ein geniales Versteck.

Als er sich aufrichtete, sah er, dass sein Handy auf der Fensterbank Blinksignale sendete. Bereits vor längerer Zeit war eine SMS eingetroffen. Von Annalena. Sie wollte morgen mit ihm ins Kino. Ob das Tobias so recht war? Max grinste. *Mal sehen*, antwortete er ihr.

Ein schabendes Geräusch ließ Max zusammenfahren. Es kam vom Bett. Als Max auf die Knie ging und unter das Bett schaute, entdeckte er Schorsch in der hintersten Ecke. »Schorsch? Was soll das? Gefällt dir mein neues Zimmer nicht?«

In der Nacht entwickelte sich Schorsch zum Ruhestörer. Erst hatte er nicht unter dem Bett hervorkommen wollen und hatte ständig auf dem Boden herumgekratzt. Und dann hatte er Max jedes Mal, wenn dieser gerade am Einschlafen war, mit seiner Pfote ins Gesicht gestupst. Der Hund war zur Tür gelaufen und musste offensichtlich nach draußen. Die Prozedur wiederholte sich mehrfach bis zum Morgengrauen. Dazu trank Schorsch zwei große Schüsseln Wasser. Nachdem Max endlich erschöpft eingeschlafen war, wachte er erst gegen Mittag auf.

Schorsch lag mit ausgestreckten Beinen auf dem Tiger. Als Max über ihn steigen wollte, um ins Bad zu gehen, blieb Schorsch entgegen seiner sonstigen Gewohnheit reglos liegen. Max beugte sich über den

Hund. Schorsch hob ein wenig den Kopf, ließ ihn dann aber wieder matt sinken. Seine Augen wirkten merkwürdig geschwollen und waren blutunterlaufen. Aus seiner Nase blähte sich blutiger Schaum.

»Schorsch! Schorschi! Was ist denn?«, flüsterte Max, Böses ahnend. Schorsch hob wieder den Kopf, dann richtete er sich mühsam auf. Ein Würgen schüttelte seinen Körper und plötzliche spuckte er schaumiges Blut über den Boden und brach darüber zusammen.

»Mama!, Papa!, Oma!«, schrie Max und sprang auf. Er lief hinaus. Im Flur stieß er mit seiner Großmutter zusammen. Max zog sie am Arm in sein Zimmer und deutete auf den Hund, der dort flach atmend lag. Es sah eher wie Zittern als nach Luftholen aus. »Wo ist Papa?«, schluchzte Max.

Die Großmutter beugte sich mit verzweifeltem Gesicht über Schorsch. »Er ist bei einem Vorstellungsgespräch im Baumarkt und Sonja ist arbeiten. Das sieht ganz nach Gift aus. Ich fürchte, er wird uns sterben«, flüsterte sie.

»Nein!«, schrie Max. »Nein, er muss zum Tierarzt. Wir müssen zum Tierarzt!«

Die Großmutter richtete sich auf. »Aber wie denn, ohne Auto? Hier in Modertal gibt es keinen Tierarzt, und bis wir mit der S-Bahn in der Stadt sind …«

Max hatte nur Wortfetzen mitbekommen. In seinem Kopf drehte sich eine Endlosschleife. *Er darf nicht sterben. Tierarzt. Ein Tierarzt muss her.* Er zwang sich, klare Gedanken zu fassen. Wer hier in Modertal wusste, wie man schnell an einen Tierarzt herankam? Wer hatte noch einen Hund? Dazu fiel ihm nichts ein. Pferd, fiel ihm plötzlich ein. Michelles Pferd hatte neulich Verdacht auf Kolik gehabt und zu ähnlich verzweifelten Aktionen in Chiaras Familie geführt.

Sein Finger hatte Chiaras Handynummer bereits gefunden. Es läutete. *Geh ran!*

Sie war sofort dran. Musik im Hintergrund. Er konnte nur abgehackte Sätze zwischen seinen Schluchzern unterbringen. Verstand sie überhaupt, was er wollte? Konnte sie ihm helfen? Wie denn? Während er redete, zweifelte er bereits, ob dieser Anruf eine hilfreiche Idee gewesen war. Dann war das Gespräch plötzlich beendet.

Max musste einen Moment nachdenken, bis ihr letzter Satz bei ihm ankam. *Wir sind in fünf Minuten da.* Wer war »wir« und wie wollte sie ihm helfen?

Wenige Minuten später saß Max auf der Rückbank eines Autos, das vom alten Köhler gesteuert wurde. Neben ihm lag Schorsch auf einer dicken, alten Decke. Ein dunkles Rinnsal lief aus seiner Nase. Er nieste und feine Blutströpfchen verteilten sich auf Max' Handrücken. Chiara hatte sich vom Beifahrersitz aus nach hinten gebeugt und betrachtete den verzweifelten Max mit ernstem Gesicht. »Unsere Tierärztin hat gesagt, wir sollen am besten gleich in die Tierklinik mit ihm. Wenn überhaupt, dann können nur die noch etwas machen. Sie meint, du sollst versuchen, dich zu erinnern, wo und wann er etwas Falsches aufgenommen haben könnte.«

»Im Garten, gestern Abend im Garten!«, schluchzte Max.

»Bei euch im Garten?«, zweifelte Chiara. »Aber deine Oma streut doch kein Gift, wie ich sie kenne.«

»Das war einer, der das absichtlich gemacht hat. Eine miese, feige Sau!«, schrie Max. »Wenn ich den erwische!«

Chiara schüttelte unmerklich den Kopf und schaute mit besorgter Miene auf das zitternde Fellbündel neben Max. »Kannst du nicht noch ein bisschen schneller fahren, Onkel Ernst?«, drängte Chiara.

Köhler brummte. »Ich fahre so schnell ich kann und darf. Es würde nichts nutzen, wenn uns noch die Polizei anhält. Diese Klinik ist am anderen Ende der Stadt.« Dennoch schien er Gas zu geben und sich noch ein wenig zügiger als vorher durch den Verkehr zu schlängeln. Max hatte das Gefühl, sie seien bereits eine Ewigkeit unterwegs, dabei zeigte ihm der Blick auf sein Handy, dass es erst zwanzig Minuten waren. Schorsch lag regungslos. Max' Hände zitterten so sehr, dass er nicht in der Lage war, festzustellen, ob sein Hund noch atmete oder nicht. Wir schaffen es nicht, dachte er plötzlich. Es ist vorbei! Ein Verlierergefühl, wie er es noch nie in seinem Leben empfunden hatte, kroch bleischwer durch seine Adern. Jetzt wünschte er sich, dass sie alle weg wären um ihn herum, dass er nur noch alleine wäre in einer dunklen Höhle mit Schorsch neben sich. Für alle Ewigkeit. *Halt die Welt an*, da gab es doch so ein Lied. Das wünschte er sich jetzt, die Welt anzuhalten, weil er alles Weitere, was jetzt kommen würde, nicht mehr ertragen wollte.

»Wir sind da!«, sagte Köhler und bog auf einen Parkplatz ein.

Chiara betrachtete Max, der starr wie eine Statue mit glasigen Augen hinter ihr saß. Sie sprang aus dem Auto, lief um das Fahrzeug herum und öffnete die hintere Seitentür, wo Schorsch lag. Vorsichtig nahm sie den Hund mitsamt der Decke heraus und drückte ihn der Helferin in den Arm, die bereits zum Auto gekommen war. Beide junge Frauen verschwanden hinter einer Glastür.

Köhler stieg aus, beugte sich hinab und rief durch die offene Tür. »Wollen Sie nicht aussteigen, junger Mann?«

Max bewegte sich nicht.

Köhler schüttelte den Kopf. Er schlug die Tür zu, lehnte sich gegen das Auto und steckte sich eine Zigarette an.

Irgendwann öffnete jemand die Tür an Max' Seite. Chiaras Stimme sagte: »Du bist ja immer noch hier! Du musst mit hereinkommen, der Tierarzt will mit dir sprechen.«

»Ich will aber nicht mit ihm sprechen«, sagte Max mit spröder Stimme und starrte vor sich ins Leere.

Chiara stampfte mit dem Fuß auf. »Oh, Max, was soll das? Komm heraus!«

Im Zeitlupentempo wandte Max den Kopf zu Chiara. »Er ist tot, nicht wahr?«, flüsterte er.

Chiara stöhnte leise. »Nein, er lebt noch. Aber es ist kritisch, haben sie gesagt. Sie wissen vermutlich, was es für ein Gift ist und können ihn vielleicht retten. Aber das müssen sie mit dir besprechen.«

»Warum?«, fragte Max. Er wirkte immer noch wie im Stand-by-Modus.

»Ob du der Behandlung zustimmst. Schließlich kostet das ja auch was.«

»Egal, was es kostet«, flüsterte Max.

»Ja, das finde ich auch«, sagte Chiara. »Die dumme Tante da drin am Empfang sagte zu mir, ein neuer Hund wäre billiger.«

Max zuckte zusammen, als habe ihm jemand ein Glas kaltes Wasser ins Gesicht geschüttet. »Wie schräg drauf ist die denn?«

Chiara lächelte zufrieden. »Endlich reagierst du wieder normal. Komm, wir gehen rein!«

Max bekam Schorsch gar nicht mehr zu Gesicht. Eine freundliche, junge Frau mit blonder Pferdeschwanzfrisur stellte sich als Studentin der Veterinärmedizin vor und befragte Max zu der möglichen Giftaufnahme. Auch wollte sie wissen, welches Futter Schorsch bekam und wie die Symptome sich entwickelt hatten. Max gab Auskunft und nannte seinen Verdacht. Dann verschwand die junge Frau im Behandlungsraum. Chiara und Max blieben in einem kleinen Nebenzimmer sitzen.

An der Wand hingen Fotos von verschiedenen Tieren und Dankesbriefe ihrer Besitzer an das Klinikpersonal. Chiara griff nach Max' Hand. »Alles wird gut«, sagte sie leise.

Max spürte, dass ihm wieder die Tränen über das Gesicht liefen. Chiara wühlte in ihrem Beutel nach einem Papiertaschentuch und reichte es ihm. »Ich halt das nicht aus, wenn er stirbt«, flüsterte Max.

Chiaras Hand umschloss die seine mit festem Druck. »Das wird er nicht«, sagte sie.

Max hätte ihr gerne geglaubt.

Nach einer gefühlten Ewigkeit kamen die Studentin und der Tierarzt, der sich als Dr. Vogel vorstellte, aus dem Behandlungsraum. »Sie sind das Herrchen von dem Cocker?«, fragte er.

Max nickte und blickte angstvoll in das Gesicht des Arztes. »Wie geht es Schorsch?«, flüsterte er.

Der Arzt schien sich über den Hundenamen zu amüsieren und sagte lächelnd: »Wir müssen jetzt erst einmal abwarten, wie unsere Behandlung anschlägt. Aber er ist ein gesunder Hund. Da hat er gute Chancen.«

Max und Chiara atmeten gleichzeitig auf. Max konnte nichts mehr sagen, denn die Tränen rannen in einem Schwall aus seinen Augen. Auch Chiara wischte sich die Augenwinkel und fragte dann: »Und was ist es gewesen?«

»Wir haben sein Blut mit einem Schnelltest untersucht. Die erhebliche Störung in der Gerinnungsfähigkeit zeigt uns, dass der Hund vermutlich ein Gift auf Cumarinbasis aufgenommen hat.«

»Was heißt das?«, fragte Chiara.

»Rattengift«, erklärte Dr. Vogel und wandte sich an Max. »Sie hatten gesagt, dass rund um Ihr Wohnhaus keine Ratten mit Gift bekämpft werden. Auch ist es normalerweise so, dass bei solchen Bekämpfungsaktionen Schilder ausgehängt werden müssen, und die hat es ja wohl nicht gegeben. Außerdem muss das ausgelegte Rattengift in speziellen Köderboxen untergebracht sein, damit es für Haustiere nicht gefährlich werden kann. Die Menge, die der Hund aufgenommen hat, ist sehr groß. Es ist viel mehr, als in den üblichen Köderportionen für Ratten vorhanden ist. Daher meine ich, dass Sie recht haben könnten mit Ihrem Verdacht. Jemand muss bewusst eine Giftmenge präpariert haben, die einem Hund gefährlich werden kann.«

»Ich wusste es!«, fuhr Max auf und schlug die Faust in die Handfläche.

Chiara schüttelte angewidert den Kopf. »Wer tut so was Perverses?«

»Es gibt Tierfeinde«, antwortete die Studentin. »Die stört das Gebell des Hundes, oder dass die Katze durch die Gemüsebeete streift. Und schon legt der hinterhältige Nachbar Gift aus.«

»Aber eure Nachbarn sind doch eigentlich ganz okay?«, fragte Chiara an Max gewandt.

Max starrte vor sich hin. »Die waren das auch nicht!«

»Wer dann? Hast du einen Verdacht?«

»Erzähl ich dir später«, flüsterte Max.

»Sie können natürlich Anzeige bei der Polizei erstatten«, erklärte Dr. Vogel. »Allerdings zeigt die Erfahrung, dass da nicht viel bei herauskommt, wenn man so jemanden nicht gerade auf frischer Tat ertappt.«

»Auf welche Weise wirkt dieses Gift?«, fragte Chiara.

»Das Gift setzt die Gerinnungsfähigkeit des Blutes so stark herab, dass es durch die Wände der Adern austritt, und zwar in so großen Mengen, dass das

Tier innerlich verblutet«, erklärte die Studentin. »Alle modernen Rattengifte wirken so. Es hat zum einen den Vorteil, dass das Tier nicht sofort stirbt. Dadurch merken die anderen Ratten nicht, dass eine von ihnen Gift gefressen hat und Symptome zeigt. Sie würden sonst den Köder meiden. Zum anderen kann man Vitamin K, das die Gerinnungsfähigkeit wiederherstellt, als Gegengift spritzen, wenn ein anderes Tier das Gift irrtümlich aufgenommen hat.«

»Und das haben sie jetzt bei Schorsch gemacht?«, wollte Chiara wissen.

Die Studentin nickte. »Wir werden jetzt in bestimmten Abständen sein Blut untersuchen, um festzustellen, wie es wirkt. Auch bekommt er Infusionen, damit wir die Flüssigkeit ausgleichen können, die er durch die inneren Blutungen verloren hat.«

»Das heißt, er ist über den Berg?«, fragte Chiara.

Dr. Vogel verzog skeptisch die Mundwinkel. »Noch nicht ganz. Es kommt immer darauf an, ob man das Gegengift rechtzeitig verabreichen konnte und der Hund nicht zu viel Blut verloren hat. Außerdem dauert es eine Weile, bis es wirkt.«

Chiara nickte besorgt. »Wie geht es jetzt weiter mit Schorsch?«

»Er bleibt auf jeden Fall über Nacht hier. Wir haben ihn ruhig gestellt und beobachten, ob und wie die Behandlung anschlägt«, erklärte der Tierarzt.

Max nickte. Ein kleines, warmes Flämmchen Hoffnung entzündete sich in ihm. »Kann ich hier bei ihm bleiben?«, fragte er.

Die Studentin lächelte. »Nein, das ist nicht üblich!

Sie können ja auch jetzt nichts mehr für ihn tun. Rufen Sie morgen früh an, dann sagen wir Ihnen, wie er die Nacht überstanden hat.«

Max wollte protestieren, doch Chiara zog ihn am Arm mit sich. Sie verabschiedete sich höflich von den Ärzten und Max grinste ein wenig unbeholfen.

Als sie die Klinik wieder durch die Glastür verlassen wollten, wurden sie aufgehalten. Ein Mädchen mit einer rötlichen Helmfrisur rief ihnen von einem Tresen aus nach: »Moment, Sie müssen noch bezahlen!«

»Aber wir kommen morgen noch einmal«, erklärte Chiara.

Das Helmmädchen schüttelte energisch den Kopf. »Es muss immer gleich bezahlt werden. Die Behandlung von morgen bezahlen Sie dann morgen!« Sie nannte einen Betrag, der für Max im Umfang eines Jahrestaschengeldes lag. »Bar oder mit Karte?« Zwei mandelförmig geschminkte Augen fixierten ihn herausfordernd.

Max schluckte und sah Chiara an. Die runzelte die Stirn, dann war sie mit zwei Sätzen an der Tür. Max überlegte gerade, ob es klug war, sich dem Fluchtversuch anzuschließen, wenn doch Schorsch als Pfand hier lag, als er Chiaras helle Stimme rufen hörte: »Onkel Ernst, kannst du mal kommen?«

Max sah verblüfft zu, wie der alte Köhler ein edel glänzendes Lederportemonnaie öffnete, in dem sich in verschiedenen Farben wohl sortiert die Scheine auffächerten. Er legte das Gewünschte auf den Tresen und ging wortlos wieder hinaus zum Auto.

»Er hat mir schon öfter mal ausgeholfen. Er ist eine gute Seele. Ich glaube, wir sind so was wie Familienersatz für ihn«, erklärte Chiara.

»Dann stehst du also mit noch mehr bei ihm in der Kreide?«, fragte Max misstrauisch.

Chiara kicherte. »Guck doch nicht so böse! Er bekommt alles schnell zurück. Das weiß er. Das ist doch jetzt wirklich kein Ding. Die paar Kröten!«

Max lächelte bitter. »Für dich vielleicht! Und warum nennst du den alten Köhler eigentlich Onkel Ernst?«

Chiara rollte die Augen. »Weil ich ihn kenne, seit ich nach Modertal gekommen bin. Da war ich vier. Er hat schon Haus und Garten versorgt, als ich noch gar nicht da war. Michelle, Maurice und ich haben immer Onkel Ernst zu ihm gesagt.

»Und er nennt dich Fräulein Plati? Wie passt das zusammen?«

Sie grinste. »Nur wenn Besuch in der Nähe ist, sonst sagt er Chiara. Was hast du gegen ihn?«

»Irgendwie ist er mir unheimlich. Aber seit heute bin ich ihm sehr dankbar. Ohne ihn hätten wir das mit Schorsch nicht so schnell geschafft.«

»Gut, werde ich ihm ausrichten!«, sagte Chiara und schob Max zur Tür hinaus.

Wenig später knieten Max und Chiara nebeneinander auf dem Tigerfell und betrachteten die vier Briefe, die Max auf dem Boden vor ihnen ausgebreitet hatte. Um sie ihr zu zeigen, hatte er vor Chiaras Augen das Tagebuch aus dem Tigerversteck gekramt.

Nachdenklich betrachtete Chiara die Briefbögen. »Es sieht aus, als seien die von verschiedenen Personen verfasst worden. Das Papier ist anders und auch die Wortwahl ist sehr unterschiedlich.«

Max wiegte den Kopf. »Aber im Prinzip ist es immer die gleiche Botschaft! Vielleicht ist es eine Person, die sich absichtlich verstellt, damit ich denke, es seien mehrere.«

Chiara kniff die Augen zusammen. »In welcher Reihenfolge hast du die Briefe bekommen?«

Max zog zwei zerknitterte Blätter heran. »Die beiden steckten in blauen Umschlägen und lagen am 25. und am 29. Dezember bei uns im Briefkasten. In jedem steht derselbe Satz. Meine Oma hat sie mir gebracht, weil außen *Für Max* draufstand.«

Chiara wendete die Papiere hin und her. Der Rand war ausgefranst, weil sie unsauber aus einem Spiralblock herausgerissen waren. »So was hat jeder Schüler«, stellte sie fest. »Und dieser hier hat eine Kinderschrift und ziemliche Probleme mit der Rechtschreibung!«

Max nickte bestätigend und las die Briefe noch einmal.

Hör auf damit Moriz zu sein
sonz pasiert dir das Selbe.

Dann nahm er den nächsten und legte ihn vor Chiara hin. »Der lag in einem gefütterten weißen Umschlag am 03. Januar bei uns im Briefkasten. Außen stand in spitzer Schrift drauf: *Für Maximilian Wirsing*. So ähnlich schreibt meine Oma. Diesmal sind es Druckbuchstaben und es sieht so aus, als würde der Schreiber oder die Schreiberin sonst Schreibschrift schreiben und hätte versucht, seine Schrift zu verstellen.«

Chiara nickte. »Ich finde auch, es sieht aus wie von einem älteren Erwachsenen, und der hat keine Probleme mit der Orthografie.« Sie las vor:

Halt dich fern von den v. Bentheims, sonst passiert was!

»Hast du den Umschlag noch?«, wollte Chiara wissen.

Max schüttelte den Kopf. »Habe ich weggeschmissen. Aber ich erinnere mich noch, dass Maximillian nur mit einem ›l‹ geschrieben war.«

Max musterte Chiara von der Seite. Ihre Augen glitten Buchstabe für Buchstabe über den Text. Sie biss sich dabei auf die Unterlippe. Max beugte sich dicht neben ihr über das Papier und tat es ihr unbewusst gleich. Die Botschaft war mit einem schmierigen Kugelschreiber geschrieben worden. Auch die kleinen m's und n's innerhalb der Worte waren spitz ausgezogen wie Großbuchstaben. Die Buchstaben kippten in verschiedene Richtungen. Das schien kein geübter Schreiber gewesen zu sein. Max bemerkte, dass Chiaras Wangen rot glühten. »Kommt dir die Schrift bekannt vor?«, fragte er.

Chiara schüttelte den Kopf. Es war nur eine angedeutete Bewegung. In ihrem Gesicht las er leichte Bestürzung.

»Hast du einen Verdacht?«, hakte er nach.

»Nein«, sagte Chiara mit spröder Stimme, schob den Brief zur Seite und zog den nächsten heran. Max betrachtete sie misstrauisch.

»Der ist mit dem PC geschrieben«, stellte sie mit belegter Stimme fest und las vor:

> Hör auf mit der erbärmlichen Show! Du bist nicht Maurice, sondern nur ein verkleideter Emo! Bald bist du dran!

Chiara tippte mit dem Finger auf ein Wort. »Er beschimpft dich als Emo. Das machen wohl in der Regel Typen, die sich selbst für coole Macker halten. Da fallen mir eine Menge ein.«

Max hob die Brauen. »Meinst du jemanden aus unserer Klasse?«

Chiara runzelte die Stirn. »Möglich. Aber es kann auch ganz woanders herkommen.«

Max nickte. »Kommen die Briefe jetzt von ein und derselben Person oder haben sie unterschiedliche Absender?«

Chiara hatte plötzlich eine Miene, wie eine Schülerin, die ihre Hausaufgaben vorträgt. »Ich denke, es waren verschiedene Personen. Nur die ersten beiden sind eindeutig vom selben Verfasser. Die anderen Briefe haben nur scheinbar die gleiche Botschaft. Wenn man genauer hinschaut, steckt bei jedem etwas anderes dahinter. Die ersten beiden kommen von jemandem, der fürchtet, du kommst auch ihm zu nahe, wenn du Maurice kopierst. Der vierte klingt neidisch. Er will dich klein machen und dir eins auswischen.«

»Und der dritte?«, fragte Max und beobachtete Chiara aufmerksam.

Chiara zuckte mit den Schultern. »Der fällt eigentlich ganz aus der Reihe. Er bezieht sich ja gar nicht nur auf Maurice, sondern auf die ganze Familie.«

Max sah Chiara herausfordernd an. »Auf *deine* Familie!«, betonte er.

In Chiaras Augen schimmerten Tränen. Sie starrte auf die Briefe und zuckte mit den Schultern. »Wer von denen ist denn überhaupt meine Familie? Gero ist nicht mein Vater, auch wenn er mich verwöhnt, wo er kann. Mit Geld, Geld, Geld. Franca ist meine echte Mutter, aber sie zieht ihre kleine, süße, schlanke Michelle der hässlichen, runden Chiara eindeutig vor. Ist ja auch klar. Michelle ist das Kind, mit dem sie alle Zeit der Welt verbringen konnte. Als ich klein war, hat sie studiert und gearbeitet und von mir eigentlich gar nichts mitbekommen. Ich war hauptsächlich bei meiner Oma in Monza.«

Max nickte. Vorsichtig fragte er: »Und Maurice?«

Chiara lachte bitter auf. »Maurice war der große Familienstar. Für Gero war er der Firmenerbe. Für Franca und Michelle war er Geros Sohn, der Kronprinz, auf den man nichts kommen lassen durfte. Manchmal denke ich, es wäre besser, ich würde von hier weggehen. Mich will hier eh keiner.«

»Das stimmt nicht!«, protestierte Max leise und sein Gesicht übergoss sich sofort mit brennender Röte.

Chiara betrachtete ihn lächelnd. In ihren Wimpern schimmerten Tränen. Sie beugte sich vor, schlang die Arme um seinen Hals und drückte ihm einen Kuss auf den Mund. Max erstarrte und war nicht in der Lage, ihren Kuss zu erwidern. Chiara löste sich wieder von ihm und sah ihn an. Max räusperte sich. Scheu begegnete er ihrem Blick. »Ich bin nicht so der Knutsch-Profi«, erklärte er.

Chiara kicherte. Max grinste wie ein Schüler, der sich für die nicht erledigten Hausaufgaben entschuldigt. »Ich möchte, dass du hier bleibst, damit wir oft zusammen sein können. Mit dir ist es nämlich, äh, ehem ...« Als ihm nichts mehr einfiel, schlang er die Arme um sie und zog sie fest an sich. Er spürte ihr Gesicht in seiner Halsbeuge. Dort wurde es feucht und warm.

»Wo sollte ich auch hingehen?«, vibrierte ihre Stimme unterhalb seines Ohres. »Ich hatte mir so sehr gewünscht, dass mein leiblicher Vater eine echte Alternative wäre. Ich hatte mir ausgemalt, wie er mich aufnimmt in seiner Familie und froh ist, mich zurückzuhaben. Er hat sich ja auch echt Mühe gegeben, aber ... ich gehöre da einfach nicht hin.«

Max schluckte und flüsterte: »Das kann ich gut verstehen. Ich weiß plötzlich auch nicht mehr, wohin ich gehöre.«

Chiara hob den Kopf und löste sich ein wenig aus seiner Umarmung, sodass sie Max in die Augen schauen konnte: »Maurice hat mal gesagt, wohin man gehört, hat nichts damit zu tun, woher man kommt, sondern damit, wohin man selber gehen möchte.«

Max runzelte die Stirn. »Wann hat er das gesagt?«

Um Chiaras Mundwinkel zuckte es bekümmert. »Es war irgendwann in den Wochen vor seinem Tod. Er war in der Zeit so ... anders.«

»Wie anders?«, fragte Max.

Chiara wischte sich eine Träne aus dem Augenwinkel. »Manchmal ganz traurig und in sich gekehrt. Dann konnte man ihn überhaupt nicht ansprechen. Dann wieder kam er an und war so ... so unglaublich lieb wie noch nie. Er fragte mich, ob ich Lust hätte mit ihm ins Kino zu gehen, oder er schenkte mir plötzlich seinen iPod, auf den er mir meine Lieblingsmusik geladen hatte. Dann wieder gab es Tage, da war er völlig aufgekratzt, absolut der Siegertyp und dementsprechend ekelhaft zu mir. Da hätte man meinen können, dass er was eingenommen hat. Aber das stritt er ab und rastete völlig aus, wenn ich ihm so was unterstellte.«

»Kannst du dich an einen Zeitpunkt erinnern, ab dem er sich so veränderte?«, fragte Max.

Chiara zuckte mit den Schultern. »Es war irgendwann im Frühjahr oder Anfang des Sommers 2011. Ich erinnere mich noch, wie ich ihn im Garten sitzen sah. Er starrte eine ganze Stunde lang vor sich auf den Weg und malte mit einem Stöckchen Striche in den Kies. Ich ging zu ihm und fragte, ob er Stress mit Annalena hat und ob ich mal mit ihr reden soll. Da fuhr er hoch und schrie mich an, dass ich ihn in Ruhe lassen soll. Er hätte andere Sorgen, aber ich mit meinem kleinen Zickenhirn könnte mir die Probleme der Welt nur mit lächerlichem Liebeskummer erklären.«

»Das war heftig!«, kommentierte Max.

Chiara nickte. »Ja! Und es traf mich auch völlig unerwartet. Am Tag vorher war alles besonders gut gelaufen zwischen uns. Wir hatten in meinem Zimmer gesessen, Tee getrunken und waren uns so richtig einig gewesen, dass Gero manchmal ein ziemliches Arschloch sein kann. Maurice hat mir erzählt, wie sehr ihm Gero damit auf die Nerven geht, dass er mal die Firma erben und deshalb unbedingt BWL studieren soll. Maurice hat es enorm gestunken, dass Gero wegen jeder schlechten Note in der Schule so einen Tanz veranstaltet und ihn zur Nachhilfe schickt, sobald er irgendwo eine Drei schreibt. Ich habe Maurice damals erzählt, wie blöd ich mich dabei fühle, dass Gero von mir immer verlangt, Maurice in der Schule zu helfen. Maurice hat sich auf die faule Haut gelegt, und ich habe ihn meine Hausaufgaben abschreiben lassen, weil ich ein schlechtes Gewissen bekam, wenn er Ärger in der Schule hatte. An dem Tag damals hatte ich zum ersten Mal das Gefühl, dass Maurice mich versteht. Er entschuldigte sich dafür, dass er sich auf meine Kosten seine guten Noten hereinholt. Und dann am nächsten Tag im Garten war er plötzlich wie ausgewechselt.«

»Gab es in der Zeit denn irgendeinen Vorfall, der seinen Stimmungsumschwung erklären könnte? Etwas, das du vielleicht nicht unbedingt gleich damit in Zusammenhang gebracht hast?«, forschte Max weiter.

Chiara dachte sichtbar angestrengt nach. »Es gab etwas«, sagte sie dann plötzlich. »Es war an dem Tag, an dem wir uns so gut verstanden hatten. Wir waren in mein Zimmer gegangen, weil wir vorher einen Streit belauscht hatten. Einen Streit zwischen Gero und einer Frau. Sie hatten sich lautstark in der Wolle. Maurice und ich standen draußen im Flur und hörten zu. Plötzlich war der Streit zu Ende. Die Frau war so schnell aus Geros Arbeitszimmer herausgekommen, dass Maurice und ich gar nicht mehr in Deckung gehen konnten. Sie hatte uns mit so einem irren Blick angestarrt. Völlig außer sich war sie gewesen. Sie hatte auf Maurice gedeutet und geschrien: ›Und mit dem werde ich auch noch reden. Das können Sie mir nicht verbieten!‹ Dann war Gero ihr hinterher gekommen. Er hatte sie am Arm gepackt und getobt: ›Untersteh dich, du alte Hexe!‹ Die Frau hatte böse gelacht, sich losgerissen und war davongelaufen. Wir fragten Gero, was die Frau von ihm gewollt hatte. ›Geld, was sonst‹, hatte er gebrüllt. Dann knallte er die Tür zu. Das heißt, nein, erst noch schrie er Maurice an: ›Egal, was diese Hexe dir erzählt, glaub ihr kein Wort. Alles Lüge!‹ Gero verschwand also in seinem Zimmer. Maurice und ich standen draußen auf dem Flur und sahen uns an. Dann gingen wir in mein Zimmer und redeten über Gero. Dass er sich nicht wundern muss, wenn er mit den Leuten Ärger wegen Geld bekommt, weil er ja auch alles über Geld regelt und so.«

»Weißt du, wer die Frau war?«, fragte Max.

Chiara schüttelte den Kopf. »Ich hatte sie vorher noch nie gesehen und danach auch nicht mehr. Sie war alt, so etwa wie deine Oma. Graues, zu einem ziemlich unordentlichen Knoten hochgestecktes Haar, aus dem die Fransen heraushingen. Sie sah wirklich wie eine alte Wetterhexe aus.«

»Und in dem Streit mit ihr ging es um Geld. Das habt ihr gehört?«

Chiara stöhnte auf. »Es ist schon so lange her. Wir waren ja auch erst später dazugekommen. Maurice hatte vielleicht ein bisschen mehr gehört als ich, denn er stand bereits lauschend auf dem Flur, als ich kam. Er gab mir Zeichen, still zu sein und deutete auf die Tür. Da stellte ich mich neben ihn und hörte ebenfalls zu.«

»Und was hast du gehört?«

»Eigentlich nur zusammenhangloses Zeug.«

»Kannst du dich an einzelne Worte erinnern?«

Chiara starrte vor sich hin. »Ich kann mich nur erinnern, dass sie Gero mit irgendetwas gedroht hat, denn er schrie: ›Sie haben doch gar keine Beweise!‹ Und sie kicherte wirklich wie eine Hexe und rief: ›Seien Sie sich da mal nicht so sicher.‹ Und dann sagte sie so etwas in der Art, dass sie eine Schicksalsgöttin wäre. Ich dachte damals, dass die Alte sie wirklich nicht alle an der Waffel hat. Sie redeten so wild aufeinander ein, man konnte gar nicht alles verstehen. Nur Wortfetzen. ›Tod‹, sagte sie und ›höhere Gerechtigkeit‹. Und dann plötzlich schrie Gero sie an: ›Was hast du getan, du alte Hexe?‹ Und sie kicherte wieder. Ziemlich laut, weil sie da wahrscheinlich schon nah an der Tür stand, um rauszugehen. ›Das möchtest du jetzt gerne wissen‹, meckerte sie mit fürchterlicher Stimme. ›Knöchlein oder Fingerchen?

Eigentlich weißt du doch, wie du das herausfinden kannst. Nur zu!‹ Daraufhin brüllte Gero wie ein verletzter Stier und wollte wohl auf sie los, aber sie entwischte durch die Tür. Er hinterher. Ja, so ungefähr war das. Aber wieso reden wir da jetzt eigentlich drüber?«

Max holte hörbar Luft. »Weil es vielleicht doch etwas gibt, was mit Maurice' Tod in Verbindung stehen könnte. Vielleicht hatte dieser Streit ja etwas damit zu tun.«

Chiara schüttelte den Kopf. »Das glaube ich nicht. Maurice und ich hatten uns eher über diese komische Alte amüsiert, die es da mit dem großen Gero von Bentheim aufnehmen wollte. Da war nichts, was Maurice deprimiert hätte. Maurice wurde ja auch erst am nächsten Tag so merkwürdig.«

»Knöchlein oder Fingerchen?«, flüsterte Max. »Woher kenne ich diesen Spruch?«

Chiara lächelte wehmütig. »Ganz einfach. Grimms Märchen. Hänsel und Gretel. Die Hexe kommt täglich an den Stall, in dem sie Hänsel eingesperrt hat. Sie will testen, ob er bald fett genug ist, damit sie ihn braten und essen kann. Weil sie schlecht sieht, muss er ihr seinen Finger durch das Gitter hinhalten. Doch Hänsel ist schlau, er steckt nur ein abgenagtes Knöchlein durch das Gitter und die Hexe findet, dass Hänsels Finger zu knochig und dünn ist.«

Max lachte versonnen auf. »Ja, jetzt weiß ich es wieder. So hat mir meine Oma das auch erzählt. Sie war eine große Märchenerzählerin. Aber was wollte diese alte Frau Gero mit diesem Spruch sagen? Er scheint ja verstanden zu haben, was sie damit meinte, sonst wäre er nicht so ausgerastet.«

Chiara zuckte mit den Schultern. »Es ist eine Andeutung auf eine Täuschung. Dass man jemandem durch eine Verwechslung etwas vormacht.«

Max nickte. »Und was kann das sein?«

»Ich weiß es nicht«, flüsterte Chiara.

Max kniff die Augen zusammen. »Aber es muss etwas mit Maurice zu tun gehabt haben, sonst hätte sie nicht angedroht, dass sie mit ihm auch noch reden wird. Was, wenn sie das am nächsten Tag tatsächlich getan hat?«

Chiara schüttelte den Kopf. »Was sollte so eine verrückte Alte mit Maurice zu reden gehabt haben? Schon gar nichts, das ihn in eine depressive Stimmung bringt und ihn in den Selbstmord treibt.«

»Und wenn sie etwas anderes gewusst hat? Wenn sie Maurice etwas verraten hat und er deshalb umgebracht wurde?«, spekulierte Max.

Chiara stöhnte. »Nicht schon wieder, Max! Es war Selbstmord! Warum auch immer.«

»Zu dem er per SMS bestellt wurde?«, konterte Max.

Chiara sah ihn verblüfft an und er berichtete ihr, was er von Annalena erfahren hatte.

Danach war Chiara sichtlich durcheinander. »Diese blöde Kuh? Warum rückt sie damit jetzt erst heraus?«

»Sie hatte Angst und macht sich Vorwürfe«, erklärte Max.

Chiara betrachtete ihn misstrauisch. »Du nimmst

sie auch noch in Schutz? Glaubst du ihr das mit dem Handyklau etwa?«, fauchte sie.

Max zuckte mit den Schultern. »Warum denn nicht? Sie verliert doch ständig etwas. Aber vielleicht hat auch jemand gezielt ihr Handy geklaut und Maurice zur S-Bahn hinbestellt.«

Chiara sah auf. »Und die Polizei konnte nicht herausfinden, wer das gewesen ist?«

»Nein. Das Handy wurde danach nie wieder eingeschaltet.«

Chiaras Lippen zitterten. »Ich will nicht, dass das alles wieder von vorne losgeht. Hör auf damit, weiter nachzuforschen! Es nützt keinem!« Sie deutete auf die Briefe, die vor ihr lagen. »Viel wichtiger ist es doch, herauszufinden, wer von denen der Giftmischer war.«

Max' Augen wanderten über die Briefe. »Auf wen tippst du?«

Chiara antwortete sofort: »Nummer eins, zwei oder Nummer vier.«

»Und warum nicht Nummer drei?«, fragte Max.

»Das ist etwas anderes«, sagte sie.

Es dämmerte bereits, als Chiara sich auf den Heimweg machte. Max' Angebot, sie zu begleiten, hatte sie kurz angebunden abgelehnt. Sie hätte heute noch einiges vor. Der milde Wind trieb ihr feine Regentropfen ins Gesicht. Wie die dunklen Wolken im dämmrigen Winterhimmel zogen die Gedanken durch ihren Kopf. Mal lösten sie sich in kleine Portionen auf, mal ballten sie sich zu einem dicken Knäuel zusammen oder bildeten einen grauen, undurchdringlichen Teppich. Sie brauchte Klarheit und die würde sie sich verschaffen. Zunächst einmal auf eigene Faust. Max konnte sie später einweihen, dann, wenn sie wusste, wer hier eigentlich, welches Spiel spielte.

Der alte Köhler griff nach der Axt, die vor dem Gartenschuppen in einem Hackklotz steckte. Seine knochigen, von blauen Adern durchzogenen Hände umfassten den Holzgriff. Mit vorsichtigen Schritten näherte er sich der sorgfältig gestrichenen Holztür, die einen Spalt offen stand. Der Schlüssel steckte. Es war der Schlüssel, der sonst am Schlüsselhaken im Kellerabgang des Wohnhauses hing. Wer immer sich hier Zutritt verschafft hatte, der war auch im Haus gewesen!

Im Schuppen fiel etwas polternd zu Boden. Scherben klirrten. Eine Mädchenstimme fluchte. Köhler ließ die Axt sinken und trat ein. »Was um alles in der Welt machst du hier?«, schimpfte er und betätigte den Lichtschalter. Eine mit Draht vergitterte Deckenlampe flackerte auf und tauchte das Innere des Raumes in gelbliches Licht.

Chiara fuhr zusammen und hob den Kopf. Ihre dunklen Locken klebten wirr im erhitzten Gesicht. »Siehst du doch, ich suche etwas Bestimmtes.«

Köhler atmete geräuschvoll aus. Mit milderer Stimme fragte er: »Was suchst du denn? Kann ich helfen?«

Chiara klang nach wie vor aufgebracht. »Das Meerschweinchenhäuschen, das du mal für Michelle und mich gebastelt hast. Du weißt doch, es stand in dem Freigehege draußen. Es hatte sogar eine Tür, die man nachts mit einem Riegel verschließen konnte.«

»Hat nichts genutzt«, brummte Köhler. »Die Katze hat es trotzdem eines Tages aus dem Gehege geholt.«

»So habt ihr das Michelle erzählt. So war es aber nicht.«

Köhler sah auf. »Ach ja, und wie war es dann?«

»Maurice hat es mit Geros Kleinkalibergewehr abgeknallt.«

»So, hat er das?«, brummte Köhler.

»Ja, hat er«, fauchte Chiara. »Maurice war so blöd, mir das eines Tages auch noch stolz zu erzählen. Vielleicht hoffte er sogar, ich würde es Michelle verraten, nur um sie noch nachträglich damit zu quälen. Ein Quäler war er.«

»Über Tote redet man nicht schlecht«, sagte Köhler mit müder Stimme.

In Chiaras Gesicht entstand ein bitteres Lächeln. »Egal, was Maurice oder Gero angestellt haben, du hast sie immer gedeckt. Warum eigentlich?«

»Das bildest du dir ein, und jetzt komm endlich da heraus!«, forderte er.

»Nicht bevor ich dieses Häuschen gefunden habe«, entgegnete Chiara und machte sich weiter daran, die Regalbretter abzusuchen und Behälter und Geräte beiseite zu schieben.

Köhler hustete rasselnd, dann sagte er: »Ich habe es auseinandergenommen. Es liegt oben auf dem Regal.«

Chiara sah in die Richtung, in die Köhler mit dem

Kopf gedeutet hatte und zog sich einen alten Gartenstuhl heran, um auf ihn drauf zu klettern.

Köhler trat einen Schritt nach vorne. »Nicht! So brichst du dir den Hals, Mädchen!« Er schob Chiara beiseite, klappte eine Leiter auf, erklomm zwei Stufen und nahm einige Holzteile vom obersten Regalbrett, die er an Chiara weiterreichte. Sie musterte eines nach dem anderen kritisch und legte sie neben sich auf dem Boden ab. Als Köhler die Leiter wieder weggeräumt hatte, stand Chiara vor ihm und hielt die hölzerne Giebelwand des Häuschens hoch. Eine kleine Tür klappte auf. Über dem Eingang war mit schwarzen, zackigen Pinselstrichen der Name des tierischen Bewohners angebracht.

»Maximilian Meerschwein«, las Chiara laut vor und sah Köhler herausfordernd an.

»Ja«, bestätigte Köhler. »Michelle wollte unbedingt, dass ich den Namen über die Tür schreibe. Erinnerst du dich nicht?«

»Doch«, bestätigte Chiara heftig nickend. »Und wie ich mich erinnere! Das ist ja das Problem.« Tränen strömten über ihr Gesicht und Köhler betrachtete sie verständnislos. »Maximillian wird mit zwei ›l‹ geschrieben!«, schrie Chiara. »Warum hast du das getan? Warum?«

Köhler betrachtete sie, als zweifle er an ihrem Verstand. »Ein Schreibfehler. Ich wusste das nicht. Was ist daran so schlimm, dass du jetzt so ein Theater deswegen machst? Hast du etwas genommen? Wo warst du überhaupt vorhin? Doch hoffentlich nicht bei diesem Max?«

Chiara warf das Holzbrett auf den Boden, sodass die kleine Tür abbrach. Sie trat noch einmal darauf und schrie: »Oh doch. Ich war bei Max! Und ich werde auch weiter bei Max sein, egal ob das Gero und dir passt oder nicht. Was habt ihr überhaupt gegen ihn?«

Köhlers Gesicht wirkte gequält. Er bemühte sich um einen ruhigen Ton. »Gero möchte nicht, dass du dich mit ihm triffst. Er hält ihn für schlechten Umgang.«

Chiara lachte böse auf. Aus schmalen Augen funkelte sie Köhler an. »Schlechter Umgang? Und deshalb hast du seinen Hund vergiftet? Hat Gero dir das aufgetragen?«

Köhlers Gesicht wirkte mit einem Mal grau wie Asche. »Was denkst du von mir? Das war ich nicht! So etwas würde ich nie tun.«

Chiara musterte den alten Mann aufmerksam. Seine Bestürzung schien echt. Leise und traurig sagte sie: »Warum hast du ihm aber diesen Brief geschrieben? Das kannst du nicht abstreiten! Ich habe deine Schrift erkannt und ich habe mich erinnert, wie sehr Franca sich damals amüsiert hatte, dass der Name falsch geschrieben war. So ist sie nun mal, meine perfekte Mutter.«

Köhler sah zu Boden. »Gero sagte, ich soll dafür sorgen, dass dieser Max nicht in deine Nähe kommt. Und dann, als du in Sizilien warst, da ist er mit so einem kleinen Asozialen vom Harzerpfad hier herumgeschlichen. Frech geworden ist er auch noch zu mir. Ich wollte ihm einen Schrecken einjagen. Darum habe ich den Brief geschrieben.«

Chiara nickte. »Machst du eigentlich immer alles, was Gero sagt?«

Köhlers Gesichtszüge erstarrten zu einer Maske. »Wenn du wüsstest!«, sagte er mit spröder Stimme.

»Dann erzähl mir, was du weißt!«, forderte Chiara.

Köhler schüttelte unmerklich den Kopf. Er wandte sich um und ging nach draußen. Chiara folgte ihm. Er lehnte an der Wand des Schuppens und zündete sich eine Zigarette an. Seine Hände zitterten mehr als sonst. »Ich finde auch, es wäre gut, wenn du keinen Kontakt mit diesem Max hättest.«

Chiara zog den Reißverschluss ihrer Jacke bis zum Hals und stemmte die Hände in die Taschen. Die feuchte Abendkälte kroch durch alle Nähte. Die Rauchschwaden der Zigarette brannten ihr in den Augen. Aber Chiaras Tränen strömten noch aus einem anderen Grund über ihr Gesicht.

Hier draußen war es zu dunkel, als dass Köhler es bemerkt hätte. Sein Gesicht glühte ab und zu auf, wenn er an der Zigarette zog. Dann erkannte Chiara die Gesichtszüge eines alten, traurigen Mannes und nicht die eines hinterhältigen Giftmischers. »Onkel Ernst?«, begann Chiara vorsichtig.

»Was ist?«, fragte er.

»Damals, als Maurice geboren wurde, da warst du doch auch schon hier im Haus.«

Es dauerte ein paar Zigarettenzüge, bis er antwortete. »Ich hab 1999 als Gärtner hier angefangen. Damals war ich 54. Vorher habe ich in Geros Firma als Buchhalter gearbeitet. Doch dann kam ein Herzinfarkt. Ich musste aufhören und bin ihm sehr dankbar, dass ich hier als Gärtner weitermachen durfte und meine Rente aufbessern konnte. Im Haus war ich anfangs nie, obwohl meine Frau schon seit Jahren dort geputzt und den Haushalt versorgt hat. Du weißt ja, wie misstrauisch Gero ist. Wenn ich mit Margit sprechen wollte, ist sie heraus zu mir in den Garten gekommen.«

»Dann war deine Frau 1997 im Haus, als Maurice geboren wurde?«

Köhler nickte im Schein der Glut.

Chiara beobachtete ihn aufmerksam. »Deine Frau hat dir doch bestimmt von der Geburt erzählt. Vielleicht war sie sogar dabei?«

»Sie war nicht dabei«, antwortete Köhler unerwartet schnell. »Ich sagte doch schon, sie arbeitete als Haushälterin und nicht als Hebamme.«

»Aber die Hebamme kannte sie oder?«

»Das war Brigitte Wiesner. Die hatte ihr Haus ganz in der Nähe von uns in der Modertal-Siedlung.«

»Und? Hat sie deiner Frau etwas über die Geburt erzählt?«

Köhler stöhnte auf. »Was weiß ich? Was Frauen sich halt so erzählen, wahrscheinlich ja. Aber warum willst du das alles wissen?«

»Das weißt du doch«, pokerte Chiara. »Du weißt, warum ich danach frage, ob es damals bei Maurice' Geburt nichts Ungewöhnliches gab. Du weißt, warum Gero einen Jungen, der Maurice verdammt ähnlich sieht, nicht in der Nähe seiner Familie haben will. Du weißt vielleicht sogar, warum Maurice gestorben ist. Du weißt –«

»Schluss!«, unterbrach Köhler sie. Er warf seine Zigarette zu Boden und trat sie aus. Er drängte Chiara beiseite und verschwand im Eingang des Schuppens. Dort löschte er das Licht, schlug die Tür zu und schloss sie geräuschvoll ab. Dann machte er sich mit ausladenden Schritten auf den Weg zum Wohnhaus.

Chiara hatte Mühe, ihm zu folgen. »Du weißt etwas und du musst es mir sagen. Bitte! Ich will –«

Köhler stieß einen Laut aus, der wie das Knurren eines Hundes klang. »Was du willst, interessiert mich nicht. Und ich, ich will nur noch eines: ein paar gute letzte Tage bis mich entweder der Krebs holt, wie er meine Frau geholt hat, oder der nächste Infarkt. Aber bis dahin will ich vor allem meine Ruhe und ein gutes Leben.«

»Das Gero dir bezahlt«, zischte Chiara.

Abrupt blieb Köhler stehen und fasste Chiara hart an den Schultern, sodass sie es selbst durch die dicke Jacke schmerzhaft spürte. »Jetzt hör mir mal zu, Mädchen! Ja, er bezahlt. So ist das im Leben. Es ist ein gegenseitiges Geben und Nehmen, und am Schluss gibt es immer eine Rechnung, die beglichen werden muss. Und es ist gut und gerecht, wenn der zahlt, der den Schaden verursacht hat. Und dir gebe ich einen gut gemeinten Rat. Hör auf, in der Vergangenheit herumzuschnüffeln. Das macht die Toten auch nicht wieder lebendig und macht nichts wieder gut. Im Gegenteil. Und diesen Rat kannst du auch an deinen Freund weitergeben. Er tut gut daran, sich hier nicht blicken zu lassen, und zwar in seinem eigenen Interesse!« Köhler ließ sie los und lief zügig weiter.

Chiara sah der dunklen Gestalt nach, die sich von ihr entfernte und schließlich in dem Kellerabgang verschwand, der zu Köhlers Räumen führte.

In der Nacht ließ der Sturm die Rollläden klappern. Chiara wälzte sich unruhig hin und her. Plötzlich setzte sie sich auf. Da gab es noch ein anderes Geräusch. Dumpf und blechern. Chiara wusste sofort, was es war. Jemand musste unten im Flur gegen die große metallene Bodenvase gestoßen sein. Jemand, der sich dort im Dunkeln bewegte, weil er durch Licht nicht auf sich aufmerksam machen wollte. Chiara schlich hinaus ins Treppenhaus und lauschte. Eine Tür wurde leise geschlossen. Dann war nichts mehr zu hören. Chiara schlich auf Strümpfen die Treppe hinab und lief durch den Flur in Richtung der Vase. Sie erschrak, als plötzlich ein Lichtschein über ihre Füße huschte. Er kam unter der Tür hindurch aus Geros Arbeitszimmer.

»Gero? Bist du da?«, rief Chiara. Es kam keine Antwort. Beherzt öffnete sie die Tür.

Vor ihr stand Ernst Köhler. Er hielt einen Aktenordner in der Hand. Der Stuhl an Geros Schreibtisch war in seine Richtung gedreht. Offensichtlich hatte er dort gesessen und in dem Ordner geblättert, als Chiaras Stimme ihn aufgeschreckt hatte.

»Was machst du hier in Geros Büro?«, fuhr Chiara ihn an.

Köhler schob den Ordner in eine Lücke im Regal. »Mir war nur etwas eingefallen, was ich nachsehen wollte«, erklärte er.

»Ich glaube nicht, dass es Gero gefallen würde, wenn er wüsste, dass du hier eigenmächtig an seine Unterlagen gehst.«

In Köhlers altem Gesicht entstand ein beinahe komisch wirkender Trotz. »Du musst es ihm ja nicht sagen«, erklärte er und im Hinausgehen fügte er hinzu: »Dann sage ich ihm auch nicht, dass du dich hier mit diesem Max triffst. Eigentlich ist er ein netter Junge, wenn er nicht gerade versucht, sich wie Maurice aufzuspielen.«

Mit einem Satz war Chiara an der Tür und hielt Köhler auf. »Du hältst ihn für netter als Maurice?«, flüsterte sie und sah ihm lauernd in die Augen.

Köhler wich ihrem Blick aus. »Ja«, flüsterte er. »Maurice war zu sehr wie, wie ...«

»Gero?«, fragte Chiara.

Köhler nickte, dann schlurfte er davon in Richtung Kellertreppe. Chiara wartete, bis sie die Tür der Souterrainwohnung zuschlagen hörte. Dann trat sie zurück in das Büro und schloss die Tür. Ihre Augen glitten über die Regalwand. Welchen Ordner hatte Köhler inspiziert? Chiara stellte sich vor den Bereich, in dem sie ihn vermutete und las die Beschriftungen. Gero war ein Ordnungsfanatiker. Alles war akribisch aufgelistet und alphabetisch oder nach Jahreszahlen geordnet einsortiert. A wie Artos. Das war Michelles Pferd. In diesem Regal schienen alle privaten Unterlagen zu stehen. Es gab Ordner für Haus, Krankenkasse, aber auch mit Namen beschriftete für Chiara, Franca, Michelle, Maurice. Maurice! Dieser Ordner stand ein wenig hervor. Hier also hatte Köhler nachgesehen. Hatte sie ihn vorhin mit ihren Vermutungen aufgeschreckt? War ihm etwas in den Sinn gekommen, was ihm vielleicht seine Frau damals erzählt hatte und was er jetzt überprüfen wollte? Zu gerne hätte sie gewusst, was das war, aber aus dem Alten würde sie nichts mehr herausbekommen. Seine Reaktion vorhin hatte etwas Endgültiges gehabt. Chiara setzte sich an den Schreibtisch und blätterte in dem Ordner. Er enthielt alle Unterlagen zu Maurice von Geburt an. Es gab eine Geburtsurkunde. Maurice von Bentheim, geboren am 15.02.1997. Wann hatte Max Geburtstag?, schoss es Chiara durch den Kopf. Dann fiel es ihr ein. 1. März. Ich bin ein Märzhase, hatte er einmal gesagt. Zwillinge, deren Geburt zwei Wochen auseinanderliegt. Gibt es das? Eigentlich nicht. Chiara blätterte das Untersuchungsheft durch. Die Daten der Geburt waren eingetragen. 48 cm, 2500 g. Nirgendwo gab es einen Hinweis auf ein zweites Kind. Chiara blätterte weiter. Es gab die Einladung zur Einschulungsuntersuchung, sogar ein Foto vom zahnlosen Maurice am ersten Schultag. Dann Zeugnisse. Dann ein psychologisches Gutachten aus dem Jahr 2001. Maurice schlief schlecht, hatte Angstzustände und nässte nachts ins Bett. Begründet wurde dies mit dem problematischen Gesundheitszustand der Mutter. Die Empfehlung lautete, Maurice solle sich möglichst wenig in der Nähe seiner Mutter aufhalten. Erschwerend sei hinzugekommen, dass die Haushälterin, Margit Köhler, die sich sehr um Maurice gekümmert habe, erkrankt sei. Es wurde die Empfehlung ausgesprochen, eine neue Bezugsperson für Maurice einzustellen.

Chiara blätterte zurück. Moment mal. Von wann war das Gutachten? Februar 2001? Im September hatten Gero und Franca geheiratet und die vierjährige Chiara war mit ihrer Mutter im Bentheim-Schlösschen eingezogen. Gero und Franca hatten sich im Frühjahr in Monza kennengelernt, als Gero dort auf einer Geschäftsreise gewesen war. »Das geht mir alles zu schnell«, hatte damals Francas Mutter, also Chiaras Großmutter aus Monza, gesagt. Chiara hatte ohnehin niemand gefragt. Sie musste ihre italienische Familie verlassen und plötzlich in einem anderen Land mit einer ihr fremden Sprache auf einen merkwürdigen, gleichaltrigen Jungen treffen, der plötzlich ihr Bruder sein sollte. Eigentlich waren die Konflikte vorprogrammiert und man musste es als Wunder bezeichnen, dass es ihnen gelungen war, überhaupt einigermaßen miteinander auszukommen.

Chiara runzelte die Stirn. Da war eine Ungereimtheit! Hatte Gero damals nicht erzählt, Maurice' Mutter sei kurz nach Maurice' Geburt gestorben? Und nun stand da in dem Gutachten, dass der Umgang mit ihr ein Problem war. Also musste sie doch im Februar 2001 noch hier im Haus gewohnt haben. Chiara schaute sich beklommen im Zimmer um. Wenn die Wände erzählen könnten! Welche Hölle ist das, wenn für ein Kind die eigene Mutter zum Problem wird? Warum überhaupt? Welche Krankheit hatte diese Frau gehabt? Chiara sprang auf und suchte das Regal ab. Einen Ordner »Friederike von Bentheim« gab es nicht. Und die Frau? Wenn sie 2001 noch gelebt hatte, vielleicht gab es sie immer noch – irgendwo? Das wäre der Schlüssel. Wer, wenn nicht sie, könnte erklären, was damals passiert war. Hier an diesem Ort!

Mit einem Schlag wurde Chiara bewusst, wie sehr dieses Haus zu ihrem Zuhause geworden war. Hier kannte sie jedes Zimmer, jedes Alltagsgeräusch. Hier gab es so viele Erinnerungen an die Kindheit mit den Geschwistern, an wilde Spiele und Geheimnisse, an Geburtstagsfeste im parkartigen Garten und an die letzten Tage mit Maurice. Und jetzt schien sich dieses Zuhause immer mehr in ein Horrorschloss mit dunkler Vergangenheit zu verwandeln. Sollte sie weiterforschen, oder sollte sie Köhlers Rat befolgen und die Vergangenheit ruhen lassen?

Chiara schloss den Ordner und stellte ihn vorsichtig wieder zurück ins Regal. Nachdenklich ließ sie sich auf dem Schreibtischstuhl nieder und probierte, eher nebenbei, die mittlere Schublade aufzuziehen. Sie war verschlossen. Chiaras Blicke tasteten suchend über die blanke Arbeitsplatte. Neben der Schreibtischlampe steckten mehrere Stifte in einem röhrenförmigen Behälter. Sie zog die Stifte heraus und fand am Boden des Behälters einen kleinen Schlüssel, der tatsächlich passte. In der Schublade lag lediglich ein Diktiergerät. Chiara drückte die Taste. Es gab keine Aufnahmen. Sie legte das Gerät zurück und tastete den hinteren Bereich der Schublade ab, den sie nicht einsehen konnte. Papier knisterte. Sie zog einen

Briefumschlag hervor. Er war mit der Aufschrift »Köhler, Februar« versehen. Der Umschlag enthielt Geld in vielen verschiedenen Scheinen. Chiara zählte 3000 Euro und biss sich auf die Unterlippe. War das nicht ein bisschen viel für einen Gärtner, der zweimal in der Woche kleine Pflegearbeiten erledigte und ab und an das Haus hütete? 3000 Euro, die über kein Konto liefen und wohl regelmäßig in dieser Form ausgezahlt wurden? Wofür?

Chiara schob den Umschlag zurück an seinen Platz, verschloss die Schublade und platzierte den Schlüssel wieder in seinem Versteck. Dann schlich sie, nicht nur vor Kälte schaudernd, zurück in ihr Zimmer. Sie dachte an die Empfehlung aus dem Gutachten. Für Maurice sollte eine neue Bezugsperson eingestellt werden. Es war damals wie heute sicher nicht leicht, eine erfahrene Kinderbetreuung für einen schwierigen, kleinen Jungen zu finden, die als Mutterersatz rund um die Uhr präsent sein konnte. Böse Zungen könnten behaupten, dass Gero dieses Problem damals geradezu genial gelöst hatte. Er heiratete einfach eine, die durch das Vorhandensein ihres eigenen Kindes eindeutig bewies, dass sie gut mit Kindern konnte. Dazu war sie noch eine hübsche Italienerin mit Temperament und dem Herz auf dem rechten Fleck. Aber sie war auch eine, die nicht aus der Gegend stammte, und weder Menschen noch Gerüchte vor Ort kannte. Und sie war eine, die durch das anfängliche Sprachproblem nicht in der Lage war, Nachforschungen anzustellen. Und nach ein paar Jahren war alles vergessen. Wer weiß, wo diese Friederike von Bentheim abgeblieben ist. Am Ende liegt sie irgendwo vergraben im Park? Und Köhler ist Mitwisser und wird für sein Schweigen bezahlt. Chiara schauderte. Ging jetzt die Fantasie mit ihr durch?

Sie ließ sich in ihr Bett sinken, zog die Decke bis zum Kinn und dachte an Franca. Eigentlich kannte sie ihre Mutter nur gut gelaunt und unternehmungslustig. Aber wenn sie richtig nachdachte, konnte sie sich sehr wohl an stille Momente erinnern, in denen Franca traurig und nachdenklich gewirkt hatte. Sie erinnerte sich, dass sie Franca und deren Schwester Giuseppina vor Jahren einmal im Garten in Monza belauscht hatte. »Unsere Mama hatte recht wie immer«, raunte Franca damals ihrer Schwester zu. »Es war zu schnell. Aber er hat mich so gedrängt, er war aufmerksam zu mir wie sonst noch nie einer. Oft frage ich mich inzwischen, was ihm wichtiger war, die Frau oder die Kinderfrau?«

Damals hatte Chiara das nicht verstanden, jetzt ahnte sie, worum es in dem Gespräch zwischen den Schwestern gegangen war. Also nicht die »große Liebe«, sondern die »große Berechnung«, dachte Chiara. Berechnung. Das sah Gero ähnlich. Arme Franca, wie kommst du eigentlich damit zurecht? Machst du das Beste daraus? Schade, dass wir uns nicht gut genug verstehen, um darüber zu reden. Du wärst viel zu stolz, um zuzugeben, dass du auf ihn reingefallen bist. Ein zweites Mal reingefallen in deinem Leben. Erst auf den schönen Francesco mit den feurigen Augen und dem heißen Herzen, der aber sonst nichts auf die Reihe gekriegt hat, und dann auf den weltmännischen Gero, der dich in sein Traumschloss entführt hat, aber an seiner Seite gar keine Königin, sondern ein lebenslanges Au-Pair gebraucht hat.

Irgendwann musste Chiara trotz der schwermütigen Gedanken eingeschlafen sein. Ihr Handyton weckte sie. Das Tageslicht schien bereits milchig durch die Vorhänge. Schlaftrunken tastete sie nach dem Gerät. Max' Stimme war zu hören. Max! Chiara fühlte, wie eine angenehme Wärme sie durchströmte.

»Er wird es schaffen. Sie werden ihn heute noch zur Beobachtung dabehalten, aber gegen Abend können wir ihn abholen. Ist das nicht wunderbar?«

Chiara brauchte einen Moment, bis sie verstand, wovon Max redete. »Oh ja, das ist wunderbar«, bestätigte sie mit müder Stimme.

»Chiara?«

»Ja?«

»Ist etwas mit dir? Du klingst so ... so gedämpft?«

Chiara verzog das Gesicht, als habe sie Schmerzen. Max hatte feine Antennen. So leicht konnte man ihm nichts vormachen. Trotzdem würde sie ihm zunächst nichts von dem berichten, was sie herausgefunden hatte. Wer weiß, wohin sie ihre Nachforschungen noch führen würden. Sie dachte an Köhlers harte Worte. Es sei besser für Max, wenn er den Bentheims nicht zu nahe kommt. Sie musste Max aus dem Weg gehen, um ihn zu schützen.

»Treffen wir uns heute?«, fragte Max.

In Chiara jubelte es. Ja, sie wollte ihn sehen! Sie wollte seine Stimme hören und die wärmenden Sonnenstrahlen spüren, wenn er sie anlächelte.

»Nein, ich glaube nicht.«

»Wieso denn nicht? Möchtest du nicht mitkommen, wenn ich Schorsch hole?«

»Eigentlich schon, aber ich fürchte, ich habe mir die Grippe eingefangen. Es ist besser, wenn ich heute im Bett bleibe.«

»Ist das wirklich nur die Grippe oder bist du aus irgendeinem Grund sauer auf mich?«

»Nein, alles okay«, sagte Chiara mit belegter Stimme. Dann tat sie, als müsse sie fürchterlich husten und beendete das Gespräch.

Sonntag, der 13. Januar

So, jetzt sind sie vorbei, diese Ferien, und ich weiß nicht, ob ich mich darüber freuen soll oder nicht. Wenn ich zurückblicke, dann haben diese drei Wochen in mein Leben reingehauen, als wären es Jahre gewesen. An den Max vor den Ferien kann ich mich schon gar nicht mehr erinnern. Morgen fängt die Schule wieder an, und ich frage mich, ob die anderen auch merken werden, dass ich mich verändert habe, und wie sie auf mich reagieren werden. Vorhin habe ich echt wie ein Mädchen pausenlos überlegt, mit welchen Klamotten ich morgen einlaufen soll. Ich habe keinen Bock darauf, dass sie wieder anfangen, mich zu mobben und zu dizzen. Ich weiß auch, dass ich im Moment nicht viel aushalten kann. Irgendwie bin ich hellhörig wie ein Sioux auf dem Kriegspfad geworden

und reagiere auf jede kleinste Regung. Richtig klamm ist mir, wenn ich daran denke, dass ich morgen Chiara wiedersehen werde. Sie hat es wirklich fertiggebracht, mir für den Rest der Woche aus dem Weg zu gehen. Grippe, hat sie gesagt und dass sie für die Schule lernen muss. Wer's glaubt! Ich zermartere mir seit Tagen das Hirn, was ich falsch gemacht habe und komme eigentlich nur auf die Erklärung, dass ich mich als Lover an dem Nachmittag ziemlich dämlich angestellt habe. Da habe ich wohl akuten Förderbedarf, wie die Lehrer sagen würden. Womit meine Gedanken wieder bei der Schule wären.
Also, was ziehe ich morgen an und mit welcher Haltung laufe ich da ein? Soll ich versuchen, wie vor den Ferien einen auf coolen Maurice zu machen, auch wenn ich das längst nicht mehr draufhabe? Aber eigentlich geht das gar nicht mehr, denn das passende Marken-Outfit habe ich längst im Second-Hand-Laden vertickt. Ich jage im Moment der Kohle nach mit der Gier eines Investmentbankers, denn ich will endlich wieder ins Internet und spare für ein Smartphone. Nur läuft es jobmäßig gerade nicht so gut, denn wie gesagt, aus der AG will Tobias mich raushaben. Nachhilfe in den Weihnachtsferien wollte auch keiner haben. Das boomt erst wieder im Februar nach den Zeugnissen, wenn plötzlich alle merken, dass es eng wird bis zur Versetzung. In der Nachbarschaft habe ich mehrere Jobs zum Schneeschippen an Land gezogen. Und was gibt es zurzeit nicht? Schnee. Die Tierarztrechnung für Schorsch hat übrigens Oma aus ihrem Sparstrumpf beglichen und auch dem Köhler alles

zurückgegeben, was er mir vorgeschossen hat. Sie hat gesagt, sie fühlt sich schuldig an dem Schlamassel, weil Schorsch an dem Abend ja mit ihr im Garten war. Ich habe ihr gesagt, dass ich ihr Geld nur als »geliehen« akzeptiere und es ihr bis auf den letzten Cent zurückgeben werde. Ich möchte nicht, dass Leute, die eigentlich nichts mit mir zu tun haben, so viel Geld für mich ausgeben, das sie selbst viel nötiger hätten.
Andreas hat übrigens wieder eine Absage bekommen. Es war eine Stelle als Verkäufer im Baumarkt. Das muss man sich mal überlegen! Er ist Bauingenieur und denen noch nicht mal gut genug dafür, das abgepackte Zeug an die Leute zu bringen.

In Franca von Bentheims Schlafzimmer standen überall geöffnete Koffer und Taschen. Gerade hielt sie ein dünnes, bunt bemaltes Seidenkleid am Bügel in die Höhe und betrachtete es zufrieden, als es zaghaft an der Tür klopfte.

Chiara trat ein. »Soll ich dir beim Auspacken helfen?«, fragte sie.

Erstaunt sah Franca ihre Tochter an. »Nein, kein Thema, ich sortiere nur, was in die Wäsche oder Reinigung muss und was ich gleich in den Schrank zurückhängen kann.« Sie hielt das Kleid in Chiaras Richtung. »Schau mal, das habe ich mir in Thailand gekauft, schön, nicht?«

Chiara nickte. Für die gertenschlanke Franca war ein solch groß gemustertes Kleid durchaus tragbar, sie selbst sähe darin aus wie ein altmodisches Sofakissen. Dies war sicherlich auch Francas Einschätzung gewesen, denn sie hatte ihrer Tochter kein Kleid, sondern einen Seidenschal mitgebracht. Chiara verletzte diese Art der Rücksichtnahme, die Franca bei vielen Gelegenheiten durchblicken ließ. Betrat Chiara das Zimmer, wurden die Süßigkeiten schnell weggepackt. Aß die Familie ohne Chiara, gab es Tiramisu zum Nachtisch, wenn Chiara dabei war, gab es Obst. Franca hing das neue Kleid in den Schrank. Chiara hatte sich auf die Bettkante gesetzt und zeigte damit, dass sie sich noch ein wenig mit ihrer Mutter unterhalten wollte. Franca ließ sich neben ihr nieder und lächelte ihrer Tochter aufmunternd zu. »Na, und wie ist es dir ergangen hier allein im Haus? War das wirklich besser als Italien?«

Chiara zuckte mit den Schultern. »Auf jeden Fall besser als bei Francesco in Sizilien. In Monza wäre ich noch länger geblieben, aber irgendwie hatte ich dann Lust, meine Freunde wiederzusehen und auch einmal für mich zu sein.«

Franca lachte. »Oh, oh, unsere Bambina wird erwachsen! Und hattest du eben Freunde gesagt oder Freund?«

Chiara spürte, wie sie rot wurde, und dass Franca es registrierte. »Eigentlich beides. Max war übrigens hier.«

Das Lächeln in Francas Gesicht erstarrte ein wenig. »Und was willst du mir damit sagen?«

Chiara zuckte wieder mit den Schultern. »Nichts,

nur dass er eben hier war, oder hast du etwas dagegen?«

Franca sog die Luft hörbar ein. »Nein, ich habe nichts dagegen. Meine Meinung ist, dass du aufgeklärt bist und wissen musst, was du tust und dein Freund hoffentlich auch.«

Chiara deutete ein Nicken an. »Gero ist da allerdings anderer Meinung.«

»So, ist er das?«

»Ja. Er möchte mir den Umgang mit Max verbieten. Hat er nicht mit dir darüber gesprochen?«

Francas Gesicht wurde nachdenklich. »Nein. Ehrlich gesagt, ich weiß auch nicht, ob du dir da nicht etwas einbildest, denn Gero hat doch gar nicht so viel Einblick in dein Leben, als dass er etwas über deine Freunde wüsste.«

»Er hat Max mehr oder weniger rausgeschmissen, als wir einmal oben in Maurice' Zimmer waren.«

»Nun, dann hast du doch schon eine Erklärung. Er hatte nichts gegen deinen Freund Max, sondern dagegen, dass ihr in Maurice' Zimmer wart. Das musst du verstehen, für Gero war Maurice so etwas wie sein Lebenssinn, seine ganze Hoffnung. Er ist noch lange nicht über seinen Tod hinweg und erträgt es nicht, wenn man sich unbefugt diesem Ort der Erinnerung nähert.«

Chiara verzog das Gesicht und schüttelte abwehrend den Kopf. »Was ist an diesem leer geräumten Raum da oben Erinnerung? Nichts. Es gibt doch kaum noch etwas von Maurice da drin.«

»Es ist aber auch nichts ausgeräumt worden. Du

weißt doch selbst, dass Maurice dieses Zimmer mit der Zeit immer spärlicher mit persönlichen Dingen bestückt hat.«

Chiara nickte. »Besonders in den Wochen vor seinem Tod.«

Franca nickte. »Anfangs dachte ich, er hat sich irgendwo heimlich neu eingerichtet, weil so gar nichts Persönliches mehr zu sehen war. Aber jetzt erkläre ich mir das natürlich damit, dass er seinen Selbstmord von langer Hand geplant hat.«

Chiara zuckte zusammen. Ein Gedanke war ihr gekommen und im gleichen Moment wieder verflogen, als Franca weitergesprochen hatte. Angestrengt versuchte sie, das Bild wieder zu fassen, das eben in ihrem Kopf aufgeflackert war. Es hatte etwas mit dem zu tun, wovon Franca gesprochen hatte. Chiara versuchte sich zu erinnern. Franca hatte vermutet, dass ...

Plötzlich hatte sie es wieder vor Augen. Sie sah sich an einem Nachmittag nach Hause kommen. Am Gartentor war sie Maurice begegnet. Er trug einen Rucksack und zwei gut gefüllte Sporttaschen. Schwer beladen schob er das Tor mit den Knien auf. Chiara hatte helfend zugepackt und gefragt: »Hey, Bruder, was ist, fährst du vorzeitig in Urlaub?« »Nee«, hatte er geantwortet. »Das ist eher das Eichhörnchen-Prinzip. Und jetzt lass mich vorbei.« Sie hatte sich über diesen Ausdruck gewundert und nicht verstanden, was er damit gemeint hatte. Allerdings hatte er auch wieder diese Rühr-mich-nicht-an-Miene aufgesetzt gehabt, sodass sie es nicht gewagt hatte, nachzufragen. Sie hatte ihm nachgesehen, wie er den Weg in Richtung Klapperwiese gegangen war. Nicht hinüber zur Modertal-Siedlung wohlgemerkt.

»Was ist mit dir, woran denkst du?«, riss Franca sie aus ihrem Tagtraum.

Chiara schüttelte den Kopf. »Ich habe nur an Maurice gedacht. Wusstest du, dass er als kleines Kind in psychologischer Behandlung war?«

Franca nickte. »Er hat sehr unter dem Tod von Margit Köhler gelitten. Sie war seine Kinderfrau und hat sich um ihn gekümmert wie eine Mutter. Als er drei Jahre alt war, wurde sie schwer krank und starb etwa zwei Jahre später. Das hat er nicht verkraftet. Es hat mich viel Mühe gekostet, sein Vertrauen zu gewinnen. Aber ein Schatten bleibt bei solchen Dingen immer zurück.«

»In dem Gutachten steht das aber anders.«

»In welchem Gutachten?«

Chiara berichtete von dem Ordner, den sie gefunden und durchgelesen hatte. Köhlers Auftritt dabei ließ sie unerwähnt.

Francas Gesicht wurde trotz der Urlaubsbräune zunehmend blasser. »Es ist nicht in Ordnung, Chiara, dass du einfach an Geros Unterlagen gehst!«

»Vielleicht wäre es besser gewesen, wenn du das selbst einmal getan hättest, dann könnte er dir nicht so einfach seine Geschichten erzählen. Von wegen, die Frau ist nach Maurice' Geburt gestorben. Ist sie nicht, wie man da schwarz auf weiß sieht. Du musst Gero zur Rede stellen und herausfinden, was eigentlich mit seiner Frau passiert ist. Vielleicht ist deine

Ehe mit ihm ungültig, weil es die andere immer noch irgendwo gibt.«

Franca schüttelte heftig den Kopf. »Nein, Chiara, hör auf! Ich muss ihn nicht zur Rede stellen. Ich wusste, dass seine Frau damals noch lebte. Er ist ordnungsgemäß von ihr geschieden worden, bevor wir geheiratet haben. Wir haben das nur euch Kindern so nicht erzählt.«

»Und warum habt ihr uns angelogen?«

»Weil die Wahrheit viel unerträglicher und für kleine Kinder nicht zu verstehen gewesen wäre.«

»Aha. Und jetzt? Bin ich jetzt langsam in einem Alter, in dem ich das verstehen kann?«

Franca nickte flüchtig. Sie fuhr sich hektisch durch ihr langes, dunkles Haar und strich es über die Schultern zurück.

Chiara beobachtete sie dabei mit herausforderndem Blick. »Nun sag schon! Erkläre es mir!«

Franca zwinkerte nervös und sagte mit brüchiger Stimme: »Ich werde es dir erklären, aber bitte belaste Gero nicht mit Fragen zu diesen Ereignissen. Wir haben gemeinsam beschlossen, die Vergangenheit, Vergangenheit sein zu lassen. Friederike von Bentheim hatte eine psychische Krankheit. Diese Krankheit war sehr belastend für alle, die mit ihr zu tun hatten. Es gab Momente, da war sie ganz normal und dann benahm sie sich plötzlich wie ein Monster. So jedenfalls hat Gero es mir erzählt. Es war eine schreckliche und für die Familie nicht mehr tragbare Situation. In hellen Momenten erkannte sie das und hat in die Scheidung eingewilligt. Sie ist in eine geschlossene psychiatrische Klinik gekommen. Dort ist sie vor eineinhalb Jahren gestorben.«

»Vor eineinhalb Jahren erst? Also in Maurice' Todesjahr?«

Franca nickte. »Sie hat Maurice um einen Monat überlebt. Sie starb im September 2011.«

»Und da bist du nicht auf die Idee gekommen, dass es einen Zusammenhang geben könnte mit Maurice' Tod? Vielleicht hat Maurice sie ja dort besucht und das nicht verkraftet. Vielleicht war das der Auslöser!«

Franca schüttelte den Kopf. »Nein, das kann nicht sein. Für Maurice war sie seit seiner Geburt tot. Gero hat keinerlei Hinweise auf sie hier im Haus gehabt und niemand außer ihm wusste, in welcher Klinik sie war, noch nicht einmal ich.«

»Es sei denn, eine alte Hexe hat alles gewusst und wollte Gero und Maurice Böses antun, indem sie Maurice alles verriet.«

»Bina, was redest du da für einen Unsinn?«

»Das ist kein Unsinn«, erklärte Chiara und berichtete Franca von der Streitszene zwischen Gero und der alten Frau, die sie und Maurice belauscht hatten.

Franca starrte ihre Tochter entsetzt an. Mit zitternden Lippen fragte sie: »Und du meinst, Maurice hat seine Mutter besucht, ihren schrecklichen Zustand erlebt und sich umgebracht, weil er das nicht verkraftet hat?«

»Vielleicht«, flüsterte Chiara. »Irgendwie klingt es plausibel.«

Franca schüttelte abwehrend den Kopf. »Aber so einer war Maurice nicht. Ich habe ihn als einen erlebt, den das Schicksal anderer nicht sonderlich berührte.«

»Vielleicht ist das bei der eigenen Mutter anders.«

»Aber er hat diese Frau doch gar nicht gekannt und keinerlei Beziehung zu ihr gehabt. Und niemand außer Gero wusste, dass sie noch lebte und wo sie war.«

»Vielleicht hat die Alte, mit der Gero sich so lautstark gestritten hat, es irgendwie herausbekommen.«

Francas Miene wurde immer skeptischer. »Wer soll diese alte Frau gewesen sein und welches Interesse sollte sie daran gehabt haben, diese Information weiterzugeben?«

Chiara zuckte mit den Schultern. »Ich weiß nicht, wer sie war. Vielleicht wollte sie Geld für ihr Schweigen, und als Gero es ihr nicht gab, hat sie Maurice eingeweiht. Es muss doch auch einen Grund gehabt haben, warum Gero Maurice damals einschärfte, der alten Hexe nichts zu glauben.«

»Genau. Und wie ich Maurice kenne, hat er Gero eher geglaubt als einer keifenden alten Frau, die nur Geld kassieren wollte. Maurice hat sich mit Sicherheit nicht darauf eingelassen.«

»Die Alte hat damals gesagt, sie hätte Beweise.«

»Das musste sie wohl sagen, um ihre Forderung zu untermauern. Lass diese Geschichten ruhen, Chiara, es hilft niemandem, in alten Wunden zu stochern!«

Chiara schaute ihrer Mutter zu, die aufgestanden war und vor sich auf dem Bett ein Kleidungsstück glättete und zusammenlegte. Chiara wusste nur zu gut, was das zu bedeuten hatte: Thema beendet. Dennoch gab sie nicht so schnell auf. »Du solltest auf jeden Fall mit Gero darüber reden«, forderte sie.

Franca funkelte sie aus dunklen Augen an: »Das werde ich mit Sicherheit nicht tun!«

In diesem Moment wurde die Tür mit Schwung geöffnet. Wie es seine Art war, hielt Gero von Bentheim es nicht für nötig, in seinem Haus an geschlossene Türen zu klopfen. Seine Miene verriet, dass er aufgebracht war. In entsprechendem Ton hakte er daher sofort nach. »Was wirst du mit Sicherheit nicht tun?«

Franca sah auf. Ihr Blick glitt mit kühler Verbitterung von ihrem Ehemann zu ihrer Tochter, in deren Augen er sich einbohrte. »Schokoladenpudding«, sagte sie in einer Art, als habe sie gerade »tote Frösche« gesagt. »Chiara will, dass ich Schokoladenpudding zum Nachtisch koche und ich habe abgelehnt.«

Chiara spürte, wie mit einem Schwall die Tränen in ihre Augen schossen. Tiefe Verletzung und Wut rangen in ihr miteinander. Was war das für eine Mutter, die ihre Tochter für einen wie Gero sturmreif schießt?

»Mich interessiert weniger, was die ewig hungrige Chiara zum Dessert möchte«, donnerte Gero von Bentheim los, »sondern viel mehr der Grund, warum sie in Maurice' Ordner und in meiner Schreibtischschublade herumgeschnüffelt hat.«

»Hat Köhler dir das erzählt?«, fragte Chiara tonlos.

Gero von Bentheim lachte trocken auf. »So etwas erkenne ich selbst, dazu brauch ich keine Spione. Die Sachen standen anders an ihrem Platz und die Schublade war nur einmal abgeschlossen, während ich den Schlüssel zweimal drehe. Es ist wie immer, eure Schlampigkeit verrät euch. Also, was hattest du dort verloren?«

Chiara fühlte sich elend wie ein ausgescholtenes Kind. Aber wer war hier eigentlich im Unrecht? Wer spielte mit gezinkten Karten? Doch er! Finsterer Trotz stieg in ihr auf. »Ich wollte nachschauen, ob die Geburtsurkunde von Maurice' Zwillingsbruder vielleicht fein säuberlich in dem Ordner abgeheftet ist. Und den Totenschein der Mutter, die ja bei der Geburt gestorben sein soll, wollte ich mir auch einmal ansehen.« Chiara wunderte sich über die Ruhe, die ihr die kalte Wut verliehen hatte.

Geros Miene war plötzlich wie mit Eiswasser übergossen. Nur in seinen Augen glomm einen winzigen Augenblick lang ein leichtes Flackern, das schnell erstarrte. War das Angst gewesen? Zumindest Unsicherheit! Sie hatte den großen Gero von Bentheim aus dem Takt gebracht, registrierte Chiara zufrieden und spürte, wie ihre Sicherheit wieder anwuchs. Was uns nicht umbringt, macht uns nur härter. Das war einer von Maurice' Sprüchen gewesen. Chiara begegnete Geros Blicken mit schmalen Augen.

Von Bentheim schien sich langsam wieder zu fangen. In der Tonlage eines überlegenen Geschäftsmannes sagte er: »Woher hast du diese haltlosen Fantasien?« Sein Gesicht war bemüht regungslos.

Mit der Miene eines ebenso kühlen Verhandlungspartners antwortete Chiara: »Vielleicht habe ich Beweise?«

Wieder erschien dieses Flackern in Geros Augen.

Diesmal dauerte es länger, bis er es unter Kontrolle hatte. Dann fragte er: »Und von wem hast du die bekommen?«

»Sag ich nicht!«, antwortete Chiara schnell. Plötzlich bekam sie Angst. Angst um Max.

»Chiara!«, fuhr Franca mit schriller Stimme dazwischen. »Lass diesen Blödsinn! Gero, das ist alles pure Fantasie! Sie fühlt sich betrogen, weil wir den Kindern vorenthalten haben, dass deine Ex-Frau nicht nach der Geburt von Maurice, sondern erst viel später in der Klinik gestorben ist. Jetzt reimt sie sich alle möglichen Geschichten zusammen.«

Gero von Bentheim hatte seinen kalten Blick nicht von seiner Stieftochter gelassen. Mit leiser Stimme, die etwas sehr Bedrohliches hatte, sagte er: »Nein, das glaube ich nicht. Da scheint ihr jemand etwas zugeflüstert zu haben. Vielleicht hat sie ja sogar den Auftrag, hier ein bisschen herumzuspionieren.« Er sog hörbar die Luft ein und dann brüllte er: »Schämst du dich nicht, in die Hand, die dich jahrelang – wie nicht zu übersehen ist – gut gefüttert und gekleidet hat, so hinterhältig hineinzubeißen?«

Chiara zuckte zusammen, doch sie hielt seinem Blick stand. »Es ist die Hand eines Lügners und Mörders!«, presste sie hervor. Ein wenig erschrak sie selbst über ihre Reaktion. Aber, warum musste er auch »gut gefüttert« sagen? Warum musste er so gemein sein?

Gero nickte ganz langsam. Er betrachtete Chiara mit angewiderter Miene: »Also gut. Du hast mir den Krieg erklärt. Ich verbiete dir, mein Arbeitszimmer noch einmal zu betreten! Ich verbiete dir, dich in die Angelegenheiten meiner Familie einzumischen und noch irgendein Wort in dieser Richtung zu verlieren. Solltest du dich nicht daran halten, kannst du sofort deine Koffer packen und zu deiner Familie nach Monza ziehen. Hast du verstanden?«

Chiara spürte, wie ihr wieder Tränen in die Augen schossen. Sie sprang auf, drängte sich an Gero vorbei, der dies mit eisiger Miene geschehen ließ, und rannte aus dem Zimmer. Sie hörte, wie Franca sich lautstark mit ihm zu streiten begann. Chiara wollte nur noch weg. Sie riss ihre Jacke vom Bügel und stürzte hinaus in die Dunkelheit. Ungewohnt eisiger Wind fegte ihr die Tränen aus den Augen. Das Wetter schien umzuschlagen.

Der Fiepton holte Max gnadenlos aus einem Traum, der sich sofort auflöste und jede Erinnerung löschte. Es blieb nur ein dumpfes Gefühl, das er nicht deuten konnte. Es hatte etwas mit tiefer Enttäuschung zu tun und mit der Angst, sich in einem grenzenlosen Universum von Möglichkeiten verirrt zu haben.

Max setzte sich auf und blinzelte zum Fenster hinaus. Der Himmel war noch dunkel, nur das fahle Licht der Straßenlaterne bahnte sich einen Weg durch helle, umherwehende Flusen. Es wirkte wie eine Bildstörung im Fernsehen. Inzwischen war Max eingefallen, warum sein Handywecker ihn zu dieser Nachtzeit aus dem Schlaf geholt hatte. Ferien vorbei! Der Schultrott nahm wieder seinen Lauf.

Schorsch stieß seine feuchte Nase gegen Max' Knie

und umtänzelte seinen Rudelführer mit wackelndem Hinterteil, als dieser sich erhob und zum Fenster hinausblickte. »Das gibt's ja gar nicht«, flüsterte Max, als er mit der Nase dicht an der Scheibe die Außenwelt inspizierte. Über Nacht war der Winter gekommen. Die Flusen im Lichthof um die Laterne entpuppten sich als heftiges Schneegestöber. Dumpf hörte man das Kratzgeräusch der Schneeschieber und das Zischen der Besen rundherum aus der Siedlung. Max seufzte. Herold, Pfannmüller und die alte Frau Hufnagel. Bei diesen Nachbarn hatte er sich zum Schneeräumen verpflichtet und sich gedacht, dass das eine gute Einnahmequelle in den Ferien sein würde. Dass die Hauptsaison einfach am ersten Schultag begann, war nicht fair von diesem Winter. Aber avanti, würde Chiara jetzt sagen. Ein wehmütiges Lächeln glitt über Max' Gesicht. »Avanti, Schorsch, es macht keinen guten Eindruck, wenn man gleich am ersten Schultag zu spät einläuft! Komm, wir gehen Schneeräumen!«

Wenig später versuchte Max nach Kräften auf dem Gehsteig der Hufnagel, deren herausgeputztes Häuschen direkt gegenüber dem der Wirsings lag, die Schneemassen zusammenzuschieben. Plötzlich hörte er, wie jemand hinter ihm mit heftigem Schrubbergeräusch kehrte. Er fuhr herum und entdeckte Chiara. Sie trug eine dicke Pudelmütze, unter der ihre wilden Locken hervorquollen. Ihre Wangen glühten vor Kälte. Um ihre Augen tanzte ein wärmendes Lächeln. Ihre Hände steckten in dicken

Fäustlingen und umschlossen tatendurstig den Besenstiel. Die Hälfte des Weges hatte sie bereits gekehrt.

»Als ich heute morgen sah, dass alles weiß ist, erinnerte ich mich, dass du mir von deinem Schneeräumjob erzählt hast. Da dachte ich, das schaffst du nicht ohne mich«, rief sie ihm durch den Flockenwirbel zu.

»Danke«, hauchte Max und machte sich wieder an die Arbeit. In seinem Bauch wirbelten trotz der unpassenden Jahreszeit tausend bunte Schmetterlinge umeinander. Chiara begleitete ihn zu allen Arbeitsstellen. Schließlich kamen sie wieder vor dem Haus der Wirsings an. Sie befreiten auch dort den Gehweg vom Schnee und verteilten die letzten Reste des Streumittels aus dem Eimer. Plötzlich öffnete sich die Haustür. Max' Großmutter erschien im Bademantel mit Streublümchenmuster und winkte sie herein zu heißem Kakao. »So viel Zeit muss noch sein«, erklärte sie.

»Eigentlich nicht«, brummte Max. »Bei dem Schnee brauchen wir eine halbe Stunde durch das Wäldchen bis zur Schule.«

»Eigentlich doch«, erklärte Chiara. Sie hatte die Fäustlinge bereits abgestreift und ihr Smartphone gezückt. Während ihre Finger über das Display glitten, sagte sie: »Wir müssen uns das jetzt nicht geben, mit der ganzen Meute durch den Schnee zu stapfen. Onkel Ernst kann uns mit dem SUV bringen. Oder hast du was dagegen?«

Max schob die Unterlippe vor. Eigentlich hatte er

etwas dagegen. Jedoch wollte er Chiara nicht widersprechen – jetzt, wo sie nach dieser langen Woche zu ihm gekommen war. Vielleicht hatte sie ja wirklich nur die Grippe gehabt. Eigentlich war es verlockend, noch ein paar ruhige Minuten mit ihr verbringen zu können, und dafür nahm er den alten Köhler gerne in Kauf.

Seine Großmutter hatte die Zeichen verstanden und sich nach oben zurückgezogen. Chiara und Max saßen am Küchentisch. Darunter war Schorsch damit beschäftigt, das Handtuch, mit dem Max sein nasses Fell trockengerieben hatte, wie eine Beute niederzuringen und zu schütteln. Chiara umfasste mit beiden Händen die heiße Tasse und beobachte lächelnd das Treiben des Hundes. Max studierte ihre Körpersprache. Etwas war anders an ihr. Sie wirkte so durchsichtig. In ihren Augen lag ein Hauch von Traurigkeit. Das Lächeln war nicht das offene Chiara-Lächeln, das er kannte. Es schien wie mit einem Schleier verhangen. Ihr Oberkörper war gebeugt, wie unter einer schweren Last.

»Alles wieder okay bei dir?«, fragte Max vorsichtig.

Chiara sah erschreckt auf.

Max zuckte ebenfalls zusammen. Hätte er das nicht fragen dürfen? Noch nicht einmal das? »Ich meine wegen der Grippe«, schob er nach.

Chiara schien unmerklich aufzuatmen. »Die Grippe. Ja, das ist wieder okay«, antwortete sie und schaute erneut unter den Tisch und von dort zu der verglasten Terrassentür, die in den Garten hinausführte. Inzwischen war es hell geworden. Draußen löste sich plötzlich ein pudriger Schneeschauer aus einer Fichte und stob über die wippenden Zweige hinab. Dadurch lösten sich immer weitere Kaskaden bis sich alles in einem kleinen Schneeberg unter dem Baum ansammelte. Verursacher war ein Eichhörnchen, das mühsam versucht hatte, sich von Ast zu Ast durch den verschneiten Baum zu bewegen. Auch Max war aufmerksam geworden und beobachtete das emsige Tierchen. »Der Kleine wird es heute nicht so leicht haben, seine Vorräte zu finden«, kommentierte er.

Chiara horchte auf. »Halten die nicht eigentlich Winterschlaf?«, fragte sie.

Max schüttelte den Kopf. »Eichhörnchen sind Winterruher. Sie ziehen sich in ihr Nest zurück, aber wenn sie Hunger haben, stehen sie auf und gehen an ihre Vorratskammern, die sie sich im Herbst angelegt haben.«

»Und das nennt sich dann das Eichhörnchen-Prinzip?«, fragte Chiara.

Max sah sie erstaunt an. »Das Wort habe ich noch nicht gehört.«

Chiara wirkte plötzlich seltsam alarmiert »Wie würdest du es deuten, wenn jemand zu dir sagt, dass er etwas nach dem Eichhörnchen-Prinzip macht?«

»Ich würde sagen, er sammelt alle möglichen Vorräte und versteckt sie dann irgendwo.«

Chiara schüttelte den Kopf. »Darüber habe ich auch schon nachgedacht, aber das kann er nicht gemeint haben. Es muss noch etwas anderes geben, was Eichhörnchen tun und was man so bezeichnen könnte.«

Über Max' Gesicht huschte plötzlich ein Ausdruck des Verstehens. »Der das zu dir gesagt hat, war Maurice, nicht wahr?«

Chiara nickte. Ihre Augen wurden sofort feucht. »Es ist mir plötzlich wieder eingefallen. Er sagte es in der Zeit, als er sich so verändert hatte. Er verließ behängt mit Taschen das Haus, als ginge er campen.«

Max nickte. Seine Augen leuchteten auf. »Dann weiß ich, was gemeint ist. Eichhörnchen haben immer mehrere Kobel, zur Sicherheit sozusagen!«

Chiara runzelte die Stirn. »Kobel?«

»So nennt man die Nester der Eichhörnchen. Sie bauen sich mehrere. Falls mal der Baum gefällt wird, in dem sie ein Nest haben, oder falls dort ein Marder auf sie lauert.«

Chiaras Augen leuchteten auf. »Genau! Das ist es. Deshalb sah sein Zimmer so leer geräumt aus. Er hat seine Sachen woanders in Sicherheit gebracht.«

Max legte die Stirn in Falten. »In Sicherheit? Gibt es denn bei euch im Haus einen Marder?«

Chiara nickte. »Oh ja, den gibt es!«

»Köhler?«, fragte Max.

Chiara schüttelte den Kopf. Plötzlich standen Tränen in ihren Augen. »Onkel Ernst macht doch nur, was Gero ihm sagt.«

»Hast du gerade Stress mit deinem Stiefvater?«, forschte Max.

»Ich habe in seinem Arbeitszimmer die Unterlagen über Maurice gelesen.« Dann berichtete sie von ihren Erlebnissen in den letzten Tagen.

»War das der Grund, warum du dich nicht mit mir treffen wolltest?«, fragte Max.

»Ich musste mir erst selbst darüber klar werden, was ich mit den Informationen anfange, ob ich es auf sich beruhen lassen oder weiter nachforschen soll. Ich bin mir inzwischen sicher, dass es einen triftigen Grund für Maurice' Selbstmord gibt und dass Gero den sogar kennt oder zumindest ahnt.«

Max schüttelte abwehrend den Kopf. »Er wurde zum Bahnhof hinbestellt. Wir suchen nicht nach einem Motiv für einen Selbstmörder, sondern für einen Mord!«

Chiara nickte und flüsterte: »Inzwischen traue ich ihm alles zu.«

Max musterte sie aufmerksam. Er wagte nicht nachzufragen, wen genau sie meinte. Schließlich schlug er vor: »Vielleicht können wir ja herausfinden, wo Maurice damals seinen zweiten Kobel angelegt hat. Vielleicht gibt es dort Hinweise.«

Chiara beschrieb ihm noch einmal alle Einzelheiten, an die sie sich erinnern konnte und Max entschied: »Okay, dann machen wir heute Nachmittag einen schönen Hundespaziergang in Richtung Klapperwiese.« Schorsch kam sofort unter dem Tisch hervor und bellte auffordernd. Gewisse wichtige Vokabeln der menschlichen Kommunikation waren ihm geläufig.

Eine SMS von Köhler erinnerte daran, dass er vorgefahren war. Eigentlich ganz praktisch, so ein Leben mit Chauffeur, dachte Max.

Max saß im Dienstzimmer der Schulleiterin vor deren Schreibtisch. Er fühlte sich ein wenig unbehaglich und war dennoch froh, dass sie trotz des Trubels am ersten Schultag Zeit für ihn gefunden hatte. Sie saß ihm gegenüber und schaute auf ihren Bildschirm. Ihre schmalen, sorgfältig manikürten Finger glitten mit leichtem Klickern über die Tastatur. »Ich mach das gerade noch fertig, dann habe ich Zeit für dich«, sagte sie dabei. Max nickte und schaute ihr zu. Sie mochte in Sonjas Alter sein, sah aber viel frischer und besser gestylt aus. Ihr mittelblondes Haar war von einem sicher teuren Friseur mit einem aufwendigen Stufenschnitt in Form gebracht worden. Vorne reichte es bis zum Kinn, am Hinterkopf wölbte es sich und ließ den Nacken frei, um den sie locker ein bunt bedrucktes Seidentuch geschlungen hatte. Eine der Farben des Tuches passte im Ton genau zum Blau ihres Kostüms. Irgendwie hatte sie etwas von einer Flugbegleiterin, auch ihr Lächeln wirkte ähnlich professionell, als sie sich ihm endlich zuwandte. Max trug sein Anliegen vor. In ihrem Gesicht entstand ehrliches Erstaunen.

»Das wurde mir aber von Tobias Hofmann ganz anders geschildert. Er meinte, du hättest den Wunsch geäußert, dich aus der AG zurückziehen zu wollen. Du hättest eingesehen, dass du mit diesen schwierigen Kindern nicht so gut zurechtkommst und wolltest deshalb die Arbeit dort beenden. Ich fand seine Idee gut, mit Annalena nun auch ein Mädchen als Betreuerin mit ins Boot zu holen.«

Max spürte, wie die Wut in ihm aufstieg. »Davon

ist kein Wort wahr. Ich bin mit den Jungs so gut oder schlecht zurechtgekommen wie er auch.«

Im Gesicht der Direktorin stand Skepsis. Sie blätterte in einem Papierstapel und zog dann ein Blatt hervor, das sie Max über die Schreibtischplatte zuschob. »Hier! Das habe ich heute Morgen in meinem Postfach gefunden. Zumindest dieser Justin Kinkel möchte nicht von dir betreut werden. Eine Erinnerung blitzte in Max auf, als er das aus einem Spiralblock herausgerissene Blatt sah. Die ungelenke Schrift erkannte er sofort. Aufmerksam las er den Text.

Wier wollen nicht mehr Max als Träner. Er kreischt mit uns rum und bildet sich ein er wär Moriz. Justin Kinkel, Klasse 6b

»So ist das also«, flüsterte Max. »Und Sie glauben, das hat er von sich aus geschrieben und nicht nach Diktat von Tobias Hofmann?«

Die Schulleiterin schaute Max mit strenger Miene an: »Maximillian. Ich möchte nicht, dass du den kleinen Justin zur Rede stellst oder gar einschüchterst. Wenn du denkst, dass Tobias da ein wenig vorschnell gehandelt hat, solltest du jetzt keinen Ärger machen, sondern es akzeptieren. Offensichtlich seid ihr beiden nicht ganz grün miteinander. Da ist es auf jeden Fall besser, wenn ihr eure Zusammenarbeit beendet.«

Max fuhr auf: »Ach und warum muss dann *ich* gehen und nicht *er*?«

»Weil er der Ältere und Erfahrenere ist und schon

von Beginn an mit dabei war. Herr Maurer lobt Tobias' Unterstützung sehr.«

Max nickte. Er war blass vor mühsam beherrschter Wut. »Kann ich eine Kopie von dem Brief haben?«

»Wozu?«

»Für meine Unterlagen.«

»Gut, aber du versprichst, dass du mit Justin vernünftig und ruhig redest und dich überhaupt in dieser Angelegenheit deeskalierend verhältst!«

Max nickte mit kühler Miene und griff das sprachliche Repertoire der Streitschlichterschulung auf, das die Direktorin verwendet hatte.

»Hab verstanden, ich werde nur *nicht verletzende Ärgermitteilungen* absondern!«

Die Schulleiterin schüttelte stumm den Kopf, als sie Max beim Verlassen des Raumes nachschaute.

Eigentlich hatte Max vorgehabt, Chiara am Bentheim-Schlösschen abzuholen, doch Chiara wollte das nicht. »Es ist besser, wenn *er* dich nicht zu Gesicht bekommt«, kommentierte sie. Also hatten sie sich in der Nähe verabredet, dort, wo der Weg sich gabelte.

»Ich hatte Maurice damals noch lange nachgesehen und beobachten können, dass er hier zur Klapperwiese abgebogen ist. Dann ist er dahinten im Wald verschwunden«, erinnerte sich Chiara.

Max sah den von ihr beschriebenen Weg entlang. »Und er ist nicht dort vorne in den Hasenpfad abgebogen?« Chiara schüttelte den Kopf. »In den Harzerpfad? Was sollte er da? Nein, er lief weiter Richtung Wald.«

»Der Weg führt zur Reitschule Moderbachtal im Erlenhof. Meinst du, er wollte dort hin?«

»Er hatte es nicht so mit Pferden. Dafür ist Michelle zuständig. Die verbringt fast jeden Nachmittag dort.«

»Dann gehen wir jetzt einfach diesen Weg entlang, vielleicht fällt uns etwas auf.«

Chiara nickte und folgte ihm. Eine Weile liefen sie schweigend, doch dann berichtete Max noch einmal ausführlich von seinem Besuch bei der Schulleiterin. Bereits heute Mittag nach der Schule hatte er Chiara kurz erzählt, dass er Justin verdächtigte, Gift in den Garten geworfen zu haben. Chiara hatte ihn eingeladen, wieder mit Köhler im Auto zurückzufahren, doch diesmal hatte Max abgelehnt.

Inzwischen war es bereits dämmerig geworden. Wind war aufgekommen und blies ihnen feine Eiskristalle entgegen. Chiara zog ihre Pudelmütze tiefer ins Gesicht.

»Ich kann mir keinen Grund vorstellen, warum Justin das getan haben sollte. Neulich hast du noch erzählt, dass er sich an dich hängt wie eine Klette und deine Freundschaft sucht«, sinnierte sie.

»Ich habe ihn auch nie angeschrien, vielleicht hin und wieder mal nicht ganz so freundlich angeredet, wenn er mir total auf den Keks ging. Aber ein Grund zum Hundevergiften und Brief an die Schulleitung zu schreiben ist das nicht. Justin ist weich wie Butter. Der tut alles, was man ihm sagt. Hauptsache, er hat das Gefühl, akzeptiert zu werden. Ich glaube eher, dass ihn jemand angestiftet hat.«

»Und wer soll das gewesen sein?«

»Eine Idee habe ich schon. Tobias will mich da heraushaben. Und Old Schepperhand vermutlich auch.«

»Der Maurer? Diesen vertrockneten Playboy nimmt doch keiner Ernst.«

»Du weißt, warum sie ihn Old Schepperhand nennen?«

»Das weiß hier jeder.«

»Vor den Weihnachtsferien habe ich gesehen, wie er in einem seiner legendären Wutanfälle einen Jungen am Arm herumgerissen hat, dass dieser vor Schmerz aufschrie und zu Boden ging. Ich bin hin und habe Schepperhand gesagt, er soll das gefälligst lassen, sonst würde ich es der Schulleitung melden. Da war er auf einmal ganz klein mit Hut und ist grummelnd abgezogen. Seitdem sind Tobias und er deutlich auf Distanz zu mir gegangen.«

»Tobias auch?«

»Ja, gerade der. Er packt die Jungs noch viel rauer an. Deshalb spuren sie bei ihm auch besser als bei mir. Für die bin ich das Weichei und Tobias der große Terminator.«

»Das ist aber doch alles kein Grund zum Hundevergiften.«

Max zögerte einen Moment, bevor er weitersprach. Er ahnte, dass er jetzt ein brisantes Thema vorsichtig verpacken musste.

»Vielleicht bildet er sich auch was ein – wegen Annalena.«

»Annalena?«, fuhr Chiara auf und Max zuckte zusammen. Er nickte mit gequälter Miene. »Er bewacht sie eifersüchtig und bildet sich ein, ich wolle was von ihr.«

»Und? Willst du?«, fragte Chiara spitz.

»Ich sagte doch, er bildet sich das ein«, brummte Max.

Doch Chiara blieb am Ball.

»Sarah hat mir erzählt, sie hätte euch in den Ferien in der S-Bahn gesehen. Ihr hättet euch gestritten wie ein altes Ehepaar.«

»Das war, als sie mir das mit dem Handy erzählt hat. Das weißt du doch.«

»Warum erzählt sie das, was sie sonst noch keinem erzählt hat, ausgerechnet dir?«

»Keine Ahnung.«

»Ich schon. Sarah sagt, Annalena hat ihr gestanden, dass sie total hin und her gerissen ist zwischen Tobias und dir.«

»Na bitte, da hast du doch das Motiv für den Hundevergifter«, versuchte Max so kühl wie möglich zu sagen und das Gespräch in eine andere Richtung zu lenken.

»Eifersucht!«, zischte Chiara. »Würde gerne wissen, ob er einen Grund dazu hat.«

Max betrachtete Chiara von der Seite. Ihr Gesicht war nicht nur wegen der Kälte dunkelrot angelaufen. Ihre Augen funkelten kriegslustig. Max musste heimlich grinsen und schaute schnell zur anderen Seite, damit Chiara es nicht bemerkte. In dem kleinen Waldstück war es bereits finster und sie mussten auf den Weg achten. Eine Weile tasteten sie sich schweigend voran.

»Das ist nicht das Motiv«, sagte Chiara plötzlich.

»Und warum bist du da so sicher?«

»Weil dann der Wortlaut des Briefes anders gewesen wäre. Finger weg von Annalena oder so.«

»Dann hätte ich sofort gewusst, wer der Briefeschreiber ist.«

»Trotzdem. Was genau hat er noch mal geschrieben?«

»Dass ich mit der erbärmlichen Show aufhören soll, weil ich nicht Maurice wäre, sondern nur ein verkleideter Emo.«

»Sagtest du nicht, dass Tobias anfangs positiv auf dich angesprungen ist und dich sogar gefragt hat, ob du ihm wie früher Maurice bei der AG helfen willst?«

»Ja, hat er. Er sagte zu mir: ›Hey, du siehst aus wie einer, der Geld braucht‹ ...«

»Wie viel bekommst du für die AG?«

»Fünfzig im Monat für zweimal die Woche je eine Stunde.«

»Das sind noch nicht mal 6 Euro die Stunde! Ein Hungerlohn!«

»Es soll ja auch nur eine Aufwandsentschädigung sein. Es geht vor allem um das soziale Engagement, so wurde mir das jedenfalls erklärt.«

Chiara lachte bitter auf. »Tobias und Maurice als Sozialarbeiter. Das passt nicht. Hier liegt die Leiche im Keller!«

»Ich versteh dich nicht. Aus welchem Grund soll sich Maurice denn sonst in der AG engagiert haben? Aufs Geld musste er doch noch weniger achten als Tobias.«

»Da irrst du dich! Du kennst Geros Erziehungsprinzipien nicht. Er hat uns oft sehr knapp gehalten und wollte, dass wir dadurch lernen, mit Geld auszukommen. Gleichzeitig hat er uns verboten, irgendwo Jobs anzunehmen. ›Die Schule ist euer Job‹, hat er immer gesagt. Mir hat mein Geld meistens trotzdem gereicht, weil ich nicht so auf diesen Klamottenzirkus und Labelwahn abfahre. Aber für Maurice war das was anderes, der konnte jeden Euro gebrauchen. Aber dass er sich für 6 Euro die Stunde mit diesen verrückten Kindern abgibt, passt eigentlich nicht zu ihm. Das hat mich schon damals gewundert.«

»Was willst du damit sagen?«

»Dass es für Maurice und Tobias noch einen anderen einträglichen Grund gegeben haben muss, warum sie diese AG zusammen gemacht haben. Als du plötzlich aufgetaucht bist, hat Tobias vermutlich gedacht, oh, der wäre ein guter Ersatz für Maurice. Dann musste er feststellen, dass du anders bist, dass du dich nicht auf Sachen einlässt, auf die Maurice sich eingelassen hat. Wahrscheinlich bist du für ihn sogar zur Gefahr geworden, weil du ihm auf die Finger geguckt hast. Also versucht er, dich loszuwerden.«

»Und was sollen das für Sachen sein? Das klingt irgendwie ziemlich an den Haaren herbeigezogen.«

»Du hast Maurice nicht gekannt! Es würde zu ihm passen. Maurice war einer, der nach vorne heraus artig funktioniert hat. Ein Vorzeigesohn. Ein bisschen arrogant vielleicht. Aber hintenherum hat er gnadenlos sein Ding gemacht. Also ganz anders als du.«

»Womit kann man zusätzlich Geld verdienen, wenn man so eine AG macht?«

»Das müssen wir herausfinden. Vielleicht wissen wir dann auch, wer Hunde vergiftet oder Selbstmorde inszeniert.«

Sie waren am Ende des Wäldchens angekommen. Ein grauer Himmel sandte spärliches Licht. Die Schneeflocken fielen dichter und hatten schon eine neue Schicht über die Fahrspuren auf dem Weg und die Halme der angrenzenden Wiesen gelegt. Weiter weg waren im nebligen Dunst die Umrisse von Gebäuden zu erkennen. Das größte davon war die Reithalle. Gelbliches Licht fiel durch schmale Fensterscheiben.

Schorsch stob wie befreit über eine Wiese, pflügte mit der Schnauze durch den Neuschnee und stieß sie tief zwischen die Grasbüschel, wenn er schnaubend der Witterung einer Maus nachging. Linkerhand, gleich an den Waldrand angrenzend, bot sich ihnen ein anderes Bild. Verwitterte, teilweise eingestürzte Zäune umgrenzten ein verlassenes Schrebergartengelände. Auch von den Hütten waren nur Ruinen übrig geblieben. Einige wiesen deutliche Brandspuren auf.

»Die Jugendfeuerwehr übt hier manchmal«, erklärte Chiara.

»Es sieht schrecklich aus«, kommentierte Max. »Immer, wenn ich hier vorbeikomme, frage ich mich, warum die Leute ihre Gärten verlassen haben. Meine Oma meint, daran sei von Bentheim schuld. Er habe das Land gekauft, die Leute vertrieben und darauf spekuliert, dass es Bauland wird.«

»Ja, das stimmt. Gero hat das alles vor ein paar Jahren gekauft. Michelle glaubte damals, dass er es als Weide für Artos wollte. Aber mit der Vertreibung der Leute aus den Gärten hatte er nichts zu tun. Die hätte Gero sogar gerne geduldet, weil er dann noch eine Pacht hätte kassieren können, bis das Gebiet zu Bauland erklärt worden wäre. Die Naturschutzbehörde hat ihm einen Strich durch die Rechnung gemacht. Die haben alles hier unter Schutz gestellt und Gero konnte sein Bauland abschreiben. Die vom Naturschutz haben angeordnet, dass alle Gärten und Hütten und Zäune verschwinden müssen.«

»Eine Naturschutzbehörde, die etwas gegen Gärten hat?«

»Ja, es soll eben alles wieder wild überwuchern. Gärten sind für die keine Natur.«

»Da müssten die aber mal zu meiner Oma kommen. Die Artenvielfalt bei ihr im Garten übertrifft so ein brachliegendes Ödland aber um einiges.«

»Letztes Jahr gab es eine Bürgerinitiative. Bestimmt war deine Oma mit dabei.«

»Ich glaube nicht. Der grausige Tod ihrer Freundin, mit der sie solche Sachen unternommen hat, hat sie schwer mitgenommen.«

»Grausiger Tod?«

»Sie ist in ihrem Haus verbrannt.«

»Ich erinnere mich an einen Hausbrand. Alle haben darüber geredet. Es war zu Beginn des Sommers, in dem Maurice starb. Und die Frau war die Freundin deiner Oma? Wie hieß sie?«

Max dachte einen Augenblick angestrengt nach.

»Brigitte. Brigitte Wiesner.«

»Brigitte Wiesner?«, rief Chiara und legte sofort die Stirn in Falten.

»Kanntest du sie?«, fragte Max.

Chiara schüttelte den Kopf. »Irgendwo habe ich den Namen in der letzten Zeit gehört. Warte. Ja, jetzt weiß ich es wieder!« Erschrocken starrte sie Max an. »Onkel Ernst hat ihren Namen genannt. Sie war die Hebamme, die bei Maurice' Hausgeburt dabei war.«

»Ja, ich weiß«, bestätigte Max. »Meine Oma hat mir das erzählt, als ich noch der Meinung war, Maurice wäre mein Zwillingsbruder. Dabei fiel der Name von der Wiesner und Oma hat gesagt, dass sie Freundinnen waren und die Wiesner ihr nie etwas von Zwillingen berichtet hätte.«

»Meinst du, da gibt es trotzdem einen Zusammenhang?«

»Du meinst, dass jemand sie umgebracht hat? Aber warum?«

Chiara schloss die Augen. »Was, wenn sie etwas wusste, was sie nicht sagen durfte?«

»Aber warum hat sie dann so viele Jahre geschwiegen und will plötzlich raus damit? Ich glaube, wir fangen langsam an, uns zu verrennen. Meine Oma hat gesagt, dass das Haus der Wiesner ziemlich alt und die Elektrogeräte schlecht gewartet waren. Es war vermutlich Zufall.«

Chiara nickte und biss sich auf die Unterlippe. So ganz überzeugt schien sie nicht. Sie sah hinüber zur Reithalle und folgte mit den Blicken dem Weg, der sich daran vorbeischlängelte und im Nebel verlor.

»Eigentlich ist es eine Schnapsidee, hier bei diesem Wetter herumzustapfen und zu glauben, noch etwas finden zu können, das uns einen Hinweis darauf gibt, wohin Maurice damals verschwunden ist. Lass uns abbrechen. Ich bin für Kino. Ich lade dich ein.«

Max nickte zögerlich. Dann machte er auf dem Absatz kehrt und legte den Arm um Chiaras Schultern, um sie mit sich zu ziehen. »Okay, aber bezahlen will ich selbst.«

Sie stieß ihm sanft mit der Faust in die Seite. »Sei nicht so stolz!«, sagte sie lächelnd und küsste ihn.

Schorsch kam angesaust und sprang bellend an den beiden hoch. Max drückte ihn nach unten und löste sich von Chiara. »Der Hund muss abgelenkt werden«, erklärte er und formte einen kleinen, festen Schneeball, den er mit aller Kraft von sich warf. Schorsch konnte jedoch die Flugbahn des Balls in dem trüben Licht nicht ausmachen. Er stürzte zwar in die Wurfrichtung davon, stoppte dann aber, suchte schwanzwedelnd auf dem Boden und rannte plötzlich zu den verfallenen Schrebergärten hinüber. Max pfiff, doch Schorsch reagierte nicht und war bald zwischen den Hütten verschwunden.

»Oh, nee«, stöhnte Max, »da gibt es bestimmt jede Menge Kaninchen.«

»Und Ratten und Mäuse«, ergänzte Chiara schaudernd.

»Ich geh ihn holen. Bin gleich wieder da.« Er setzte sich in Bewegung. Chiara blieb jedoch nicht zurück, sondern griff nach seiner Hand und folgte ihm.

Das Eingangstor der Anlage hing schief in den

Angeln. Schorsch musste sich durch den Spalt am Boden durchgemogelt haben. Max zeigte auf die frischen Pfotenabdrücke im Schnee und stutzte. Auch Chiara erkannte auf Anhieb, worauf Max aufmerksam geworden war. Hinter dem Tor war Schnee aufgehäuft und eine verschneite Schleifspur zeigte, dass dieses Tor vor Beginn des nachmittäglichen Schneefalls aufgeschoben worden war. Auch gab es Abdrücke im Schnee, die zwar mit neuem Schnee gefüllt, aber immer noch sichtbar waren. »Schuhgröße 35 oder 36 würd ich mal sagen«, spekulierte Max.

»Kinderschuhe«, deutete Chiara.

Sie öffneten das Tor und folgten den Spuren. Sie führten einen schmalen Weg entlang, an dem zu beiden Seiten kleine Gartenparzellen abgeteilt waren. Überall bot sich ihnen das gleiche Bild wie von außen. Die Hütten waren zerstört, die Zäune durchlöchert. In manchen hingen noch Gartentore, an denen verblichene Schilder mit Aufschriften wie »Gerdas Paradies« oder »Trauminsel« befestigt waren. Die Spuren führten bis weit in den hinteren Teil des Geländes. Hier war das Ausmaß mutwilliger Zerstörung nicht so groß. Die Gärten waren zwar mit borstigem, braunem Kraut überwuchert, doch die Hütten wirkten so, als hätten die Bewohner sie nur kurzzeitig verlassen. Hinter einem Fenster hingen rot-weiß-karierte Vorhänge. Auf einer kleinen Holzterrasse stand ein Korbstuhl mit einem weißen Schneepolster als Sitzfläche. Die Spuren endeten vor einem Tor aus blau gestrichenen Holzlatten, von denen die Farbe abblätterte. Am Tor war mit Kordel eine Holzlatte im Querformat angebracht. Mit schwarzer Farbe, die an manchen Stellen in Nasen herabgelaufen war, stand in schiefen Buchstaben das Wort MITTELERDE.

»Hier wohnt also der Herr der Ringe«, sagte Chiara spöttisch und schaute über das verwilderte und mit alten Gerätschaften und Schrott übersäte Grundstück.

»Sieht eher so aus, als wohnten hier die Olchis von der Müllhalde«, zitierte Max ein Buch aus seiner Kinderzeit.

»Der kleine Hobbit ist da drüben zu der Hütte gelaufen«, stellte Chiara fest und deutete auf die Spuren im Schnee.

In dem Moment wurde Max von Schorsch angesprungen, der von irgendwoher zurückgekehrt war und nun ein Begrüßungsfest feierte, als habe er Max jahrelang nicht gesehen. Max hockte sich hinab zu seinem Hund und sortierte ihm Tannennadeln, Hölzchen und Eisklümpchen aus dem langen Fell an Ohren und Beinen. Dabei redete er sanft auf das Tier ein: »Du bist vielleicht einer. Wie oft soll ich dir noch erklären, dass du nie im Leben ein Kaninchen erwischen wirst. Und jetzt hast du wieder den halben Wald in den Ohren.«

»Riechst du das?«, unterbrach Chiara ihn.

Max richtete sich auf. »Holzfeuer«, stellte er fest.

Beide sahen gleichzeitig hinüber zum Dach der Hütte. Und tatsächlich, aus einem metallenen Rohr zog eine dünne Rauchfahne.

»Sollen wir reingehen?«, fragte Chiara.

Max nickte. »Mit Schuhgröße 36 werde ich noch

fertig. Außerdem haben wir einen Kampfhund dabei.« Er löste einen Draht, mit dem das Tor notdürftig verriegelt war und schob es nach innen auf. Schorsch sauste voran und kratzte sofort an der Hüttentür. »Das kann nur heißen, dass es da drin was zu essen gibt«, erklärte Max. Nachdem trotz ihres Klopfens und Rufens keine Reaktion erfolgt war, betätigte Max die Klinke. Die Tür ließ sich ohne Probleme öffnen. Wohlige Wärme schlug ihnen entgegen und der Geruch eines Fertiggerichtes mit Tomatensoße. Gegenüber der Tür lag eine kleine Gestalt auf einer mit Blümchenkissen und Häkeldecken überladenen Couch. Sie schreckte hoch, als das Licht auf sie fiel. In ihren Ohren steckten Stöpsel und mündeten am anderen Ende in einem iPod, der auf der Bettdecke lag und von dem Max auf Anhieb erkannte, dass es ein teures Markengerät war.

»Justin!«, rief Max überrascht. Jetzt erkannte auch Chiara den Schüler aus ihrer Schule.

Justin zitterte vor Angst, aber Chiara gelang es, ihn mit freundlichen Worten zu beruhigen. Sie erklärte, dass sie auf der Suche nach einem Rückzugsort von Maurice seien. Dabei sah sie Max beschwörend an. An seiner Miene erkannte sie deutlich, dass er bezüglich Justin gerne etwas anderes erörtert hätte. Doch er verstand und ließ sie gewähren.

Justin bot ihnen Ravioli und Tee an. Beides köchelte auf einem uralten Küchenherd, in dem ein munteres Feuer prasselte. Justin legte dennoch Holz nach. »Das ist der Garten von meinem Opa. Er hat hier mehr gewohnt als bei uns in der Wohnung. Er hat geschrottelt und damit ein bisschen Geld verdient. Vor drei Jahren ist er gestorben. Er hat sich zu sehr aufgeregt darüber, dass sie ihm den Garten wegnehmen wollten. Aber ich bin immer noch hierher gekommen. Irgendwann habe ich Maurice davon erzählt. Er fand es sofort super hier, und ich habe ihm erlaubt, sich hier eine Ecke einzurichten.«

Chiara folgte mit den Blicken Justins Kopfbewegung und entdeckte einen kleinen Tisch unter dem Fenster neben der Eingangstür. Die Tischplatte war leer geräumt bis auf eine fein polierte Edelstahldose mit Stiften, an die sich Chiara aus Maurice' Zimmer im Bentheim-Schlösschen erinnerte. Ihr edles Design passte so gar nicht hierher.

»Er war tatsächlich hier!«, flüsterte sie Max zu. Ihre Blicke suchten hektisch die Umgebung des Schreibplatzes ab. Neben der Tür an einem Haken hing eine Kapuzenjacke von Maurice.

»Seine Lederjacke habe ich Second-Hand verkauft«, erklärte Justin, der Chiara nicht aus den Augen gelassen hatte.

Sie schaute ihn herausfordernd an: »Ach, und sein Laptop wohl auch, oder?«

Justins Augen weiteten sich überrascht, dann nickte er stumm.

»Hast du überhaupt noch etwas von ihm übrig gelassen, du ...«, rief Chiara schrill. Ihre Augen schimmerten feucht.

Justin zog den Kopf ein und deutete mit dem Finger hastig auf ein kleines Bord, das an der Wand über dem Tisch angebracht war. Dort befand sich ein unbeschrifteter Ordner. Er enthielt ungeordnete Papiere. Bei den meisten handelte es sich um unvollständige Ausdrucke, Grafiken und Bilder.

»Biologie«, erklärte Chiara, während sie den Ordner durchstöberte. »Lauter biologisches Zeugs. Man glaubt es nicht. Er hat hier gesessen und Bio gelernt.« Es gab handschriftliche Randbemerkungen. »Das ist Maurice' Schrift«, erklärte Chiara und reichte einige Blätter an Max.

Seine Hand zitterte. Zum ersten Mal sah er etwas, das Maurice geschrieben hatte, und stellte mit einer gewissen Erleichterung fest, dass er selbst eine deutlich andere Handschrift hatte. Er räusperte sich und sagte: »Allerdings hat er lauter Sachen gelernt, die wir erst jetzt in der 10. Klasse haben. War er so ein Streber, dass er sich das Zeug zwei Jahre im Voraus eintrichtern musste?«

»Eigentlich ganz und gar nicht«, erklärte Chiara und nahm die Papiere wieder an sich. Mit nachdenklichem Blick blätterte sie die Seiten durch und las Überschriften vor: »Genetik. Aufbau der DNS. Mutationen. Erbgänge bei HD. Was ist HD?«

»Das ist Hüftgelenksdysplasie«, antwortete Max sofort und erntete Chiaras anerkennenden Blick. Max erklärte beinahe entschuldigend: »Das steht so in Schorschs Stammbaum. HD-freie Zuchtlinie. Bei Hunden kommt es vor, dass sie zu flache Gelenkpfannen erben und dann kaum noch laufen können. Daher darf nur mit Hunden weitergezüchtet werden, bei denen durch eine Röntgenuntersuchung festgestellt wurde, dass ihre Hüftgelenke in Ordnung sind. Meinst du, Maurice befürchtete, das zu haben?«

Chiara las auf der Seite nach. »Hier steht, dass es erst im mittleren Lebensalter auftritt und dass es dann mehr als zehn Jahre dauern kann bis zur vollen Entfaltung der Symptomatik. Die nächste Seite fehlt. Hier kommt jetzt etwas über Zwillingsforschung.«

»Zwillingsforschung?«, schrie Max auf.

Chiara nickte und starrte ihn an. »Zwillingsforschung«, bestätigte sie. Ihr Blick fiel auf Justin, der zusammengesunken auf der Couch saß wie ein Gefängnisinsasse auf seiner Pritsche.

»Sag mal, weißt du, was Maurice hier bearbeitet hat?«

Justin zuckte mit den Schultern. »Für die Schule halt, hat er immer gesagt.«

Chiara legte nachdenklich die Blätter auf dem Tisch ab. »Die vollständigen Texte hatte er wahrscheinlich auf seinem Computer. Wenn wir den hätten, wüssten wir deutlich mehr.«

»Vielleicht hatte er Sicherheitskopien auf einem Stick. Wir müssen danach suchen«, schlug Max vor.

Doch er wurde sofort von Justin unterbrochen: »Ihr braucht hier nicht herumzuwühlen. Hier ist nichts mehr. Die Sticks habe ich für 2 Euro das Stück vertickt.«

Max schnaubte. »Na toll, du bist ja ein super Geschäftsmann. Aber höre ich da gerade heraus, dass du es nicht gerne hast, wenn wir nach etwas suchen, weil wir hier vielleicht etwas ganz anderes finden könnten?«

Justins »Nein« klang wenig überzeugend. Seine Gesichtshaut war noch heller geworden und die Schatten unter seinen feucht schimmernden Augen kerbten sich noch einen Ton dunkler ein. In seinem Gesicht stand etwas Verloschenes wie bei einem Alten, dem die Welt nichts mehr zu bieten hat.

Max sah keinen Anlass mehr, den Kleinen noch zu schonen, nachdem Chiara keine Fragen mehr hatte. Er trat mit einem Schritt an Justin heran und baute sich vor ihm auf: »So, du kleine Ratte, jetzt reden wir mal Klartext! Und damit meine ich, dass du jetzt gefälligst damit herausrückst, wie du darauf gekommen bist, mir diese irren Drohbriefe zu schreiben und meinen Hund zu vergiften!«

»Ich habe keinen Hund vergiftet!«, schrie Justin. Er sprang auf und wollte davonlaufen, doch Max packte ihn sofort am Arm und schleuderte ihn auf die Couch zurück. »Hiergeblieben!«, herrschte er ihn an.

»Max!«, rief Chiara. »Nicht so hart. So erfährst du gar nichts von ihm.«

»Der Schonwaschgang ist aber jetzt vorbei!«, presste Max hervor. Es ärgerte ihn, dass Justin hoffnungsvoll zu Chiara blickte. Max schnaubte. »Wenn du mir jetzt nicht alles klipp und klar erzählst, werde ich noch heute bei diesen Naturschutzheinis anrufen und ihnen stecken, dass hier einer illegal wohnt. Dann machen sie dein Mittelerde schneller platt, als du deinen Schrott rausräumen kannst!«

»Nicht! Das darfst du nicht! Lieber will ich sterben. Ich will sterben!«, schrie Justin. Tiefe Schluchzer pressten sich aus seiner Kehle. Aus den Augen goss sich ein Schwall Tränen, den er mit seinen schmutzigen Händen wegzuwischen versuchte. Dunkle Schmiere verteilte sich über sein Gesicht.

Chiara saß plötzlich neben dem Jungen auf der Couch. Sie legte einen Arm um seine Schultern und reichte ihm ein Taschentuch. Als er damit nichts anzufangen wusste, tupfte sie ihm das Gesicht trocken und hielt das Tuch vor seine Nase, damit er sich schnäuzen konnte. Mit beruhigenden Worten sprach sie auf ihn ein. Das nahm Schorsch zum Anlass, ebenfalls auf die Couch zu springen und sich auf der anderen Seite neben Justin gemütlich einzurollen. Justin strich zunächst vorsichtig, dann mit immer kräftigeren Bewegungen über das seidige Fell des Hundes und kraulte seine Ohren. Als dieser das mit einem wohligen Grunzen kommentierte, flog ein kleines Lächeln über Justins Gesicht. Dann verfinsterte sich seine Miene wieder. »Es ist alles wegen Rita«, begann er.

»Rita? Kenn ich die?«, fragte Max immer noch aufgebracht und schaute Chiara an, die die Schultern hob und stumm mit dem Kopf schüttelte. Über Justins Gesicht flog ein gequältes Lächeln. Dann erzählte er ihnen alles.

Inzwischen war es dunkel geworden. Es schneite in dichten Schwaden feine Kristalle, die der Wind vor sich hertrieb und die eisig in die Haut bissen. Max hatte Chiara ein Stück nach Hause begleitet und sich dann knapp von ihr verabschiedet.

»Willst du ihn noch heute Abend zur Rede stellen?«

fragte sie mit ängstlichem Blick. Max nickte heftig. »Aber, hallo! Das hat keine Zeit mehr. Der kriegt jetzt was gegeigt, darauf kannst du –«

Sie unterbrach ihn. »Sei vorsichtig!«

»So vorsichtig wie nötig!«, knurrte Max und ballte die Fäuste in den Taschen.

Kurze Zeit später klingelte er an der Haustür der Familie Hofmann. Jonas öffnete und hob erstaunt die Brauen.

»Ist dein Bruder da?«, grollte Max.

»Ja, oben«, erwiderte Jonas und deutete mit dem Kopf in Richtung Treppe.

»Er soll sofort rauskommen, ich will ihn sprechen«, forderte Max.

Kurze Zeit später standen sie sich auf dem Gehweg vor dem Grundstück gegenüber.

Max' aufgestaute Wut brach in einem Redefluss aus ihm heraus: »Du brauchst dir jetzt keine Storys auszudenken. Ich weiß alles. Ich weiß, dass du mit Maurice zusammen die Kinder aus der Spiele-AG dazu angehalten hast, ihr Ritalin nicht einzunehmen, sondern die Kapseln zu sammeln und an euch für ein paar Cent abzutreten. Euch war total egal, dass das für diese ADHSler ein Medikament ist, das sie brauchen, um halbwegs normal durch ihren Tag zu kommen. Ihr beiden habt das Zeugs dann weitervertickt, weil es Leute gibt, die sich so was wie Koks durch die Nase ziehen und sich dann voll auf Speed fühlen. Bestimmt habt ihr eine irre Gewinnspanne dabei gehabt!«

Tobias spuckte verächtlich aus. »Das hast du alles von Jonas, diesem kleinen Kernasi. Der lügt doch, wenn er das Maul aufmacht!«

»Er lügt nicht. Es ist eine Sauerei, wie ihr die Kinder von euch abhängig gemacht habt, indem ihr euch als Freunde aufgespielt habt. Für einen wie Justin ist so was der Himmel auf Erden. Das habt ihr widerlich ausgenutzt und genau gewusst, die verraten euch nicht, mit denen könnt ihr tun und lassen, was ihr wollt.«

»Alles Spekulation, was du da laberst!«, wehrte Tobias grinsend ab.

Max schnaubte wütend. »Ist es nicht! Es passt einfach alles zu gut. Erst dachtest du, ich könnte als Nachfolger von Maurice dein neuer Partner werden. Doch dann hast du gemerkt, dass ich anders ticke und dein abgekartetes Spiel vorzeitig beenden könnte. Da hast du versucht, mich loszuwerden. Außerdem hat es dir gestunken, dass Annalena was von mir wollte.«

Tobias' Augen wurden schmal. »Lass Annalena aus dem Spiel. Hörst du?«

»Gerne! Aber sie gehört dir nicht. Je mehr du sie bewachst, desto eher bist du sie los!«

»Das ist meine Sache!«

»Klar. Aber es ist meine Sache, wenn du mir einen toten Fisch ins Schließfach legst. Es ist meine Sache, wenn du Justin anstiftest, mir anonyme Briefe zu schreiben. Es ist meine Sache, wenn du selbst noch einen Schrieb nachschickst, und es ist meine Sache, wenn du dann auch noch Rattengift in unseren Garten wirfst und meinen Hund vergiftest!«

Tobias zog ein Päckchen Zigaretten aus der Hosentasche und versuchte sich in der hohlen Hand eine anzustecken. Mit der Zigarette zwischen den Lippen nuschelte er: »Sieh die Briefe als gut gemeinte Beratung an. Schließlich ist es nur zu deinem Besten, wenn du mit der ärmlichen Show aufhörst.«

Max' Augen wurden zu schmalen Schlitzen. Verächtlich spuckte er vor Tobias aus. »Also gibst du alles zu!«, zischte er.

Tobias lächelte kalt. »Gar nichts tue ich. Alles, was du da erzählst, ist Quatsch.«

»Nichts davon ist Quatsch«, hörte man plötzlich eine aufgebrachte Stimme. Mit einem Satz war Jonas hinter der Hecke aufgetaucht. Offensichtlich war er seinem Bruder nachgeschlichen und hatte das Gespräch belauscht. »Als Max mir das von dem Fisch erzählt hat, habe ich gleich an dich gedacht, weil einer von unseren Kois am Morgen tot im Teich lag. Außerdem hatte ich dich oben bei uns im Schulflur getroffen und mich gefragt, was du da zu suchen hattest. Aber jetzt ist mir das klar! Du hast dir von Schepperhand den Hauptschlüssel ausgeliehen und dich an Max' Schließfach rangemacht. Bestimmt hast du Annalena vorher unauffällig nach der Nummer ausgefragt. Damals habe ich meinen Mund gehalten und dich nicht verraten, aber jetzt reicht's. Kleinen Kindern das Ritalin abzuluchsen! Und mich hast du auch noch beklaut! Immer war ich schuld, wenn mein Rita plötzlich weg war, aber Mama hat ja schnell Nachschub besorgt, damit der hippelige Jonas endlich Ruhe gibt. Aber ich will keine Ruhe mehr geben!«

Tobias warf seine Zigarette weg und packte seinen Bruder mit beiden Händen am Kragen. »Doch, du gibst jetzt Ruhe. Halt endlich den Rand, Jonas!«

Jonas versuchte, sich zu befreien, doch der Griff seines Bruders war eisenhart. Dennoch gab Jonas nicht auf. Obwohl er kaum noch Luft bekam, stieß er hervor: »Und den Hund hast du auch vergiftet. Ich habe mich neulich gewundert, warum im Schuppen lauter aufgerissene und leere Köderboxen herumlagen und dachte erst, es wären die Ratten gewesen. Aber kurze Zeit später lag alles in der Mülltonne. Das waren wohl nicht die Ratten, sondern du. Nur du kannst es gewesen sein!«

Tobias zog Jonas' Kragen noch enger zusammen. »Sei endlich still!«, zischte er. Jonas röchelte.

In dem Moment warf Max sich dazwischen. Er trennte Tobias mit einem Handkantenschlag von seinem Bruder. Dann drängte er die beiden auseinander. Jonas rieb sich den Hals und schluchzte. »Der hätte mich umgebracht!«

Tobias schnaubte verächtlich. »Gar nichts hätte ich. Aber du kannst einfach deinen Rüssel nicht halten. Ich bin dein Bruder, vergiss das nicht!«, zischte er.

»So einen Bruder braucht kein Mensch«, schluchzte Jonas.

Max hatte sich dicht neben Jonas gestellt, bereit, erneut einzugreifen.

Tobias spannte die Schultern, blieb aber an seinem Platz stehen. An Max gerichtet sagte er: »Okay, also, du hast gehört, was Sache ist. Und was willst du jetzt?

Mich anzeigen?« Tobias hielt seinen Zeigefinger wie den Lauf einer Pistole und deutete in Jonas Richtung. »Dann muss *er* gegen mich aussagen. Vielleicht überlegt *er* es sich noch einmal bis dahin, ob er seinen Bruder wirklich reinreißen will.«

»Sei dir da mal nicht so sicher«, warnte Max. »Aber Anzeigen muss auch nicht gleich sein. Drei Sachen will ich von dir.«

»Und die wären?«

»Du bezahlst die Tierarztrechnung.«

Tobias bemühte sich, eine betont gelangweilte Miene aufzusetzen.

»Okay. Kein Problem.«

»Du lässt Justin in Ruhe.«

»Okay. Kein Problem.«

»Du lässt den Kindern in Zukunft ihr Rita.«

Tobias grinste. »Wie willst du das überprüfen?«

»Du beweist es mir dadurch, dass du morgen zur Schulleitung gehst und sagst, dass du die Spiele-AG nicht mehr machst. Und du hältst dich von den Kindern fern. Justin wird mir das haarklein berichten.«

»Was hast du diesem Justin versprochen, dass er dir das alles gesteckt hat?«

»Geht dich nichts an und wehe, du versuchst, was aus ihm herauszuholen!«

»Schon verstanden.«

»Das heißt, du akzeptierst alle Bedingungen?«, hakte Max nach.

Tobias zögerte einen Moment. Dann sog er hörbar die Luft ein und sagte: »Kein Problem, du Saubermann. Ich akzeptiere. Diesmal steht es 1:0 für dich,

aber nur diesmal. Ich krieg dich schon noch dran!«
Bei diesen Worten wandte er sich mit großer Geste um und verschwand in Richtung Haustür.

Als diese ins Schloss gefallen war, regte sich Jonas. »Danke Max. Ich fand es super, dass du dem mal gezeigt hast, wo's langgeht.« Jonas hielt die Hand hin und Max schlug ein.

»Schon gut. Ich hoffe, er hat es verstanden und hält sich dran.«

»Bestimmt! Vor Maurice hatte er auch immer Respekt und eben warst du 1:1 wie er.«

Max verzog das Gesicht.

Montag, der 14. Januar

Manchmal hat man das Gefühl, ein einziger Tag war so lang wie ein Jahr. Heute war das so. Es ist so viel passiert, dass ich es jetzt gar nicht alles aufschreiben kann. Eigentlich bin ich hundemüde. Trotzdem kann ich nicht schlafen. In meinem Kopf dreht sich ein Karussell von Gedanken. Gestern noch dachte ich, langsam den Durchblick zu kriegen und heute ist wieder alles anders.

Maurice geht mir nicht mehr aus dem Kopf. Ich sehe ihn, wie er in der Gartenhütte von Justins Opa am Tisch sitzt. Sein Laptop steht vor ihm und er recherchiert und schreibt, solange der Akku reicht. Zwillingsforschung. Das Wort hat sich bei mir eingebrannt wie mit dem Schneidbrenner. Was wusste Maurice? So ein

Ärger, dass das Laptop und die Sticks verloren sind. Nur diese paar Ausdrucke auf Papier. Wo hat er das überhaupt gedruckt? In der Hütte gibt es keinen Strom. Zu Hause im Bentheim-Schlösschen in seinem ausgeräumten Zimmer? Vielleicht. Aber eigentlich unlogisch, wenn er alles ausgelagert hat. Bleibt nur noch ein Copy-Shop oder die Mediathek in der Schule. Ja, das ist das Wahrscheinlichste. Er hat die Daten auf einem Stick mit in die Schule genommen und dort ausgedruckt. Hatte er ein Schließfach? Gibt es das womöglich noch? Am Ende gibt es doch noch eine Chance, etwas mehr herauszufinden. Darum muss ich mich gleich morgen kümmern.

Diese Tagebuchschreiberei hat echt den Vorteil, dass man seine Gedanken noch einmal ordnet und auf Neues stößt. Überhaupt: Warum hat Maurice sich nach Mittelerde zurückgezogen und in Kauf genommen, dass der kleine Justin ihn ohne Ende nervt? Dafür muss er einen starken Grund gehabt haben. Im Bentheim-Schlösschen gibt es eigentlich genug Zimmer. Er hätte die Gelegenheit gehabt, sich mit deutlich mehr Komfort irgendwo im Keller oder unter dem Dach ein ruhiges Arbeitsplätzchen einzurichten. Warum hat er das nicht gemacht? Ganz klar, er befürchtete, dass jemand aus dem Haus hinter seine Recherchen kommt und ihm mächtig Ärger deswegen macht. Angst vor Ärger? So, wie ich Maurice einschätze, hätte ihn das wenig gejuckt. Vielleicht war er auf etwas gestoßen, von dem er sich noch nicht sicher war, ob das alles so stimmte. Deshalb wollte er erst einmal im Verborgenen weitersuchen. Wem hätte er mit seiner Entdeckung Schwierigkeiten

machen können? Mir fällt sofort dieser Köhler ein. Er war mir von Anfang unheimlich. Oder Gero von Bentheim.
Zwillingsforschung. Angenommen G.v.B. wusste, dass wir Zwillinge sind. Vielleicht war es so: Seine Frau konnte wegen einer Krankheit nicht schwanger werden. Sie nehmen sich eine Leihmutter. Dummerweise kriegt die auf einmal Zwillinge. G.v.B. hat aber nur ein Kind bestellt. Zwei sind ihm zu viel wegen der kranken Frau. Also legt er eins der beiden auf dem Uniklo ab. Das mit den verschiedenen Geburtsdaten ließe sich auch erklären. Mein Geburtsdatum wurde ja nur geschätzt. Und weil ich so klein und leicht war, haben sie mich jünger geschätzt, obwohl ich wie Maurice Mitte Februar geboren wurde. Am selben Tag wie er. Das hieße, wir sind doch Zwillinge. Am Ende hat er herausgefunden, dass er noch einen Bruder hat und nach mir gesucht? Wenn er geahnt hätte, dass ich manchmal ganz in seiner Nähe bei meiner Oma zu Besuch war!
Es muss ihm ziemlich dreckig gegangen sein in den letzten Wochen vor seinem Tod. Justin hat erzählt, dass er nicht nur dieses Rita gesnifft hat, sondern sich noch alles mögliche andere Pulver reingezogen und Tabletten genommen und überhaupt geraucht hat, was er kriegen konnte. Er muss sich fürchterlich allein gefühlt haben. Vielleicht wäre es gut für ihn gewesen, wenn er mich gefunden hätte. Wir hätten gemeinsam rausgekriegt, was damals bei unserer Geburt los war und warum wir getrennt wurden. Ich glaube, wir wären gut miteinander klargekommen, obwohl wir in einigen Dingen sehr verschieden sind. Vielleicht hätte

ich dann sogar verhindern können, dass er … Stopp, Max! Verrenne dich nicht wieder! Es gibt einiges, was gegen diese Zwillingstheorie spricht. Ihr seht euch ähnlich, aber nicht wie Zwillinge. Solche Ähnlichkeiten können Zufall sein. Wenn ich daran denke, wie vielen Mädchen Annalena ähnlich sieht, nur weil dieser Style gerade in ist. Und anfangs – ohne entsprechendes Styling – hielten mich alle nur für Maximillian Friedhelm Wirsing und nicht für Maurice. Diesen Zwilling habe ich mir selbst gebacken. Und außerdem: Welche Rolle hat dann diese Hebamme gespielt? Braucht man eine Hebamme, wenn man von jemand anderem ein Kind annimmt?
Na ja, wenn man das alles illegal macht und das Kind für sein eigenes ausgeben will, dann schon. Muss ich jetzt annehmen. G.v.B. ist mein leiblicher Vater in Form eines Samenspenders für die Leihmutter? Gruselig! Aber vielleicht sind meine wirklichen Eltern ja auch ganz andere Leute. Aber warum hat Maurice über Zwillingsforschung recherchiert?
Es ist fürchterlich, nichts passt zusammen. Soll ich jetzt weitermachen mit der Suche (wonach eigentlich?) oder soll ich einfach die Finger davon lassen und alles so nehmen wie es ist?
Ich komme mir vor wie bei einem gigantischen Memory-Spiel. Allerdings sind die Karten lebendig und unterscheiden sich kaum voneinander. Du deckst ein Bild auf und denkst: Jetzt weißt du, wo der passende Partner liegt. Dann drehst du das nächste um, und das unterscheidet sich dann doch in einem winzigen Detail. Irgendwo, in deinem tiefsten Innern, hoffst du irrer-

weise, das passende Bild niemals zu finden. Eigentlich willst du aufhören mit diesem gruseligen Spiel. Doch dann greifst du wieder zu, deckst das nächste Bild auf. Fast schon zwanghaft! Ich frage mich manchmal: Wer führt mir hier eigentlich die Hand? Bist du es, Bruder?

Max gähnte. Es war bereits weit nach Mitternacht. Er stopfte schnell noch das Tagebuch in den Tiger, dann kroch er verfroren unter die Bettdecke und fiel sofort in einen narkotischen Schlaf. Das Letzte, was er hörte, waren die Geräusche, die Schorsch verursachte, als er sich auf dem Tiger eine Kuhle für die Nacht zurechttrampelte.

Schorsch tauchte anschließend in seinen Träumen auf. Er hatte den verlorenen USB-Stick im Maul und wollte ihn nicht hergeben. »Aus!«, rief Max. »Schorsch, nicht, gib das her!« Doch Schorsch legte den Stick nur in sicherer Entfernung auf den Boden und nahm ihn sofort wieder auf. Er kratzte auf dem Boden und kläffte. »Aus, Schorsch«, murmelte Max. Schorsch hatte jetzt ein Laptop im Maul und sauste damit im Slalom um den Schrott in Mittelerde. Der brandige Geruch aus dem alten Ofen breitete sich aus. Das Laptop lag im Feuer und stank erbärmlich nach geschmolzenem Kunststoff. Im langen Fell von Schorschs Ohren baumelten unzählige Sticks. Er bellte und bellte und ließ Max nicht an sich heran.

Mit einem Schlag öffnete Max die Augen und starrte in die Dunkelheit. Schorschs Gekläff blieb. Er stand an der Tür, kratzte am Holz und bellte und knurrte. Auch der Brandgeruch blieb. Max sprang auf, rannte zur Tür und stürzte auf den Flur. Er beugte sich über das Geländer und sah, wie unten im Flur von der Küche aus, wie an einer Linie gezogen, Flammen entlangzüngelten. Sie krochen an der Garderobe hinauf und entzündeten mit einem Feuerball die dort hängenden Kleider. Dicker, schwarzer Rauch entstand und zog nach oben. Die Flammen suchten bereits blitzschnell den Weg Richtung Treppe. Es roch nach Grillanzünder. Die Feuerschlange züngelte die Holztreppe hinauf auf Max zu. Erstaunlicherweise verlangsamte sie ihr Tempo, als sie etwa auf halber Höhe angekommen war. Sie machte sich auf einer Stufe breit und spuckte schwarzen Rauch. Das Holz knackte. Max zuckte zusammen und löste sich aus seinem Bann.

»Feuer!«, schrie er. »Feuer!« Er rannte nebenan zum Schlafzimmer. »Mama, Papa, aufstehen!«, schluchzte er mit sich überschlagender Stimme.

Andreas war sofort wach und rüttelte seine Frau aus dem Schlaf, die zu schreien begann, als sie begriff, was los war: »Wir kommen hier niemals raus!«

Andreas blieb erstaunlich ruhig. »Alle in Max' Zimmer, von dort durch das Fenster und über den Kirschbaum nach unten. Los, lauft. Ich hol meine Mutter!« Und zu Max rief er: »Öffne das Fenster erst, wenn wir alle im Zimmer sind!«

Wenige Sekunden später standen sie dort versammelt. Andreas hatte seine Mutter durch die Rauchwand getragen und es gerade noch vor den züngelnden Flammen geschafft, das Zimmer zu erreichen. Er schloss die Tür. »Hast du dein Handy hier? Ruf die Feuerwehr!«, wies er Max an.

»Hab ich schon«, sagte der und hielt sein Handy hoch.

»Gut, Junge!«, sagte Andreas und trat zum Fenster. »Wir müssen trotzdem vorher hier raus. Die Tür hält nicht mehr lange und der Rauch ...!«

Alle nickten. Der Rauch biss ihnen bereits Tränen aus den Augen und quoll immer stärker durch die Türritzen.

Andreas ergriff wieder das Wort: »Es muss schnell gehen, sobald das Fenster offen ist. Zuerst du, Max! Du kletterst über den Kirschbaum nach unten und holst die Obstleiter aus dem Schuppen. Sonja, du kannst auch über den Kirschbaum klettern. Dir, Max, übergebe ich dann Oma auf der Leiter.«

Max nickte. »Und Schorsch?«, fragte er.

Andreas sah hinab zu dem bellenden Hund, der inzwischen heftig hustete und schnäuzte, weil er unten durch die Türritze den meisten Rauch schlucken musste. »Den lässt du als Erstes aus dem Fenster hinunter, das packt er!«

Max nickte.

»Los jetzt!«, rief Andreas. Er beugte sich über das Bett zum Fenster und öffnete es mit einem Ruck. Unter der Tür stoben Funken ins Zimmer und erste Flammen leckten durch die Ritzen am Türrahmen.

Max bückte sich nach dem Tiger und warf ihn durch die Fensteröffnung. Dann kletterte er auf sein Bett und klaubte hastig Bettwäsche und Kissen zusammen. Er warf sie ebenfalls nach draußen. Schorsch war bereits neben ihm auf das Bett gesprungen. Max packte ihn und beugte sich mit dem Hund in den Armen so weit wie möglich über die Fensterbank hinaus. Dann ließ er ihn einfach fallen, dort wo er die Kissen vermutete. Ein dumpfer Aufschlag war zu hören und dann Schorschs wildes Gebell, was Max beruhigt aufatmen ließ.

Er wandte sich zurück ins Zimmer. Alle husteten inzwischen und waren in dem dichten Rauch kaum noch zu erkennen. Es war nur noch eine Sache von Sekunden, bis das Zimmer in Flammen stand. Max wusste, sie würden alle springen müssen. Für das Leiterholen war es längst zu spät.

»Komm, Mama, ich lass dich auch so hinunter. Über den Baum, das dauert zu lang!« Sonja zitterte am ganzen Körper und kletterte unbeholfen auf die Fensterbank. Ihr Fuß rutschte ab. Max packte sie mit festem Griff am Arm. »Lass dich langsam mit den Beinen voran nach unten«, beschwor er sie. Sie nickte mit glasigen Augen und ließ die Füße von der Fensterbank gleiten. Max spürte den starken Zug in den Armen und hielt dagegen, so gut er konnte. Dennoch glitt sie immer weiter nach unten. Schließlich konnte er sie nicht mehr halten und ließ los. Er beugte sich hinaus.

Sie saß inmitten der Kissen, vom bellenden Schorsch umtänzelt und rief: »Alles in Ordnung. Nur der Fuß! Kommt! Schnell!«

»Jetzt du Max, du musst Oma unten auffangen!«, keuchte Andreas. Max nickte. Er hockte sich flink auf die Fensterbank und sprang dann hinab. Er landete hart auf den Kissen und fing sich ab, indem er sich über die Schulter abrollte. Der Schnee auf der Haut wirkte angenehm kühl.

Max sprang auf und sah nach oben. Dort baumelten bereits die Beine der alten Frau Wirsing in der Luft. »Bist du da, Max?«, hörte er Andreas mit gedämpfter Stimme rufen. Noch bevor er antworten konnte, ertönte plötzlich ein berstender Knall und Funken und Rauch schlugen aus dem Fenster. Max wusste sofort, dass die Zimmertür nachgegeben hatte und das Feuer nun endgültig den Raum erobert hatte. »Papa!«, schrie er.

Im selben Augenblick stürzte seine Großmutter hinunter. Max versuchte noch, sie zu greifen, doch sie fiel mehr, als dass er sie hätte halten können und landete halb auf ihm und halb neben ihm auf dem hart gefrorenen Gartenboden. Sie schrie vor Schmerz gellend auf. Sonja beugte sich über sie und zog sie von Max hinunter. Er rappelte sich auf und starrte gebannt nach oben. Lodernde Flammen schlugen aus dem Fenster und dichter, schwarzer Rauch verhüllte die Sicht auf das Dach. Etwas stürzte polternd ein und ein Funkenregen ergoss sich in den Nachhimmel.

»Andreas!«, schrie Sonja schrill auf.

»Papa!«, schluchzte Max. »Papa!«

»Ich bin hier«, hörte er eine spröde Stimme in unmittelbarer Nähe. Max wandte sich wie in Zeitlupe um und starrte mit ungläubigem Blick in die Richtung, aus der sie gekommen war. Im flackernden

Flammenlicht regte sich eine Gestalt in einem wilden Gewirr von Ästen auf dem Boden. Offensichtlich hatte Andreas versucht, in den Kirschbaum zu springen und war dann abgestürzt. Max war mit einem Schritt bei ihm und reichte ihm die Hand. Andreas richtete den Oberkörper auf und schüttelte den Kopf. »Warte, ich muss mich erst einmal sortieren. Die Schulter ist hin!« Er versuchte, sich hinzusetzen. »Das Bein auch«, stöhnte er. »Seid ihr alle heil?«

Max kniete sich neben Andreas in den Schnee und spürte nicht die feuchte Kälte, die durch den dünnen Stoff seines Schlafanzugs kroch. Er nickte. »Alle soweit heil. Ich dachte schon, du wärst ...« Max schluchzte auf und die Tränen rannen ihm in Strömen über das Gesicht.

Andreas legte mit schmerzverzerrtem Gesicht seinen Arm um Max und zog den Kopf seines Jungen an die Brust. In der Ferne hörte man Martinshornsignale. Erste Nachbarn trafen ein und brachten Decken.

Max saß am Küchentisch und löffelte schweigsam eine Gemüsesuppe, die Renate Herold gekocht hatte. Sonja saß ihm gegenüber und brachte kaum einen Bissen hinunter. »Wie konnte das nur passieren? Was haben wir für ein Glück gehabt«, murmelte sie immer wieder zwischen den Löffeln vor sich hin.

Renate Herold, der man aufgrund ihrer blonden Haare und ihrer sportlichen Gestalt nicht ansah, dass sie die Sechzig bereits überschritten hatte, saß mit am Tisch. Ihr Teller war längst geleert. »Ja, Glück im Unglück habt ihr gehabt«, bestätigte sie. »Ihr könnt übrigens gerne bei uns bleiben, bis ihr was anderes gefunden habt. Unsere Kinder sind aus dem Haus. Die Zimmer sind frei.«

»Ich weiß gar nicht, wie ich euch danken soll, danke auch für die Kleider!«, hauchte Sonja. Ihre Miene war maskenhaft.

Renate Herold lächelte. »Ihr werdet bald mehr haben als vorher. Die Nachbarn bringen ständig was vorbei.«

Max dachte daran, wie in den frühen Morgenstunden plötzlich Jonas vor Herolds Tür gestanden und ihm eine Sporttasche mit Kleidern in die Hand gedrückt hatte. »Hier, wir haben ja ungefähr die gleiche Größe. Hab versucht, das Beste für dich zusammenzusortieren. Kommst du mit in die Schule?«

Erst da hatte Max gemerkt, wie erschöpft und müde er war. Er hatte sich in das ehemalige Jugendzimmer von Herolds Sohn zurückgezogen und bis vor Kurzem geschlafen.

Das Telefon läutete. Renate Herold nahm ab und reichte den Hörer dann an Sonja Wirsing weiter. Sonja redete selbst wenig, sondern bestätigte nur kurz mit »Ja« und »Oh« und sagte dann am Schluss: »Dann sieh mal zu.« Sie legte das Gerät mit langsamen Bewegungen beiseite und starrte zum Küchenfenster hinaus. Ihre Lippen zitterten und Tränen strömten über ihr Gesicht. Max und Renate Herold sahen einander an und warteten geduldig, bis sie von sich aus redete.

»Oma hat einen Oberschenkelhalsbruch«, sagte sie tonlos. »Sie wird gerade operiert. Die Ärzte meinen, sie wird es gut überstehen, sie ist ja sehr rüstig für ihr Alter. Andreas hat den Unterschenkel gebrochen und das Schlüsselbein, kleinere Verbrennungen und eine leichte Rauchvergiftung. Ein paar Tage Krankenhaus, dann kann er wieder nach Hause.« Die letzten beiden Worte brachte sie nur noch schluchzend hervor. »Wir haben kein Zuhause mehr. Wir haben alles verloren. Wir haben nur noch die Fetzen, die wir auf dem Leib trugen.«

Renate Herold griff nach Sonjas Hand. »Ich habe dir doch gesagt, dass ihr hier bei uns bleiben könnt. Es ist wirklich kein Problem!«

Sonja nickte. Dann sah sie sich suchend um. »Wo ist eigentlich Kurt? Er war doch eben noch hier?«

Renate Herold lächelte. »Du glaubst doch nicht, dass es meinen Mann hier im Haus hält, während seine ehemaligen Kollegen ganz in der Nähe ermitteln. Er ist natürlich am Brandort und hilft bei der Suche nach der Ursache. Die zu finden ist wichtig, damit eure Versicherung so schnell wie möglich aktiv werden kann.«

Sonja Wirsing atmete bebend aus. »Versicherung! Ich fürchte, wir sind hoffnungslos unterversichert.«

Plötzlich sprang Schorsch auf und lief in den Flur. Er hatte den Schlüssel in der Eingangstür gehört und benahm sich schon ganz so, als sei er in diesem Haus der wachhabende Hund.

Von Schorsch umtänzelt, betrat Kurt Herold die Küche. Er brachte feuchte Winterluft, aber auch einen brandigen Geruch in den Kleidern mit. Unter der dicken Fellmütze quoll weißes, lockiges Haar hervor. Seine blauen Augen strahlten offenherzig in die Runde. Die vor Kälte geröteten Wangen unterstrichen noch, dass Max sich an einen freundlichen Nikolaus erinnert fühlte. Kurt Herold streifte dicke Handschuhe ab und sagte: »Na, geht es euch schon wieder etwas besser? Jedenfalls seht ihr so aus. Das beruhigt mich.« Er wartete keine Bestätigung ab, sondern verschwand im Flur, um Kleider und Schuhe abzulegen. Nachdem er sich aus der Thermoskanne mit Kaffee bedient hatte, ließ er sich berichten, was Sonja aus dem Krankenhaus erfahren hatte. Sonja Wirsing wirkte zunehmend matter und blasser. Schließlich stand sie auf, um sich noch etwas hinzulegen. Alle sahen ihr besorgt nach.

»Das ist typisch für einen Schock«, sagte Kurt Herold. »Sie ist längst noch nicht wieder bei sich. Ich kenne das gut aus meinem Berufsleben. Die stillen Opfer, die nur am Rande etwas abgekriegt haben, sind oft am meisten gefährdet. Du musst gut auf sie aufpassen, Max, jetzt, wo Andreas nicht kann!«

Max nickte und verzog das Gesicht zu einem gequälten Lächeln.

»Wie geht es dir überhaupt, Junge?«, fragte Herold.

In Max' Hosentasche meldete das Handy den Eingang einer SMS. Max entschuldigte sich, zog das Gerät schnell hervor und las. Es war bereits die dritte SMS, die Chiara ihm im Laufe des Vormittags geschickt hatte.

Ich lasse heute Nachmittag Sport sausen und komm dann zu dir. Hdgdl

Max schrieb schnell eine kurze Antwort und steckte das Gerät wieder ein. »Meine Freundin«, erklärte er.

Renate und Kurt Herold nickten mit vielsagenden Blicken.

»Haben Ihre Kollegen schon etwas herausgefunden?«, erkundigte sich Max.

»Du kannst du sagen und Kurt. Wir sind schon so lange mit deiner Oma befreundet, da bist du fast so was wie ein Adoptivenkel für uns!«

Bei dem Wort »Adoptivenkel« zuckte Max ein wenig zusammen.

Kurt Herolds Miene verdüsterte sich. »Brandstiftung. Es gibt Hinweise auf Brandstiftung.«

Max horchte auf. »Von der Küche aus. Nicht wahr?«

Kurt Herold nickte. »An der Terrassentür zur Küche konnte man trotz der Zerstörung Einbruchsspuren erkennen. Jemand ist von dort aus eingedrungen und hat dann vermutlich einen Brandbeschleuniger ausgekippt. Genauer können sie das sagen, sobald die Trümmer abgekühlt sind, was bei diesem Wetter schnell gehen dürfte.« Kurt Herold sah aus dem Fenster. Draußen schneite es in dicken Flocken. »Dann lassen sie den Brandspürhund drüberlaufen«, fuhr er fort. »Der zeigt ihnen genau an, wo Brandbeschleuniger ausgebracht wurde. Selbst wenn das meiste bereits verbrannt ist, Hunde haben einfach eine verdammt feine Nase.« Kurt Herold streichelte Schorsch, der unter dem Tisch lag, über den Kopf. Schorsch biederte sich schwanzwedelnd an, als habe das Lob ihm gegolten. Max beobachtete das abwesend. Er versuchte sich zu erinnern und schilderte Kurt Herold dann, wie er den Beginn des Feuers erlebt hatte.

»Da haben wir es!«, rief Kurt Herold aus. »Das Feuer hat sich, wie an der Schnur gezogen, entlang des Brandbeschleunigers ausgebreitet. Normalerweise würde es sich langsamer und über die gesamte Fläche ausbreiten. Der Brandstifter hat auch die Kleider an der Garderobe benetzt. Deshalb sind die förmlich explodiert. Dann ist der Täter nur zur Hälfte die Treppe hinaufgekommen, vermutlich weil dein Hund ihn gehört und angeschlagen hat. Da hat er sich lieber davongemacht. Euer Glück, denn wenn er bis oben in den Flur gekommen wäre, hättet ihr euch vermutlich nicht mehr retten können. Das war nicht nur ein Brandanschlag, Max. Das war ein Mordanschlag!«

Max wurde blass.

»Aber wer sollte denn so etwas tun?«, rief Renate Herold. »Die Wirsings sind doch wirklich die Letzten, die irgendwo Feinde hätten!«

»Ich war gemeint«, schaltete Max sich ein. »Ich habe einen Feind. Er wollte schon meinen Hund vergiften und gestern Abend hat er mir gedroht!«

Max berichtete von seinem Verdacht. Wenig später saßen zwei Polizisten in Herolds Küche und nahmen Max' Aussage auf. Er erklärte ihnen die Zusammenhänge, schilderte Tobias' Geschäfte mit Ritalin und nannte Justin Kinkel und Jonas Hofmann als Zeugen.

Am Nachmittag kam Chiara. Sie sah sich in dem Zimmer um, das Max' neue Bleibe geworden war. In der einen Ecke stand eine Nähmaschine. Aus einem

Korb quoll Bügelwäsche. Der Beschriftung von ein paar Kartons war zu entnehmen, dass sie Osterschmuck und Weihnachtsdekoration enthielten. In einem Regal stapelten sich Keksdosen. Das Bügelbrett stand zusammengeklappt dicht an der Wand, an der sich ein frisch bezogenes Bett befand, auf dem Max saß. Chiara hatte ihm gegenüber in einem kleinen Sessel Platz genommen, nachdem sie von dort einen Nähkorb weggeräumt hatte. »Immer noch besser als gar kein Dach über dem Kopf. Eigentlich müsstet ihr zu uns kommen, wir haben etliche Zimmer frei, aber da würde Gero wahrscheinlich vollends ausrasten.«

»Was hat er eigentlich gegen mich?«, fragte Max.

»Das wüsste ich auch gern«, sinnierte Chiara.

Max erzählte ihr von seiner gestrigen Begegnung mit Tobias und dass er bei den Polizisten eine vollständige Aussage gemacht hatte.

»Meinst du denn wirklich, dass er es war?«, zweifelte Chiara.

»Wer soll es sonst gewesen sein? Er ist immerhin schon öfter in den Garten eingedrungen, nämlich als er den Brief einwarf und das Gift auslegte. Und gestern hatte er eine mächtige Wut auf mich.«

Chiara nickte nachdenklich.

»Hast du einen anderen Verdacht?«, fragte Max.

Chiara zuckte mit den Schultern. In dem Moment klopfte es an der Tür. Es waren die Polizisten von heute Mittag. Sie baten Max zum Gespräch und er unterhielt sich mit ihnen draußen auf dem Flur. Nach einiger Zeit kam er zurück ins Zimmer und ließ sich wieder auf die Bettkante sinken. Seine Schultern sackten nach vorn und er stierte vor sich hin.

»Was ist?«, flüsterte Chiara.

Max saß noch eine Weile schweigend und Chiara beobachtete ihn besorgt. Dann atmete er bebend ein und sagte: »Ich hätte es wissen müssen. Justin hat behauptet, mir das nie erzählt zu haben, und Tobias' Eltern und Jonas bestätigen, dass Tobias das Haus die ganze Nacht nicht verlassen hat. Von einem Streit zwischen mir und Tobias weiß Jonas auch nichts. Shit!«

»Klar, die halten zusammen. Blut ist dicker als Wasser«, sagte Chiara mir rauer Stimme. »Und der kleine Justin will mit der Polizei nichts zu tun haben. Er hat sein Leben lang mitbekommen, dass das nur Ärger einbringt. Da streitet er lieber alles ab, bevor er irgendwo mit drinhängt.«

Max nickte. »Es war dumm von mir, der Polizei etwas zu sagen.«

Chiara brauste auf. »Nein, war es nicht! Ich war gestern dabei, als Justin uns das alles erzählt hat. Ich kann das bestätigen. Ich werde gleich zur Polizei gehen und ...«

Sie sprang aus dem Sessel, doch Max hielt sie am Arm zurück und zog sie neben sich auf die Bettkante. »Nein, lass, das bringt nichts.«

Chiara schnaubte. »Finde ich nicht! Lieber möchtest du selbst als Lügner dastehen?«

»Das ist die Strafe dafür, dass ich so vorschnell war. Immerhin war ich schlau genug, der Polizei nicht zu erzählen, dass wir bei Justin in Mittelerde waren.«

»Und warum hast du ihnen das nicht erzählt?«, fragte Chiara.

»Die Geschichte mit Maurice ... Das ist unsere Sache. Das geht keinen etwas an.« Er legte den Arm um Chiaras Schultern und drückte sie an sich.

»Unsere Sache«, flüsterte sie. »Ich weiß noch etwas, was unsere Sache ist.«

»So? Was denn?«

Sie lächelte ihn an. »Cosa nostra!« Dann küsste sie ihn und drückte ihn in die Kissen.

Am nächsten Tag ging Max wieder in die Schule. Nicht etwa, weil er sich wieder fit fühlte, sondern weil das tatenlose Rumsitzen im Haus der Herolds und Sonjas depressive Stimmung ihm zusetzten.

Die Mitschüler und Lehrer hielten sich mit Fragen und Bemerkungen weitestgehend zurück. Glaubten sie ihn dadurch zu schonen, wenn sie so taten, als sei nichts geschehen? Die einzige Ausnahme war ihr Klassenlehrer, Herr Weigmann. In seiner gewohnten Art polterte er zur Begrüßung: »Da habt ihr mächtig Glück gehabt! Aber so ist das mit diesen alten Gemäuern. Modernen Brandschutz gab es damals nicht, und wenn man dann nicht nachrüstet, ist schnell was passiert. Wirklich Glück habt ihr gehabt. Und in die nächste Behausung müssen Rauchmelder rein! Merkt euch das!«

Max hatte keine Lust zu widersprechen. Sollte er dem alten Besserwisser erklären, dass bei der Geschwindigkeit, mit der sich das Feuer ausgebreitet hatte, auch ein Rauchmelder nichts genützt hätte?

Die Rettung war eindeutig Schorsch gewesen, der nicht nur als Brandmelder, sondern bereits vor dem Feuer als Einbruchsmelder fungiert hatte.

Jonas ging Max aus dem Weg. Als sie schließlich beim Verlassen der Schule in der Tür aufeinander trafen, sagte Jonas: »Du kriegst ja bestimmt von allen Seiten Klamotten, da kannst du mir meine so schnell wie möglich wiedergeben.«

Am Nachmittag erfuhr Max während der Autofahrt in die Klinik von Kurt Herold, dass in der Tat Brandbeschleuniger gefunden worden war. »Die Kollegen ermitteln jetzt wegen Brandstiftung und versuchten Mordes, denn der Täter hat eindeutig davon ausgehen können, dass sich Personen im Haus befanden. Die Art, wie er den Brand gelegt und die Fluchtwege versperrt hat, zeigt ganz klar, dass er in Tötungsabsicht gehandelt hat!«

Sonja konnte es nicht glauben. Es gab niemanden, den sie sich als Täter vorstellen konnte. Renate Herold, die auch mit im Auto saß, wirkte sehr nachdenklich. Plötzlich sagte sie: »Es erinnert mich sehr an den Brand bei Brigitte. Kurt, du weißt doch, letztes Jahr!«

»Vorletztes Jahr«, korrigierte er. »Aber da hat man keinen Brandbeschleuniger gefunden.«

»Was nicht heißt, dass es nicht einen Schuldigen gibt! Vielleicht brauchte der Täter in Brigittes Haus nur altes Papier zu nehmen. Küche und Flur hingen doch voll mit getrockneten Kräutern. Da braucht man keinen Beschleuniger. Das brennt lichterloh, wenn du nur ein Streichholz dranhältst!«

»Du meinst also, es gibt einen Zusammenhang?«, fragte Kurt Herold.

»Du bist doch der Polizist, der überall Lunte riecht«, sagte sie neckend.

»Man muss immer vom Motiv ausgehen«, erklärte er. »Die Frage ist, wer hat Interesse, bei alten, freundlichen Frauen Feuer zu legen und ihren Tod in Kauf zu nehmen?«

»Jemand, der scharf auf ihr Grundstück ist? Spekulanten?«, gab Renate Herold zu Bedenken.

Max hörte dem Gespräch nicht weiter zu. Plötzlich glaubte er einen ganz anderen Zusammenhang zu erahnen. Er wurde unruhig. Wenn es nur schon Abend wäre und er Chiara von seinem Verdacht erzählen könnte.

»Und du denkst, diese Brigitte Wiesner hat deiner Oma etwas erzählt, das für jemanden gefährlich sein könnte?«, fragte Chiara, nachdem sie eine Weile über Max' Theorie nachgedacht hatte. Sie saßen nebeneinander auf dem Bett in Max neuer Bleibe. Max nickte. »Sie war als Hebamme bei Maurice' Geburt dabei gewesen. Wer, wenn nicht sie, wusste, was da wirklich abgelaufen ist?«

»Und du glaubst, dass deine Oma dir und deinen Eltern das all die Jahre verschwiegen hat? Traust du ihr das zu?«

»Um des lieben Friedens willen kann meine Oma schweigen wie ein Grab.«

Chiara schüttelte ungläubig den Kopf. »Aber hier geht es doch um etwas ganz Ungeheuerliches. Etwas, wofür jemand bereit ist, zu töten. Du glaubst doch nicht im Ernst, dass deine Oma so etwas für sich behalten hätte. So, wie du sie schilderst, ist sie eine grundehrliche Haut!«

»Wer weiß«, flüsterte Max. »Eigentlich müsste man sofort zu ihr in die Klinik und sie fragen.«

»Und warum tun wir das nicht?« Chiara erhob sich bereits.

Max zog sie zurück. »Keine weiteren übereilten Aktionen. Sie soll erst wieder gesund werden. Lass uns lieber noch einmal selbst überlegen!«

Chiara ließ sich wieder neben ihm nieder. »Und wenn es etwas ist, wovon deine Oma eigentlich gar nichts weiß? Etwas, das sie in ihrem Besitz hat, ohne es zu ahnen?«

»Wie meinst du das?«

»Vielleicht hat diese Brigitte Wiesner deiner Oma etwas zur Aufbewahrung gegeben. Sie ahnte, dass es in ihrem Haus nicht sicher ist und hat es bei ihr deponiert.«

»Dann wäre es jetzt auf jeden Fall verbrannt.«

»Nicht unbedingt. Vielleicht hat deine Oma einen Safe im Keller?«

»Hat sie nicht.«

»Einen Banksafe?«

»Auch nicht.«

»Wo tut sie denn Sachen hin, die ihr wichtig sind?«

Max zuckte mit den Schultern und sah sich im Zimmer um, als könnte aus einer Ecke eine Idee auf ihn zufliegen. Plötzlich blieb sein Blick an dem Dosenstapel hängen.

»Keksdosen!«, rief er. »Sie sammelt alles in Keksdosen.«

»Dann lass uns gehen und in den Trümmern suchen. Vielleicht finden wir ja noch Dosen und vielleicht ist der Inhalt noch in Ordnung.«

»Jetzt nicht mehr«, entschied Max. »Es ist schon viel zu dunkel. Morgen Mittag, gleich nach der Schule!«

Max und Chiara standen auf der anderen Straßenseite und sahen hinüber zur Brandstelle. Max spürte einen dicken Kloß im Hals, als er das Ausmaß der Katastrophe betrachtete. So hatte er sich das nicht vorgestellt. In seiner Erinnerung war das Haus genauso geblieben, wie er es vor dem Brand gekannt hatte. Um so tiefer traf ihn jetzt der Schock. Chiara spürte seine Verfassung und griff zaghaft nach seiner Hand.

»Sogar das Dach ist eingestürzt«, sagte Max und schaute auf die schwarzen Balken, die sich in den grauen Himmel reckten. Dazwischen hingen einzelne Sparren mit verrußten Ziegeln. Fetzen von Isoliermaterial baumelten wie Galgenvögel im Wind. Es gab kein Glas mehr in den Fenstern, nur finstere Höhlen, um die das Feuer in Form von schwarzen Schlieren seine Spur hinterlassen hatte. Aus dem Wohnzimmerfenster im Parterre hing ein fleckiger Vorhang und bauschte sich gespenstisch nach draußen auf. Es war wie ein letztes Winken, eine letzte Regung aus dem Szenario eines Untergangs.

»Gut, dass Oma das jetzt nicht sehen muss«, flüsterte er.

»Ich hätte nicht gedacht, dass es so schlimm aussieht. Ein Wunder, dass ihr da rausgekommen seid!«, sagte Chiara.

Max schaute hinauf zu dem Fenster, hinter dem einmal sein Zimmer gewesen war. Das Dach darüber war eingestürzt und die Trümmer hatten all seine Sachen unter sich begraben. Wie viele Sekunden, nachdem sie sich retten konnten, war das geschehen?

»Es war knapp, richtig knapp«, sagte er mit bebender Stimme.

»Dass du überhaupt die Nerven behalten hast. Deine Mutter hat mir erzählt, dass ihr es ohne dich nicht gepackt hättet.«

»Sie übertreibt. In dem Moment denkst du nicht an die Gefahr. Da funktionierst du wie eine Maschine. Nur so tack, tack, tack.«

»Manche rennen einfach nur noch davon. Du bist geblieben.«

»Mach mich nicht zum Helden. Es lag an Papa. Wenn er nicht so ruhig und klar geblieben wäre, wäre ich vielleicht auch durchgedreht. Ich hab in dem Moment mehr von ihm gelernt als in meinem ganzen Leben. Und er ist oben geblieben bis zum Schluss. Mich hat er zuerst rausgeschickt. Mich wollte er retten. Wenn du also einen Helden suchst, dann ihn.«

Chiara drückte Max' Hand. Die Brandstelle war mit einem rot-weiß-gestreiften Band abgesperrt. Zwei Männer in gelb und dunkelblau gemusterten

Anzügen und mit Helmen geschützt bahnten sich im Parterre einen Weg durch die Trümmer. Sie schleppten Gegenstände heran, die schwarz verkohlt und kaum zu erkennen waren, und luden sie in einen Stahlcontainer, der seitlich im Vorgarten stand und den Max in dem Durcheinander noch gar nicht bemerkt hatte. Einer der Männer bückte sich und klaubte etwas vom Boden zusammen, das er ebenfalls in den Container warf. Plötzlich schaute dort ein Tigerkopf über den Rand.

Sofort setzte Max sich in Bewegung. »Mein Tiger!«, rief er.

Der Mann blieb stehen und schaute erstaunt zu den beiden Jugendlichen.

»Ich habe hier gewohnt. Das ist mein Tiger. Ich brauche ihn zurück!«, rief Max.

Die behandschuhte Hand griff nach dem Stofftier und zog es aus dem Müll hervor. »Dein Kuscheltier ist aber nicht mehr ganz frisch«, erklärte er.

Inzwischen war auch der andere Mann wieder aufgetaucht. Er hatte sich den Helm abgezogen und beobachtete mit leichtem Grinsen die Szene. »Eigentlich siehst du aus, als wärst du aus dem Kuscheltieralter heraus und würdest längst mit was anderem schmusen.« Sein Blick glitt in unverschämter Offenheit zu Chiara.

Sie ignorierte die Bemerkung und schaute ihm direkt in die Augen. »Wir wollten nachsehen, ob wir noch ein paar Sachen finden, die wir vermissen«, sagte sie. »Dürfen wir mal da rein? Ich meine, in Ihrer fachkundigen Begleitung?«

»Keine Chance«, winkte der Mann ab. »Das ist lebensgefährlich. Alles einsturzgefährdet. Es wird so schnell wie möglich abgerissen werden. Da gibt es nichts mehr zu holen. Höchstens hier im Container.«

Der Mann hob das Band an und ließ Max und Chiara auf das Grundstück. Sie beugten sich über den Metallrand des Behälters und ließen ihre Augen auf der Suche nach etwas, das wie eine Dose aussehen könnte, umherwandern. Max stocherte mit einem Ast in dem wilden Sammelsurium aus Möbelteilen, angebrannten Textilresten und Teilen einer unkenntlich miteinander verbackenen Masse. Der Gestank war übel. Missmutig verzog Max das Gesicht.

»Hier kann man echt nichts mehr finden. Das können wir haken.«

Chiara ließ nachdenklich den Blick über das Grundstück schweifen. »Vielleicht hat sie es ja irgendwo außerhalb des Hauses versteckt. Ist hinter dem Haus nicht ein Hühnerstall?«

Max hatte sich seinen ramponierten Tiger unter den Arm geklemmt und sah in die Richtung, wo einmal der Hühnerstall dicht an das Haus gebaut worden war. »So wie es aussieht, ist das dieser verkohlte Bretterhaufen da drüben. Der ist also auch abgebrannt. Der Typ hat ganze Arbeit geleistet«, murmelte er.

Sie liefen am Absperrband entlang zum hinteren Bereich des Grundstücks. Die Obstbäume, die nahe am Haus standen, wiesen deutliche Brandspuren auf. Der hölzerne Überbau der Terrasse lag als verkohlte Schutthalde dicht an den Resten des Hühnerstalls. Unter einem Brett ragten die rußigen Beine eines Huhnes hervor. Die Hitze hatte die Krallen zu widernatürlichen Spiralen gerollt. Die Verwüstung im hinteren Bereich des Hauses war noch größer als vorne. Selbst ein Laie konnte erkennen, dass der Brand hier seinen Ursprung hatte.

»Der hat auf alles, was irgendwie brennbar war, sein Zeugs gekippt«, stellte Max mit bitterer Miene fest.

»Und was ist das da drüben?« Chiara zeigte auf ein niedriges Häuschen, das sich schief an einen alten Obstbaum lehnte.

»In der Hütte habe ich als Kind gespielt.«

»Die hat er in der Dunkelheit wohl übersehen. Das spricht gegen Tobias als Täter.«

»Warum?«

»Weil es jemand gewesen sein muss, der euren Garten nicht kannte. Und Tobias ist bestimmt schon öfter hier gewesen, oder?«

»Offiziell zuletzt mit seinen Eltern beim Grillfest zu Sonjas Geburtstag im Sommer.«

»Na, siehst du. Meinst du vielleicht, es gibt eine Chance, dass deine Oma die Hütte als Versteck genutzt hat?«

Eine Erinnerung flammte in Max auf. »Das ist es! Ich habe sogar gesehen, wie sie mit einer Blechdose unter dem Arm vom Dachboden kam. Sie muss damals draußen im Garten gewesen sein! Es war der Abend, an dem Schorsch das Gift gefressen hat!«

Wenig später zwängten sie sich in das Innere des

Kinderhäuschens. Dort gab es eine kleine Sitzbank, deren Sitzfläche den Deckel einer Truhe bildete. Max hob den Deckel an. Zwei Mäuse flitzten eilig davon. Chiara quiekte und kicherte dann. Max zog ein Kissen beiseite und hielt eine flache, rechteckige Blechdose in der Hand.

Max öffnete die Dose. Im Dämmerlicht der Hütte war nicht viel zu erkennen. »Papierkram«, sagte er.

»Wichtiger Papierkram«, raunte Chiara. »Lass uns in dein Zimmer zu Herolds gehen und genau nachsehen, was das alles ist.«

Als sie die Hütte verließen, sahen sie sich vorsichtig um und machten sich dann zügig auf den Weg.

Im Zimmer angekommen, ließ Max den Tiger vor dem Bett zu Boden gleiten. Chiara verzog angewidert das Gesicht. »Das dreckige Ding? Willst du das wirklich behalten? Die Herold findet es bestimmt nicht sonderlich toll, wenn sie sieht, welchen Müll du ihr ins Haus schleppst.«

Max kickte den Tiger unter das Bett. Dann schüttete er den Inhalt der Blechdose auf die Tagesdecke und setzte sich mit Chiara an den Bettrand, um ihren Fund zu sichten.

In einem Briefumschag, der bereits aufgerissen war, steckten ordentlich zusammengefaltet zwei handgeschriebene Blätter. Außen auf dem Umschlag stand: *Für Sieglinde Wirsing.*

»Das ist meine Oma«, erklärte Max und las weiter vor: »Streng vertraulich! Erst nach dem Tod von Brigitte Wiesner zu öffnen!«

Außerdem gab es noch einen weiteren Umschlag.

Er war wattiert, etwas größer und dicker und gut verklebt und verschnürt. Darauf stand: *Für Maximillian Friedhelm Wirsing. An seinem 18. Geburtstag zu öffnen. Von Brigitte Wiesner.*

Max drehte und wendete den Umschlag und betrachtete ihn kritisch von allen Seiten. »Es sieht so aus, als wäre der wirklich noch nicht geöffnet worden.«

»Sag ich doch. Deine Oma ist eine ehrliche Haut«, kommentierte Chiara.

Max nickte. »Was zuerst?«

Chiara tippte auf den bereits geöffneten Umschlag. »Den zuerst!«

»Eigentlich liest man Briefe anderer Leute nicht!«, sagte Max und faltete das Papier auseinander. Ein Foto fiel heraus. Es zeigte zwei grauhaarige Frauen in Jeans und Gummistiefeln. Sie umfassten gemeinsam den Stab eines Protestplakates, das über ihren Köpfen verkündete: *Lieber Kröten statt Immobilienhaie.* Max grinste. »Meine Oma als Revoluzzer, guck mal!«

Chiara betrachtete das Bild und hielt es dann plötzlich näher an ihr Gesicht. »Das ist sie! Genau! Das ist sie!«

»Ja, meine Oma, wer sonst«, sagte Max.

»Nein, die andere Frau!«, stieß Chiara aufgeregt hervor. »Das ist die Frau, die damals bei Gero war und sich mit ihm gestritten hat und die damit gedroht hatte, Maurice etwas zu sagen!«

Max zog ihr das Bild aus der Hand und drehte es um. Mit der ihm bekannten Schulmädchenschrift hatte seine Großmutter vermerkt: *Brigitte und ich. Mai 2005. Protestmarsch zur Klapperwiese.*

»Das ist Brigitte Wiesner. Die Hebamme, die bei Maurice' Geburt dabei war«, erklärte Max.

»Sie also war damals bei uns. Sie war die Hexe.« Aufgeregt forderte Chiara: »Los, lies den Brief vor, den sie deiner Oma geschrieben hat!«

Max strich das Papier glatt und las laut vor. Chiara drängte sich dicht an ihn und las mit den Augen mit.

Modertal, den 8. Juli 2011

Liebe Sieglinde,

vor einigen Wochen habe ich an Deinen Enkel Maximillian einen Brief verfasst, den er an seinem 18. Geburtstag öffnen soll und den ich Dir hier beilege. Wie sehr ist mir dieser Junge ans Herz gewachsen, und wie glücklich bin ich, dass er ausgerechnet bei Deiner Familie untergekommen ist! Etwas Besseres hätte ihm gar nicht passieren können! Anfangs war ich sehr erschrocken, als ich den kleinen Kerl bei Di r im Garten herumhopsen sah. Ich erkannte ihn auf den ersten Blick und ahnte, wer er war! Doch Du behauptetest, dass der Junge das leibliche Kind von Sonja und Andreas sei. Wir kannten uns ja damals auch noch nicht so gut, und ich muss zugeben, ich suchte in erster Linie Deine Freundschaft, um Dein Vertrauen zu gewinnen und schließlich von Dir zu hören, was ich schon lange ahnte. Ich meinerseits verriet Dir nicht, welch schreckliches Geheimnis ich mit mir herumtrage.

Liebe Sieglinde, im Laufe der Jahre haben wir eine tiefe Freundschaft entwickelt, die mir sehr kostbar geworden ist. Dennoch könnte ich Dir das, was ich Dir hier in diesem Brief gestehe, niemals ins Gesicht sagen! Zu sehr schäme ich mich dafür. Ich schreibe es Dir

in diesem Brief, den ich Dir mit der Bitte übergeben werde, ihn erst zu öffnen, wenn ich nicht mehr lebe.
Den Brief an Max übergib ihm bitte an seinem 18. Geburtstag oder zu dem Zeitpunkt, an dem er von seinen Eltern erfahren hat, dass er ihr Adoptivsohn ist, und wo er gefunden wurde. Ich hatte eigentlich vor, diese Briefe bei einem Notar zu hinterlegen. Aber durch einige Vorkommnisse in der letzten Zeit bin ich sehr misstrauisch geworden. Weiß ich denn, auf wessen Gehaltsliste dieser Notar steht? Insofern bist Du, meine liebe, verlässliche Freundin, für mich sicherer als jeder andere Ort.
Ich selbst bin leider in meinem Leben nicht immer so aufrichtig und rechtschaffen gewesen wie Du. Es gab eine schwierige Zeit, in der es mir familiär und finanziell sehr schlecht ging. Ich habe das nie jemandem erzählt, auch Dir nicht, weil ich mich noch heute zutiefst dafür schäme. Mein verstorbener Mann war ein Spieler und hatte unser gesamtes Vermögen und unser Haus beim Spiel verloren. Ich hatte davon lange nichts geahnt und stand nach seinem Selbstmord plötzlich vor dem Nichts. Ich saß auf einem Berg von Schulden, der inzwischen abgetragen ist, weil ich mich kaufen ließ.
Ich gestehe, im Jahr 1997 habe ich eine hohe Summe Geld dafür bekommen, ein Neugeborenes zu töten und verschwinden zu lassen. Ich hatte das Kissen bereits in der Hand, um es zu ersticken, doch ich konnte es nicht tun. Ich war Hebamme! So vielen Kindern habe ich das Leben geschenkt!
Trotz meiner haltlosen Situation widersprach dieser schreckliche Auftrag so sehr meinem Gewissen, dass ich heimlich eine andere Lösung wählte, und das Kind in der Universitätsklinik aussetzte. Damals gab es noch nicht diese Babyklappen, aber das Klinikum war ein sicherer Ort. Ich hielt mich in der Nähe auf (in einem Schwesternkittel fällt man da nicht auf) und wartete, bis der Kleine nach wenigen Minuten gefunden wurde.

Als der Fund dann durch alle Medien ging, entwickelten meine Auftraggeber einen Verdacht, doch den wies ich weit von mir, und es blieb ihnen nichts anderes übrig, als mir zu glauben. Ich weiß, dass mein Auftraggeber nach wie vor fürchtet, ich könnte ihn doch noch verraten und dass er mich lieber tot als lebendig sähe. Aber was macht das schon aus, wenn man im finalen Stadium krebskrank ist? Lange habe ich überlegt, ob ich Dir alle Hintergründe und Beweise anvertraue. Aber warum soll ich Dein gutes Herz so schwer belasten? Auch habe ich Sorge, dass Maximillian durch dieses Wissen erneut in Lebensgefahr geraten könnte. Daher habe ich mich entschlossen, meinen Auftraggeber nicht zu verraten und alle Dinge, die damit in Zusammenhang stehen, selbst zu klären. Ich weiß, dass ich dadurch einen jungen Menschen mit einer schlimmen Nachricht konfrontieren muss, aber dieses Schicksal habe ich selbst verursacht. Was mein Auftraggeber nicht weiß, vielleicht aber ahnt, ist, in welchem Ausmaß ich ihn betrogen habe. Es war mir eine gewisse Genugtuung, ihn auf meine Weise seine Sünde büßen zu lassen. Damit soll es gut sein. Es bleibt jetzt nur noch eine große Bitte! Halte Maximillian unbedingt davon ab, seine leiblichen Eltern suchen zu wollen, es wäre sein Unglück!
Ich wünsche Dir noch viele glückliche und gesunde Lebensjahre mit Deinen Kindern und Deinem Enkel Maximillian.

Alles Liebe, in tiefer Demut und Schuld
Brigitte

Max ließ das Blatt sinken. »Sie war es«, flüsterte er. »Sie also war es, die mich damals ausgesetzt hat. Sie wusste, wer meine Eltern waren, aber verrät es nicht.«

Chiara kämpfte mit den Tränen. »Was sind das für

grausame Eltern, die von einer Hebamme verlangen, ein Kind zu töten?«, sagte sie mit belegter Stimme. »Nenn mir einen einzigen Grund, warum Eltern so was tun sollten. Ich verstehe das nicht!«

Max zuckte mit den Schultern. Es fiel ihm schwer zu reden, weil er das Gefühl hatte, eine eiskalte Hand habe sich um seinen Hals gelegt und drücke immer fester zu. »Vielleicht hab ich ihnen einfach nicht gefallen oder sie wollten eben keine Kinder.«

Chiara schüttelte vehement den Kopf. »Blödsinn! Sie hätten verhüten oder abtreiben können. Meinst du, es gibt wirklich Leute, die nach der Geburt ihr Baby sehen und sagen ›gefällt mir nicht‹ und dann eine Menge Geld dafür ausgeben, dass es getötet wird? Außerdem: Wie haben diese Leute dann erklärt, dass ihr Kind plötzlich weg war? Die Schwangerschaft der Frau muss doch bekannt gewesen sein.«

»Man liest doch öfter in der Zeitung, dass ein Neugeborenes irgendwo gefunden wird – tot oder lebendig. Viele dieser Mütter haben ihre Schwangerschaft verheimlicht oder sogar selbst nichts davon gewusst.«

»Woher bist du so gut informiert darüber?«

»Meine Oma sammelt seit Jahren Zeitungsartikel zu dem Thema. Neulich, als ich im Keller Kartoffeln holen sollte, habe ich den Stapel gefunden und durchgelesen, in der Hoffnung doch noch einen weiteren Hinweis zu mir zu finden.«

»Und? Hast du?«

»Nein. Eines ist jetzt auf jeden Fall klar. Von Zwillingen spricht die Wiesner nicht.«

Chiara nickte. »Und wer ihr Auftraggeber war, bleibt auch unklar. Gero jedenfalls kann es nicht gewesen sein, denn sein Sohn Maurice lebte schließlich und wurde nicht ausgesetzt.«

»Es sei denn, es waren doch zwei und er wollte den einen los werden.«

»Aus welchem Grund? Gero hat alles Geld der Welt, um Kinder aufzuziehen!«

Max zuckte mit den Schultern. »War ja nur so eine Idee. Ich bin ohnehin nicht scharf darauf, ihn zum Vater zu haben.«

Chiara nickte und deutete auf den verschlossenen Umschlag. »Vielleicht wird dadurch alles klarer. Mach mal auf.«

Max zerrte umständlich an den festen Kordeln, mit denen der Brief verschnürt war. Chiara fand im Nähkorb eine Schere und reichte sie ihm. Vorsichtig löste er die Schnüre um den dicken wattierten Umschlag. Er enthielt einen weiteren geschlossenen Briefumschlag mit der Aufschrift: *Für Maximillian Friedhelm Wirsing, persönlich, vertraulich von Brigitte Wiesner*. Außerdem lag noch ein zusammengefaltetes Blatt dabei. Eine fotokopierte Buchseite, wie Max feststellte. »Aus Max und Moritz«, erklärte er und legte das Blatt beiseite.

Chiara hielt plötzlich ein rotes Seidenband in der Hand. »War das auch in dem Umschlag? Es lag hier auf der Decke.«

Max zog ihr das Band aus der Hand und betrachtete es mit vorgeschobener Unterlippe. Das Band war etwa 10 Zentimeter lang und hatte am einen Ende einen Knoten. »Keine Ahnung«, sagte er. »Was soll das sein?«

Chiara nahm das Band wieder an sich. »Es war zusammengeknotet und ist dann dicht neben dem Knoten aufgeschnitten worden. Schau, so war es.« Sie formte das Band zu einem Ring. »Es sieht aus wie eine Art Freundschaftsbändchen.«

Max verzog kritisch das Gesicht. »Dann ist das aber ein Zwergenhandgelenk, um das es gebunden war.«

»Von einem Neugeborenen vielleicht. Wetten, dass du das umgebunden hattest?«

Max nahm das Band wieder an sich. »So winzig!«, hauchte er. Dann kniff er die Augen zusammen. »Da steht etwas drauf!« Er sprang auf und hielt das Band ins Licht vor dem Fenster.

Chiara war neben ihn getreten und entzifferte: »Ein offenes Dreieck. Es ist mit Kugelschreiber geschrieben. Es könnte ein »A« sein.«

»Oder eine Eins«, vermutete Max.

»Ich denke eher ein A«, erklärte Chiara. »Wahrscheinlich ist das der Anfangsbuchstabe eines Namens, vielleicht von den Eltern.«

Max kniff erneut die Augen zusammen: »Oder doch eine Eins. Eine Nummer Eins, weil es nämlich noch eine Nummer Zwei gab.«

»Das ist völlig verrückt, Max! Wer ist denn so pervers und nummeriert seine Kinder durch statt ihnen Namen zu geben?«

»Vielleicht Leute, die so pervers sind, ihre Kinder gleich nach der Geburt umbringen zu lassen!«

Chiara schüttelte abwehrend den Kopf. »Blödsinn! Komm, mach den Brief auf!«

Max öffnete den Umschlag und las vor:

Modertal, den 14. Juni 2011

Lieber Maximillian,

wenn Du diesen Brief öffnest und liest, wird es vermutlich der 1. März 2015, Dein 18. Geburtstag sein. Deine Eltern werden mit Dir gesprochen haben und es ist ihnen bestimmt nicht leichtgefallen, Dir Deine Herkunft zu offenbaren und Dir zu sagen, dass sie nicht Deine leiblichen Eltern sind.
Ich kann mir gut vorstellen, dass Du nun sehr erschüttert bist und ihnen vielleicht sogar übel nimmst, dass sie Dir das so lange verschwiegen haben. Die Meinungen sind sehr geteilt darüber, ob es sinnvoll ist, adoptierten Kindern von Anfang an zu sagen, dass sie noch andere (leibliche) Eltern haben oder ob man dies erst zu einem Zeitpunkt tun sollte, an dem sie erwachsen sind und sich vom Elternhaus lösen. Beides hat Vor- und Nachteile. Ich möchte Dich von Herzen bitten, die Entscheidung Deiner Eltern zu respektieren und ihnen nicht böse zu sein.
Glaube mir, ich kann beurteilen, dass sie sich immer liebevoll um Dich gekümmert haben und Du Ihnen so kostbar bist wie ein eigenes Kind, vielleicht noch viel kostbarer. Bestimmt haben sie Dir das heute auch so beteuert, aber Du bist vermutlich entsetzt und enttäuscht. Du wunderst Dich wahrscheinlich, warum ich Dir schreibe. Ich, eine alte Frau, deren Namen du vermutlich noch nie gehört hast und die zu dem Zeitpunkt, an dem Du den Brief lesen wirst, längst unter der Erde liegt. Ich weiß das so genau, weil ich vor Kurzem eine entsprechende ärztliche Diagnose erhalten habe. Wenn man mit dem Tod konfrontiert ist, blickt man auf sein vergangenes Leben zurück

und zieht Bilanz. Ich bin ein gläubiger Mensch und möchte noch einige Dinge, die mich über viele Jahre belastet haben, in Ordnung bringen. Dazu gehört auch die Angelegenheit mit Dir.
Mein Name ist Brigitte Wiesner. Bis 1997 arbeitete ich als freiberufliche Hebamme. Deine Oma kennt mich gut. Man kann sagen, wir sind befreundet. Ich schätze an ihr besonders, dass man ihr vertrauen kann. Sie ist ein sehr verlässlicher Mensch. Daher habe ich ihr diesen Brief an Dich anvertraut. Lieber Maximillian, ich bin die Frau, die Dich am 6. März 1997 am späten Nachmittag in der Universitätsklinik ausgesetzt hat. Ich bin nicht Deine Mutter, aber ich habe das im Auftrag Deiner leiblichen Eltern getan.
Jahrelang war ich hin- und hergerissen, ob ich mein Schweigen brechen und Dir Deine Herkunft verraten soll. Jetzt schreibe ich Dir diesen Brief, weil ich Dich eindringlich bitten möchte, nicht nach diesen Eltern zu suchen. Sie gaben mir damals den Auftrag, Dich zu töten! Ich habe ihn nicht ausgeführt. Dies sollte für Dich Grund genug sein, Dich niemals diesen Menschen nähern zu wollen! Nach wie vor würde es Lebensgefahr für Dich bedeuten! Dennoch gebe ich Dir die Freiheit, Dich Deinem Schicksal zu stellen.
Ich wünsche Dir von Herzen alles Gute auf Deinem weiteren Lebensweg und ein hohes Alter in Frieden und Gesundheit!

Brigitte Wiesner

Max legte die Briefbögen enttäuscht beiseite. »Was sagt sie in diesem Brief, das wir nicht schon durch den anderen Brief wissen?«

Chiara nahm sich das zweite Blatt noch einmal vor: »Dieser Satz hier ist seltsam. *Dennoch gebe ich dir die Freiheit …*«

Max brummte unwillig. »Ist doch ganz einfach, sie warnt mich vor diesen Eltern, aber sie stellt es mir trotzdem frei, nach ihnen zu suchen. Allerdings gibt sie mir dafür keinerlei Hinweise, sondern nur dummes Geschwafel von Gewissen und Glauben. Sie hätte den Mut haben müssen, mir wenigstens ein Fünkchen von einem Hinweis zu geben. Eine winzige Chance! Aber nichts!«

»Vielleicht hat sie das ja, aber wir sehen es nicht. Wir müssen diese Briefe noch einmal ganz genau lesen oder dieses rote Band untersuchen ...«

»Oder das hier vielleicht.« Max griff nach der Fotokopie und betrachtete das Blatt. »Das ist nicht einfach nur eine Fotokopie, sondern das ist irgendwie bearbeitet. Siehst du, durch manche Wörter gehen Striche.«

Chiara nickte. »Es ist eine schlechte Kopie. Auf dem Original wäre das bestimmt besser zu sehen.«

»Und wo ist das Original?«, fragte Max.

»Vielleicht lag es in der Tragetasche, in der du ausgesetzt wurdest.«

»Und warum haben meine Eltern das dann nicht bekommen?«

»Das kann dir wahrscheinlich jemand vom Jugendamt erklären.«

»Renate Herold hat früher dort gearbeitet. Vielleicht kann sie ...«

»Lass es uns erst einmal selbst versuchen!« Chiara stand auf. Sie legte das Blatt gegen die Fensterscheibe. Jetzt waren die feinen Linien besser zu erkennen. Mit einem Bleistift fuhr sie die Linien nach und legte

Max das Blatt zurück auf die Decke. Beide betrachteten sie aufmerksam den Text.

Ach, was muss man oft von bösen
~~Kindern~~ hören oder lesen!!
~~Wie zum Beispiel hier von diesen,~~
~~welche~~ Max ~~und Moritz hießen;~~
Die, anstatt durch weise Lehren
Sich zum Guten zu bekehren
~~Oftmals noch darüber lachten~~
~~Und sich heimlich lustig machten.~~ –
– Ja, zur Übeltätigkeit,
Ja, dazu ist man bereit!
– Menschen ~~necken, Tiere~~ quälen,
~~Äpfel, Birnen, Zwetschgen stehlen~~ –
Das ist freilich angenehmer,
Und dazu auch viel bequemer,
~~Als in Kirche oder Schule~~
~~Festzusitzen auf dem Stuhle.~~
– Aber wehe, wehe, wehe!
Wenn ich auf das Ende sehe!! –
– Ach, das war ein schlimmes Ding,
wie es Max und Moritz ging.
– Drum ist hier, was sie getrieben
~~Abgemalt und~~ aufgeschrieben.

Chiara ergriff das Wort, während Max noch nachdenklich über dem Text brütete. »Wenn man nur das liest, was nicht gestrichen wurde, ergibt es einen ganz anderen Sinn.«

Max nickte und murmelte leise: »*Ach, das war ein*

schlimmes Ding, wie es Max und Moritz ging. Sie weist damit doch eindeutig auf zwei Kinder hin. Maximillian und Maurice.«

»Möglich«, sagte Chiara, »aber ein Beweis ist das noch lange nicht.«

»Aber auf jeden Fall weiß ich jetzt, warum sie mir eine Geburtsurkunde auf Maximillian Busch ausgestellt haben. Dieses Blatt lag in der Tragetasche und, sieh hier, der Name Max ist nicht durchgestrichen.«

Chiara nickte nachdenklich. »Ich glaube immer noch, dass der Schlüssel in den Briefen liegt. Und ...«

Max nahm noch einmal die Fotokopie in die Hand und pfiff durch die Zähne. »Vielleicht ist es ja viel wichtiger, das Buch zu finden, aus dem diese Seite herausgerissen wurde.«

»Vermutlich ist es im Haus der Wiesner verbrannt oder im Haus deiner Oma.«

»Möglich. Oder es steht ganz woanders«, überlegte Max.

Um Chiaras Augen zuckte es plötzlich.

»Ist was?«, fragte Max.

Chiara schüttelte den Kopf. Sie brauchte eine Weile, bis sie wieder etwas sagen konnte. »Jedenfalls ist es so, dass der Brandstifter, sofern er es auf die Unterlagen der Wiesner abgesehen hat, nicht wissen konnte, dass sie ihn gar nicht verrät. Er glaubt, dass da die Namen deiner leiblichen Eltern drinstehen und warum sie den Mordauftrag erteilt haben.«

»Und was machen wir jetzt?«, fragte Max bitter. »Nach meinen Mördereltern suchen? Wie sollen wir das anstellen? Vielleicht machen wir einfach einen

Aushang: *Hallo Mörder, ich habe keine Ahnung, wer du bist, du bist fein raus ohne Beweise. Kannst mich in Ruhe lassen.*«

»Er wird dich in Ruhe lassen, weil er sich sicher ist, dass im Haus deiner Oma alles verbrannt ist.« Chiara griff sanft nach Max' Arm. »Sei nicht so gefrustet. Eigentlich weißt du doch jetzt ziemlich viel über deine Herkunft. Und ob es da einen Zusammenhang zu den Bentheims oder Maurice gibt, wirst du wahrscheinlich nie herausfinden. Außerdem bringt es ja auch nicht wirklich was. Lass die Toten ruhn!«

Max zuckte mit den Schultern. Sein Gesicht versteinerte und seine Augen füllten sich mit Tränen. Chiara schlang die Arme um ihn.

Chiara war auf Strümpfen über den Flur geschlichen, nachdem sie sich vergewissert hatte, dass im Hause der Bentheims alles ruhig war. Sie wusste, dass Franca Michelle gerade zum Ballettunterricht in die Stadt brachte. Ob Gero sich in seinem Arbeitszimmer aufhielt oder noch gar nicht zurück war, wusste sie nicht.

Leise schloss sie die Tür zu Maurice' ehemaligem Zimmer hinter sich. Sie wagte es nicht, das Licht anzuschalten. Durch das Fenster fiel das spärliche Dämmerlicht des späten Winternachmittags. Nachdem sich ihre Augen daran gewöhnt hatten, stellte sie sich vor das Bücherregal und las jeden einzelnen Buchrücken. Meist waren sie bunt bedruckt und mit allerlei Designschriften versehen. Hoch über ihrem Kopf auf dem letzten Regalbrett wurde sie fündig. Die Bücher passten gar nicht zu den übrigen Kinderbüchern. Es waren sechs gleich aussehende Bände mit dunkelbraunem Cover. Auf einem kleinen Schild erkannte sie in Druckschrift den Namen »Busch«. Mehr konnte sie aus der Entfernung nicht entziffern, weil die Schrift zu klein war. Sie kletterte auf einen Hocker und zog den ersten Band heraus. Jetzt konnte sie die komplette Aufschrift lesen. *Wilhelm Busch, Gesamtwerk in sechs Bänden.* Sie hielt Band 1 in der Hand.

Chiara sprang vom Hocker und stellte sich in die Nähe des Fensters. Das Innere des Buchdeckels bot bereits eine Überraschung. Auf das dunkelbraune Papier war mit verschnörkelter Goldschrift geschrieben: *Für Friederike von Bentheim mit liebem Dank, A. M., im Mai 1996.*

Damit war klar, dass dieses Buch gar nicht Maurice, sondern seiner Mutter gehört hatte. Chiara schloss für einen Moment die Augen und atmete tief durch. Noch war es möglich, dieses Buch einfach wieder zurückzustellen und es für die nächsten Jahre dort zu lassen, so wie es die letzten Jahre unberührt im Regal gestanden hatte.

Für Max ist eigentlich genug geklärt, dachte sie. Und für mich? Ihr Herz klopfte im Hals. Die Wiesner hatte davor gewarnt, nach Max' Eltern zu suchen. Mördereltern. Waren das Gero und Friederike oder nur einer von beiden?

Stell es einfach zurück, befahl sie sich selbst. Doch ihre Finger blätterten bereits weiter. Auf der fotokopierten Seite hatte oben rechts eine kleine Seitenzahl gestanden. Die hatte sich ihr ins Gedächtnis gebrannt. 197. Ihre Finger blätterten langsamer. 192. *Hänsel und Gretel in Bildern von Wilhelm Busch*. Chiaras Blick blieb an einer Zeichnung hängen, die ein Mädchen mit Zöpfen und einen etwa gleichaltrigen Jungen darstellte. Beide Kinder hielten riesengroße Brezeln in die Höhe. Mit der freien Hand und mit den Füßen beförderten sie gerade eine große vergitterte Holzkiste in einen Teich. In der Kiste saß ein Mann. Die Kinder guckten vergnügt. Brezel mampfend liefen sie nach Hause. Chiara schüttelte den Kopf. So was als Kinderbuch! Das ginge heutzutage ja gar nicht! Aber vielleicht war das auch damals gar nicht als Kinderbuch gedacht? Und die zwei da, das sind Max und ich. Wen werfen wir gerade in den Sumpf? Chiara blätterte weiter und ihre Augen fielen auf den Titel der nächsten Geschichte: *Max und Moritz – eine Bubengeschichte in sieben Streichen – 1865.*

Chiara blätterte um. *Erster Streich. Max und Moritz dachten nun: Was ist hier jetzt wohl zu tun?*

Moment mal, das ist doch mitten in der Geschichte! Seite 199. Chiara blätterte zurück. Jetzt schlug ihr Herz endgültig wie ein Schlagzeugsolo. Ihr wurde schwindelig. Für einen Augenblick verschwammen die Bilder vor ihren Augen. Dann sah sie wieder klarer. Eindeutig! Das Blatt mit Seite 197 und 198 war herausgerissen worden. Würde man die Zähnchen der Risskante mit der Fotokopie, besser noch mit dem Original vergleichen, würde man wahrscheinlich unschwer beweisen können, dass das Blatt in Max' Besitz aus diesem Buch stammte. Aus einem Buch, das zum Hausstand der Bentheims gehörte!

Ein Buch, das Friederike von Bentheim einmal in den Händen gehalten hatte – wie der Widmung zu entnehmen war. Das war ein Beweis! Was immer geschehen war – es hatte hier stattgefunden. Hier in diesem Haus! Hier in diesem Zimmer!

Chiara ließ sich auf das unbezogene Bett sinken und starrte aus dem Fenster. Der Himmel war eine einzige große hellgraue Wolke, die sich wie ein düsteres Zeltdach über alles spannte. »Maurice«, flüsterte sie. »Max und Maurice. Es kann gar nicht anders sein, ihr seid beide hier geboren worden. Und du, Max, solltest getötet werden. Warum?« Wer hatte die Hebamme bezahlt und zum Mord angestiftet? War es vorstellbar, dass diese Friederike von Bentheim ohne Geros Wissen gehandelt hatte? War das allein eine Sache zwischen Brigitte Wiesner und ihr gewesen? Konnte es sein, dass ein Vater nichts davon mitbekam, dass seine Frau statt einem zwei Kinder zur Welt gebracht hatte und eines davon verschwinden ließ?

Bei Gero konnte sie sich das schon vorstellen. Haushalt und Familie waren für ihn Frauenkram, wie er immer sagte. Aber was konnte seine Ex-Frau dazu veranlasst haben, eines der beiden Kinder abzulehnen? Sie war krank. Vielleicht hatte sie ja eine Art Geisteskrankheit. Umso schlimmer, dass diese Hebamme sich auf den Handel einließ. Sie war eben doch eine Hexe, diese Brigitte Wiesner! Da konnte sie kilometerlang reuevolle Briefe schreiben, das machte nichts wieder gut! Sie hätte Gero sagen müssen, was seine verrückte Frau vorhatte. Und wenn er doch davon wusste?

Das Buch war Chiara aus der Hand gerutscht und polternd auf den Boden gefallen. In dem alten Haus setzte sich der Schall grollend fort. Chiara erstarrte und wagte nicht, sich zu rühren. Da entdeckte sie, dass etwas aus dem Buch herausgerutscht war. Vorsichtig zog sie es vollständig hervor. Es war eine Fotografie. Sie zeigte den Oberkörper einer blonden Frau, die ihren Kopf an den Hals eines braunen Pferdes mit Sternblässe schmiegte. Da öffnete sich plötzlich die Zimmertür. Chiara gelang es gerade noch, die Fotografie wieder zwischen die Seiten zu schieben. Gero füllte mit seiner mächtigen Gestalt den Türrahmen aus. Unwillig sah er zu Chiara, die zusammengekauert auf der Bettkante saß und ein Buch in den Händen hielt. »Was zum Teufel machst du hier?«, herrschte er sie an.

»Ich lese«, piepste sie.

Er musterte sie misstrauisch. »Bist du allein?« Er warf einen Blick hinter die Tür.

»Was denkst du denn?«, fragte Chiara, die langsam wieder Fassung gewann.

Geros Blicke hefteten sich auf das Buch. »Und warum liest du ausgerechnet hier und nicht in deinem Zimmer?«

»Mir war gerade danach, weil ich an Maurice gedacht habe. Da wollte ich ihm nahe sein.«

Gero brummte. Die Zornesfalten auf seiner Stirn glätteten sich etwas. Chiara betrachtete ihn aufmerksam. »Es ist das Zimmer, in dem er seinen ersten Atemzug getan hat«, erklärte sie leise.

Über Geros Gesicht flog ein Schatten. Sein Blick

wanderte vom Buch zum Fenster hinaus in die Ferne. »Ja«, flüsterte er. »So kann man das auch sagen.«

Chiara zauberte ein versonnenes Lächeln in ihre Mundwinkel. »Warst du eigentlich bei seiner Geburt dabei – damals?«

Geros Blick kehrte zurück ins Zimmer. Er sah Chiara erstaunt an. »Nein!«, sagte er entrüstet und Chiara nickte stumm. Seine Gesichtszüge hatten sich wieder verhärtet. »Komm jetzt raus hier!«, sagte er barsch. Chiara gehorchte ohne Widerspruch. Mit dem Buch in der Hand drückte sie sich an ihm vorbei. Er schaute ihr nach, bis sie über die Treppe im Dachgeschoss verschwunden war und er das Einschnappen ihres Türschlosses vernahm. Dann griff er in seine Jackentasche und zog sein Smartphone hervor. »Köhler!«, bellte er in das Gerät. »Ich möchte, dass Sie ein Zimmer im Haus entrümpeln. Und zwar vollständig bis auf das letzte Blatt Papier. Haben Sie verstanden?«

Chiara betrachtete die Fotografie. Die Frau musste Friederike von Bentheim sein. In ihrem Gesicht gab es deutliche Ähnlichkeiten mit Maurice. Und mit Max. Chiara schluckte. Sollte sie ihn anrufen und ihm sagen, was sie entdeckt hatte? Sie erinnerte sich, dass sie sich schon einmal in diesem Zwiespalt befunden hatte. Jetzt war alles viel schlimmer. Egal, was es war, sie würde eine schreckliche Wahrheit zutage fördern, denn letztendlich würde sie den Grund herausfinden, warum Max getötet werden sollte. So etwas durfte man keinem Menschen mitteilen. Sollte sie dennoch weiterforschen? Die von Bentheims waren nicht ihre Familie. Die gingen sie gar nichts an. Insgeheim sehnte sie schon den Tag herbei, an dem sie ausziehen und ein eigenes Leben fern von Gero von Bentheim führen konnte. Ein paar Jahre noch.

Und Max? Wollte sie wegen Max die letzte Wahrheit herausbekommen? In ihr schäumte ein übermächtiges Gefühl des Aufbegehrens. Ja, das wollte sie. Sie wollte wissen, warum jemand Max das Leben nicht gegönnt hatte. Sie wollte wissen, ob noch immer Gefahr für ihn bestand. Sie musste alles herausfinden, um ihn schützen zu können. Es war ihr gleichgültig, in welche Gefahr sie sich selbst dabei begab. Sie packte das Buch an beiden Deckeln und hielt es nach unten. Die Seiten fächerten sich auf. Chiara schüttelte es, und tatsächlich segelte noch ein dünnes Blatt Papier von der Größe einer Postkarte heraus. Mit blauer Tinte waren einige Zeilen notiert.

Liebe Friederike,

anbei ein schönes Foto von Dir und Artos. Nochmals herzlichen Dank für die großzügige Reitbeteiligung. Versprochen! Ich kümmere mich um Dein Hottehü! Artos kommt schon gut zurecht mit mir, auch wenn er noch ein junger und ungestümer Racker ist. Viel Spaß mit der Gesamtausgabe von Wilhelm Busch, alles Gute, vor allem Gesundheit, wünscht

Alexandra Meixner

Chiara legte das Blatt zur Seite und entdeckte auf dem Teppich, dass noch etwas aus dem Buch herausgefallen war. Sie hob es nachdenklich auf und inspizierte es. Plötzlich begann sie zu verstehen. Ihr Herz klopfte heftig. Sie betrachtete noch einmal das Foto der Frau. Sie sah sehr freundlich aus. Ihre Augen strahlten ein warmes, inneres Glück aus. Wie liebevoll sie sich an den Hals des Pferdes lehnte! Artos! Er war jetzt Michelles Pferd.

Chiara versuchte sich zu erinnern. Es war etwa vier Jahre her, dass Gero Michelle zu Weihnachten plötzlich dieses Pferd geschenkt hatte. Er hatte so getan, als hätte er es gerade neu erworben. Dabei hatte es ihm wohl schon seit Jahren gehört. Franca hatte sich damals aufgeregt. Michelle konnte noch gar nicht reiten und dieser große Wallach war viel zu mächtig und gefährlich für sie.

Chiara versteckte die Fotografie in ihrer Schultasche und griff nach ihrem Smartphone. Ein Anruf in der Reitschule genügte und sie erfuhr, dass Artos bis vor vier Jahren von Dr. Alexandra Meixner geritten worden war. Vor vier Jahren war sie als Ärztin nach Afrika gegangen und hatte das Pferd wieder an Gero von Bentheim zurückgegeben. Leichte Enttäuschung machte sich in Chiara breit. Afrika! Zu gerne hätte sie mit dieser Alexandra Meixner einmal gesprochen. »Wissen Sie, wie man sie dort erreichen kann?«, fragte Chiara.

»Dort gar nicht mehr. Sie ist seit ein paar Wochen wieder im Land und reitet jeden Freitag bei uns«, erfuhr Chiara zu ihrer Freude.

Am nächsten Tag brauchte sie eine gute Ausrede, um Max zu erklären, warum sie sich an diesem Wochenende nicht sehen konnten. Sie erfand eine sich ankündigende Magen-Darm-Verstimmung, die bestimmt sehr ansteckend sei und die sie ihm in seiner momentanen Situation nicht zumuten wollte.

Max ließ sich nur ungern von ihr überzeugen, dass es so zu seinem Besten wäre. Ihm stand ein Wochenende mit Krankenhausbesuchen bevor. Gerne hätte er sich durch Kino mit Chiara ein bisschen abgelenkt.

Die groß gewachsene, dunkelhaarige Frau stand trotz der eisigen Kälte in Reithose und geöffneter Jacke draußen auf dem gepflasterten Hof und war damit beschäftigt, die Hufe eines Schimmels auszukratzen. Über dem Rücken des Pferdes war eine dunkelblaue, flauschige Decke ausgebreitet. In eine Ecke war mit Goldbuchstaben das Monogramm A.M. eingestickt. In gebückter Haltung wechselte die Frau hinüber zum nächsten Hinterlauf des Pferdes und umfasste mit sanftem Griff die Fessel. »Na komm, gib Huf!«, sagte sie. Das Tier tänzelte nervös und drängte die Frau zur Seite. Die lehnte sich ohne jede Aufregung gegen das Pferd und drückte es konsequent zurück. Auf das abermals ausgesprochene Kommando hob es schließlich sein Bein an und ließ die Reiterin gewähren.

Chiara entschied, dass sie Alexandra Meixner zweifelsfrei identifiziert hatte und trat heran. »Guten Tag«, sagte sie. »Der Schimmel ist wohl ein bisschen zickig. Soll ich was helfen?«

Alexandra Meixner sah flüchtig auf. »Nein, geht schon. Der ist leider so ein typisches Reitschulpferd. Hart im Maul und wenig sensibel bei den Kommandos. Kann man ja auch verstehen, wir wären auch nicht anders, wenn wir ständig mit kleinen, herrischen Dämchen konfrontiert wären, für die so ein Pferd nur eine andere Form von Barbiepuppe ist.«

Chiara legte die Stirn in Falten und überlegte, wie sie das Gespräch am besten auf den Punkt bringen könnte. Alexandra Meixner richtete sich auf und strich sich mit dem Handrücken eine Strähne aus der Stirn. »Oder habe ich dich jetzt beleidigt, weil du dich angesprochen fühlst?«

Chiara schüttelte den Kopf. »Ich reite gar nicht, sondern nur meine kleine Schwester. Pferde sind mir eine Nummer zu groß. Ich hatte es früher eher mit Meerschweinchen.«

»Die sind in der Tat pflegeleichter«, lächelte die Frau. »Allerdings, wenn man einmal sein Herz an die Pferde gehängt hat, wird man das so leicht nicht mehr los. Ich werde mir bald ein eigenes kaufen.«

»Haben Sie bisher immer nur Schulpferde geritten? Das war bestimmt kein Vergnügen!«

Die Hand von Alexandra Meixner tätschelte den Hals des Schimmels. Dann löste sie den Führstrick vom Geländer und setzte sich in Richtung Stall in Bewegung. Das Tier folgte ihr willig. »Früher hatte ich über Jahre hinweg eine Reitbeteiligung an einem wunderbaren Hannoveraner. Seine Besitzerin wurde sehr krank. Dadurch war er eigentlich mehr mein Pferd als ihres.«

Chiara folgte in Hörweite, aber in sicherem Abstand zu den klappernden Hufen. »Verstehe. Und warum haben Sie den Hannoveraner jetzt nicht mehr?«

Die Frau führte den Schimmel in eine Box, löste den Strick und nahm ihre Decke vom Pferderücken. »Ich bin Ärztin und habe in den letzten Jahren an einer Klinik in Kenia gearbeitet.« Sie schob die Tür zu und vergewisserte sich, dass der Riegel eingerastet war.

Chiara schaute durch das Gitter zu, wie das Pferd sich über seinen Futtertrog hermachte. »Das war bestimmt eine harte Erfahrung für Sie.«

»Teils, teils«, antwortete Dr. Meixner. »Die Problemchen, mit denen hier die Leute ständig zum Arzt rennen, sind dort keine. Dort kommen die Menschen oft erst, wenn sie mit ihren Mitteln nicht mehr weiter wissen, also wenn die Krankheit sich bereits im fortgeschrittenen Stadium befindet. Aids, Malaria, schwere Wundinfektionen.«

Chiara sah nachdenklich auf den bebenden Rücken des Pferdes. »Dann haben Sie bestimmt viele Menschen sterben sehen.«

Dr. Meixner atmete hörbar tief ein. »Ja, das habe ich. Man lernt vor allem eines: Demut. Man lernt, dass wir Menschen trotz größter medizinischer Fortschritte nie alles im Griff haben werden. Diese Hybris unserer modernen Zivilisationsgesellschaft, die ist auf einmal weg. Es gibt Krankheiten, die sind nicht heilbar. Man bekommt einen ganz anderen Blick auf das eigene Leben und lernt viel mehr, den Tag zu nutzen, als in eine ferne Zukunft zu planen. Ein

Augenblick voller Menschlichkeit ist wichtiger als ein gut geführtes Aktienpaket.« Alexandra Meixner warf die Pferdedecke über ihre Schulter und musterte Chiara mit einem versonnenen Lächeln. »Tut mir leid. Ich wollte dir keine philosophischen Vorträge halten.«

Chiara nickte. »Sie brauchen sich nicht zu entschuldigen. Ich höre Ihnen gern zu. Seit mein Bruder vor eineinhalb Jahren starb, denke ich oft über solche Themen nach.«

»Oh, das tut mir leid. War es ein Unfall?«

»Wahrscheinlich Suizid.«

»Das ist doppelt schlimm und lässt die Angehörigen sehr verstört zurück. Kennt man denn den Grund?«

»Ich versuche immer noch, das herauszufinden. Vielleicht hat es etwas mit seiner Mutter zu tun. Sie hieß Friederike von Bentheim.«

Alexandra Meixner erstarrte. Einige Augenblicke hatte Chiara das Gefühl, ihre Gesprächspartnerin sei mit den Gedanken weit weg und habe sie völlig vergessen. Dann jedoch kam wieder Bewegung in ihr Gesicht. »Wie hieß er noch? Marc? Marcel?«

»Maurice«, sagte Chiara.

Dr. Meixner nickte. Plötzlich fixierte sie Chiara und sagte mit sichtlicher innerer Bewegung: »Und du? Ich wusste gar nicht, dass sie so kurz nach ihm noch eine Tochter bekommen hat?«

»Ich bin so alt wie er. Meine Mutter ist die zweite Frau von Gero von Bentheim und hat mich mit in die Ehe gebracht.«

»Das ist gut«, hauchte Frau Meixner und Chiara verstand nicht, warum sie plötzlich so erleichtert aussah. Die Ärztin fuhr schnell fort: »Stimmt. Das hatte ich ganz vergessen. Er hat sich ziemlich bald scheiden lassen. Ich glaube, sie wollte das sogar selbst so.«

»Waren Sie sehr gut mit Friederike von Bentheim befreundet?«

»Gut befreundet ist vielleicht zu viel gesagt. Gut bekannt trifft es besser. Ihr Pferd war ihr Ein und Alles und sie wusste es bei mir in guten Händen, wenn sie gesundheitlich nicht in der Lage war, sich darum zu kümmern. Ja, und als Ärztin konnte ich ihr hier und da auch mal einen guten Rat geben.«

»Was war denn das für eine Krankheit, die sie hatte?«

Alexandra Meixners graue Augen fixierten Chiara auf eine Art und Weise, dass man meinen könnte, sie hätte etwas ganz und gar Ungeheuerliches gefragt. »Hat Gero von Bentheim das denn nie erzählt?«, wollte sie wissen.

»Nein. Aber bitte, können Sie es mir vielleicht erklären? Es könnte sein, dass es etwas mit Maurice' Tod zu tun hat.«

Alexandra Meixner schüttelte sofort heftig den Kopf. »Nein, das glaube ich nicht. Maurice war gesund. Sie hatten das testen lassen.«

»Was hatten sie testen lassen?«, fragte Chiara.

Alexandra Meixner bückte sich nach dem kleinen Kunststoffkoffer mit dem Putzzeug und sagte: »Komm, ich lade dich drüben ins Reiterstübchen ein. Dann erkläre ich dir die Zusammenhänge.« Sie richtete sich vor Chiara auf und fuhr fort: »Ich denke, du hast ein Recht alles zu erfahren, damit du verstehst, dass es mit dem Tod deines Bruders nichts zu tun hat.«

Beim Hinausgehen durch die Stallgasse kamen sie an Artos' Box vorbei. Er stieß mit der Nase gegen das Türgitter und schnaubte anhaltend. Aus seiner Kehle drang ein fast gurrender Laut. Alexandra Meixner presste die flache Hand gegen das Gitter und lächelte sanft. »Siehst du, er kennt mich noch. Na, mein Guter, leider wird das nichts mehr mit uns.«

»Warum nicht? Meine kleine Schwester hat einen Terminkalender wie eine Managerin, da wäre es sogar gut, wenn er noch von jemand anderem bewegt werden könnte.«

Alexandra Meixner trennte sich mit traurigem Blick von dem Pferd und ging zügig weiter. »Das dachte ich auch. Doch Gero von Bentheim hat bereits abgelehnt.«

»Wie dumm«, kommentierte Chiara.

»Aber eigentlich vorhersehbar. Ich kannte ihn immer als Radierertypen.«

Chiara lachte auf. »Radierertyp«? Was ist denn das?«

Alexandra Meixner wandte sich mit schelmischem Lächeln zu ihr um: »So nenne ich Menschen, die Probleme lösen, indem sie sie einfach auslöschen. So nach dem Motto: Es kann nicht sein, was nicht sein darf. Also, weg damit. Tabula rasa. Seine Ex- Frau war ein Problem. Also weg mit ihr und auch weg mit allen, die sie mal gekannt haben. Ausradiert. Dass sie vorletzten Herbst gestorben ist, hatte ich auch erst erfahren, als ich nach meiner Rückkehr in der Klinik anrief, um sie zu besuchen.«

»Sie kannten die Klinik?«

»Ja.« Alexandra Meixner blieb abrupt stehen und wandte sich dann zu Chiara um. »Moment mal. Jetzt verstehe ich erst die Bemerkung der Dame am Empfang. Damals hatte ich sie gar nicht ernst genommen. Ich hatte gedacht, dass sie etwas verwechselt haben muss. Sie sagte, dass die Patientin leider verstorben sei und dass ihr letzter Besucher im Juni 2011 ihr Sohn gewesen wäre. Wann starb dein Bruder?«

»August 2011.«

»Wäre es möglich, dass er herausgefunden hat, in welcher Klinik sie war und sie besucht hat?«

»Gero hat uns immer in dem Glauben gelassen, dass Maurice' Mutter bei der Geburt gestorben sei. Ich weiß, dass Maurice vor seinem Tod einiges recherchiert hat, vielleicht auch das.«

»Das ist furchtbar!«

»Was ist daran furchtbar, wenn man seine Mutter endlich findet und sie besuchen kann?«

»Furchtbar ist, dass sie damals schon im Endstadium ihrer Krankheit war. Das muss eine grauenhafte Erfahrung gewesen sein. Dass er dann allerdings deswegen in einer Art Kurzschlussreaktion Selbstmord verübt hat, ist wiederum unwahrscheinlich, weil dazwischen ja fast zwei Monate lagen. Seltsam.«

Das kleine Lokal gehörte zur Reitanlage. Eine Wand

war verglast und gab den Blick auf eine Reithalle frei, in der gerade eine Gruppe von Mädchen in Michelles Alter auf wackligen Pferderücken ihre Runden drehte.

Alexandra Meixner nippte an ihrem Kaffee. Dann schaute sie eine Weile bei der Reitstunde zu und begann so plötzlich zu reden, dass Chiara unwillkürlich zusammenzuckte. »Friederike hatte bereits erste Symptome, als wir uns hier in der Reithalle kennenlernten. Das muss so Mitte der neunziger Jahre gewesen sein. Damals war sie Anfang dreißig. Sie sprach von heftigen Kopfschmerzen. Anfallartig. Ich riet ihr zu allen möglichen Therapien, die es bei Migräne so gibt. Dann kam Vergesslichkeit dazu. Stimmungsschwankungen. Gefühllosigkeit in den Gliedmaßen. Ich befürchtete Multiple Sklerose und riet ihr dringend, das medizinisch abklären zu lassen. Sie ließ sich untersuchen. Negativ. Allgemeines Aufatmen. Doch die Symptome kamen immer wieder. Einmal sah ich, wie sie entnervt auf ihr Pferd einschlug. Da bot ich ihr an, das Tier zeitweise zu übernehmen. Ich sprach sie auf ihr unkontrolliertes Verhalten an, sie sagte, dass es bei ihr in letzter Zeit immer häufiger zu solch plötzlich auftretenden Wutanfällen gekommen sei, die sie nicht erklären könne. Auch hätte sie manchmal das Gefühl, dass ihre Gliedmaßen ihr nicht mehr gehorchten und unkontrollierte Bewegungen ausführten. Ich sah sie dann eine Weile nicht mehr und begegnete ihr bei einem Turnier auf der Zuschauertribüne. Sie war überglücklich und berichtete mir, dass sie nach zwei Jahren vergeblicher

Hoffnung endlich schwanger sei. Ich gratulierte ihr und sah sie wieder einige Monate nicht. Wie gesagt, wir waren nicht wirklich befreundet. Freundschaft, das ging mit ihr irgendwie nicht. Sie war sehr distanziert und verschlossen, ließ andere nicht gerne an sich heran. Eines Tages besuchte ich sie. Der Grund war noch nicht einmal sie, sondern das Pferd. Artos hatte Husten und brauchte ein teures Medikament. Sie machte auf mich einen sehr schlechten Eindruck, war fahrig und nervös, fühlte sich von mir bei der kleinsten Bemerkung sofort angegriffen. Ich beobachtete nun mit eigenen Augen, dass sie in der Tat Probleme hatte, die Bewegungen ihrer Muskeln zu kontrollieren, vor allem im Gesicht. Diese Symptome ließen bei mir einen schlimmen Verdacht aufkommen. Ich riet ihr dringend, einen Gentest machen zu lassen und empfahl ihr mehrere Labors. Einige Wochen später passte sie mich im Reitstall ab. Sie war völlig verzweifelt. Der Gentest hatte eindeutig bestätigt, dass sie Genträgerin der Chorea Huntington war.«

»Korea was?«, fragte Chiara.

»Der deutsche Name dafür ist Veitstanz wegen dieser merkwürdigen Muskelzuckungen. Auf Englisch heißt es Huntington's disease, abgekürzt HD.«

»HD?«, rief Chiara und einige Gäste wandten sich erstaunt zu ihr um. »Ich dachte, so hieße diese Hüftgelenks-irgendwas?«

»Hüftgelenksdysplasie. Ja, das wird auch mit HD abgekürzt.«

Chiara atmete keuchend und starrte vor sich hin.

»Jetzt ist alles klar. Darüber hat Maurice recherchiert. Was ist das für eine Krankheit? Ist die ansteckend?«

Alexandra Meixner schüttelte den Kopf und nahm einen weiteren Schluck Kaffee. »Nein, ich sagte doch, es ist eine Erbkrankheit. Kennst du dich ein bisschen aus mit Genetik?«

Chiara nickte und dachte an die Unterlagen von Maurice. Er hatte nicht heimlich Bio vorausgelernt, sondern sich mit dieser Krankheit beschäftigt. Woher wusste er, dass seine Mutter sie hatte?

»Ich bestelle uns noch eine große Flasche Wasser«, entschied Alexandra Meixner und hob die Hand, dann redete sie weiter: »Wer diese Krankheit von Mutter oder Vater geerbt hat, erkrankt etwa ab der Lebensmitte. Es beginnt meistens mit den Symptomen, die ich dir geschildert habe, die verschlimmern sich zunehmend, bis der Erkrankte seine Bewegungen kaum noch kontrollieren kann, die Muskeln verkrampfen schmerzhaft, im Gesicht entstehen diese Grimassen. Der Tod erfolgt irgendwann durch Atemlähmung etwa zehn bis fünfzehn Jahre nach dem Auftreten der ersten Symptome.«

Chiara war der Schilderung mit Entsetzen gefolgt. »Und da gibt es keine Hilfe?«

»Kaum. Man kann Medikamente gegen die Schmerzen und Krämpfe geben, den Tod ein bisschen erleichtern, mehr nicht. Wer die Krankheit geerbt hat, bekommt sie und stirbt sicher daran. Es ist ein dominanter Erbgang.«

Chiara dachte an rote und weiße Blüten und Kreuzungsgitter, die sie in der Schule gezeichnet hatten. Es war eine Art Knobelspiel gewesen. Plötzlich hatte diese Unterrichtseinheit eine neue Dimension in der Wirklichkeit bekommen. »Wie wahrscheinlich ist es, dass man die Krankheit bekommt, wenn man weiß, dass ein Elternteil sie hat?«

»Der Genfehler sitzt auf einem Partner des Chromosomenpaares Nr. 4, die Wahrscheinlichkeit liegt also bei 50 Prozent, weil bei der Bildung der Keimzellen die Chromosomenpaare getrennt werden.«

Chiara nickte. Meiose. Das hatte sie neulich noch gelernt. Einfach so, wie man den leblosen Schulstoff für den nächsten Test lernt. »Fifty-fifty«, flüsterte sie.

Die Kellnerin hatte das Wasser gebracht und schenkte ein. Chiara trank gierig und Alexandra Meixner beobachtete sie dabei. »Du brauchst dir keine Sorgen zu machen. Maurice war nicht krank. Als ich Friederike ein paar Wochen nach der Geburt besuchte, sprachen wir darüber. Sie hatte gleich nach der Geburt Genmaterial von ihm an eines der Labore geschickt. Das Ergebnis war eindeutig. Sie hat mir den Laborbericht sogar gezeigt. Wir waren sehr erleichtert.«

»Trotzdem wird erzählt, dass sie sich nicht sehr viel um Maurice gekümmert hat.«

Dr. Meixner nickte. »Sie hatte vermutlich auch aufgrund ihrer Krankheit eine schwere Wochenbettdepression. Aber auch hier hatten die von Bentheims Glück, weil sie eine sehr gute Kinderfrau hatten, die sich liebevoll um den Kleinen kümmerte.«

»Frau Köhler«, sagte Chiara.

»Mag sein, dass sie so hieß«, sagte Alexandra Meixner und griff nach ihrem Glas.

Chiara schaute einen Moment der perlenden Flüssigkeit in ihrem Glas zu. Dann hob sie plötzlich den Blick. »Und wie ist das bei Zwillingen?«

»Bei Zwillingen? Du meinst die Wahrscheinlichkeit, dass es vererbt wird?«

Chiara nickte heftig und die Meixner erklärte: »Ganz einfach. Die haben es beide oder sie haben es beide nicht.«

»Beide?«, fragte Chiara. Ihre Stimme klang schrill.

Die Ärztin betrachtete Chiara nachdenklich, dann korrigierte sie sich: »Es sei denn, es sind zweieiige Zwillinge. Da kann es sein, dass der eine es hat und der andere nicht.«

»Der eine hat es und der andere nicht«, flüsterte Chiara. Aus ihren Augen liefen Tränen. Maurice hatte es nicht. Max hat es, setzte sie in Gedanken fort. Ihre Hände zitterten. »Und was machen Eltern, wenn sie erfahren, dass ihr Kind die Krankheit geerbt hat?«

»Heute kann man das schon früh in der Schwangerschaft feststellen. Es ist erlaubt, in dem Fall abzutreiben.«

»Und bei Zwillingen, bei denen man feststellt, dass der eine es hat und der andere nicht?«, fragte Chiara und bemühte sich um Fassung.

Dr. Meixner schüttelte den Kopf: »Du stellst vielleicht Fragen! Bei Zwillingen wäre es in dem Fall schwierig. Bei einer möglichen Abtreibung würde man immer auch das Leben des gesunden Kindes gefährden. Warum willst du das so genau wissen?«

»Nur so«, sagte Chiara leise. »Wir haben gerade Genetik in der Schule.«

Dr. Meixner nickte und betrachtete Chiara kritisch. »Du scheinst eine gute Schülerin zu sein.«

Chiara nickte ohne Begeisterung, dann fragte sie weiter: »Und wenn solche Zwillingseltern nach der Geburt wissen, dass sie das kranke Kind nicht behalten wollen?«

»Glaubst du, man kann bei uns einfach so ein Kind abschieben, weil es krank ist? Das ist strafbar.«

Chiaras Gesicht sah plötzlich blass und müde aus. Kaum hörbar sagte sie: »In dem Fall würde der eine Zwilling eines Tages erfahren, dass man ihn nur deshalb nicht abgetrieben hat, damit sein Geschwister geboren werden kann. Wie gehen Eltern damit um? Sagen sie das eines Tages ihren Kindern? Sagen sie ihnen, hör mal, du wirst leider nicht sehr alt werden und sehr qualvoll und lange sterben. Dafür durfte dein Bruder leben, freu dich!«

»Bruder? Wieso sagst du Bruder. Es könnte auch eine Schwester sein«, korrigierte Dr. Meixner und warf Chiara einen nachdenklichen Blick zu.

»Gut, dann eben Schwester. Auf jeden Fall ist es der Horror oder etwa nicht?«

»Das ist alles sehr theoretisch, worüber wir uns hier unterhalten«, sagte Alexandra Meixner um Sachlichkeit bemüht. »Auf Hundertausend Geburten kommen etwa fünf, bei denen dieses Gen auftritt. Eine verschwindend geringe Anzahl davon betrifft Zwillingsgeburten. Meist sind es eineiige Zwillinge. Die Wahrscheinlichkeit, dass zweieiige Zwillinge geboren werden und der eine den Defekt aufweist und der andere nicht, tendiert gegen null. Also brauchst du dir darüber den Kopf nicht zu zerbrechen.«

»Trotzdem kann es das geben. Und was ist, wenn Eltern sich entschließen, das kranke Kind gleich nach der Geburt zu töten?«

Dr. Meixner starrte Chiara entsetzt an. »Nun ist aber mal Schluss! Was sind denn das für Fragen? Dann wäre das Kindsmord.«

Chiaras Lippen zitterten. »Den kann man auch vertuschen, oder?«

Die Meixner nickte langsam und beobachtete Chiara aufmerksam. »Und du willst das alles wirklich nur aus biologischem Interesse wissen und nicht, weil du einen konkreten Anlass hast?«

Chiara ging nicht auf die Frage ein. »Kann man eine Zwillingsschwangerschaft verheimlichen?«

Dr. Meixner sah nachdenklich durch das Fenster zur Reithalle. Sie zuckte mit den Schultern. »Was heißt verheimlichen? Man kann den Freunden und Bekannten erzählen, dass man nur ein Kind bekommt. Wenn man Privatpatient ist, kann man die Ärzte ständig wechseln. Nur spätestens bei der Geburt wird doch klar, dass da zwei Kinder kommen und nicht eines.«

Dr. Meixner musterte Chiara besorgt. Das Mädchen fixierte mit starrem Blick die dunkle Tischplatte, als sei sie ein Display mit einem grausigen Film. Dann sprang Chiara plötzlich auf, bedankte sich kurz für die Einladung und verschwand.

Alexandra Meixner sah ihr gedankenverloren nach.

Samstag, der 19. Januar

Man glaubt es nicht, aber dieses Tagebuch hat die Katastrophe tatsächlich im Bauch des Tigers einigermaßen überstanden. Die Seiten sind ein bisschen gewellt von der Feuchtigkeit, aber ansonsten alles okay.
So ähnlich ist es auch mit uns. Oma hat alles bestens verkraftet und empfängt im Krankenhaus ihr komplettes Kaffeekränzchen. Sie muss dann noch ein paar Wochen in die Reha. Die Zeit will Papa nutzen, um sich um den Wiederaufbau zu kümmern. Er sitzt im Krankenhausbett und zeichnet Pläne. Alle loben Opa Friedhelm, der, ohne dass es einer ahnte, eine super Versicherung abgeschlossen hat, die fast alle Kosten übernimmt. Originalton Oma dazu: Das hat er mir verheimlicht, mein Friedhelm, weil er genau wusste, ich schimpfe, dass er sich schon wieder etwas hat aufschwätzen lassen. Da sieht man's mal wieder. Alles hat irgendwo sein Gutes.
Die Nachbarn haben außerdem noch ein Spendenkonto eingerichtet und ein anonymer Spender hat dort einen ziemlich dicken Betrag eingezahlt. Kurt Herold hat es gleich in den Fingern gejuckt, weil er der Ansicht ist, dass es der Brandstifter war, weil den das Gewissen plagt.
Morgen kommt Papa raus und ich wette, dass er mich

dann zu seinem Kompagnon in Sachen Hausbau macht. Hallo, ihr Baumärkte, wir kommen!
Ich hab gerade unten mit den Herolds und Mama Sonja gefrühstückt. Sitze nun in dem Zimmer von Herolds Sohn, das aussieht wie eine Abstellkammer und fühle mich auch so. Abgestellt. Entsorgt. Mama Sonja geht es ähnlich. Ohne Andreas ist sie zu keinem vernünftigen Schritt fähig. War das schon immer so? Ich frag mich, ob ich später irgendwann auch mal mit einer Frau leben will, die dermaßen abhängig von mir ist. Nee, wirklich nicht. Dann lieber eine wie Chiara. Eine, die ihren eigenen Kopf hat und Entscheidungen fällt und selbst weiß, was sie tut. Zurzeit geht sie mir damit allerdings ein bisschen auf den Keks. Von wegen sie fühle, dass da was mit Magen-Darm auf sie zukommt. Das glaubt, wer will, ich nicht. Sie hat da irgendein Ding am Laufen und will mir nichts darüber erzählen. Vielleicht hat es mit diesen Briefen von der Wiesner zu tun. Sie meinte, die müsste man noch einmal genau lesen. Darin sei eine Botschaft verborgen. Okay, das mit Max und Moritz könnte eine Andeutung sein, dass Maurice und ich tatsächlich Zwillinge sind. Irre, dass das jetzt herauskommt, wo es mir eigentlich gar nicht mehr so wichtig ist. Heute Morgen habe ich aus purer Langeweile die Briefe noch einmal gelesen. In dem Brief, den die Wiesner an meine Oma geschrieben hat, gibt es eine merkwürdige Passage.

Max legte das Tagebuch beiseite und kramte den Brief noch einmal hervor. Wieder las er den Abschnitt und schrieb ihn in sein Tagebuch ab.

Ich weiß, dass ich dadurch einen jungen Menschen mit einer schlimmen Nachricht konfrontieren muss, aber dieses Schicksal habe ich selbst verursacht.

Welchen jungen Menschen meint sie? Maurice oder mich? Was soll das für eine schlimme Nachricht sein? Meint sie, dass sie mich über meinen Start im Krankenhausklo aufklären will, oder wollte sie Maurice etwas mitteilen? Vielleicht, dass er einen Zwillingsbruder hatte? Wäre das so schlimm?
Aber vielleicht wollte sie ihm auch mitteilen, dass er Eltern hat, die seinen Bruder töten wollten. Das ist schlimm. Mir ist das inzwischen beinahe egal. Ich habe andere Sorgen. Was immer damals im Haus der Bentheims vor sich gegangen ist, ich will es echt nicht mehr wissen. Solche Leute als Eltern, nee danke!

Max wollte den Brief wieder in die Keksdose zurücklegen. Da blieb sein Blick an den nächsten Zeilen hängen.

Was mein Auftraggeber nicht weiß, vielleicht aber ahnt, ist, in welchem Ausmaß ich ihn betrogen habe. Es war mir eine gewisse Genugtuung, ihn auf meine Weise seine Sünde büßen zu lassen.

Max dachte nach. Was meinte die Wiesner damit? Meinte sie nur, dass sie das Kind ausgesetzt hat, anstatt es zu töten oder hat sie noch etwas anderes gemacht? Aber was?

Egal!

Max verstaute die Papiere wieder in der Keksdose

und schrieb eine SMS an Chiara. Missmutig las er ihre Antwort. Wieder ein Korb! Es ginge ihr gerade so schlecht. Die hatte gut reden in ihrem Nobeltempel!

Chiara schlug die Augen auf. Sie brauchte einen Augenblick, bis sie wieder wusste, wo sie war. Sie befand sich in ihrem Zimmer und lag wie ein verletztes Tier zusammengerollt zwischen Kissen und Decken in ihrem Bett.

Es war Wochenende, genauer gesagt Samstagnachmittag. Es war das schlimmste Horrorwochenende ihres Lebens. Am Freitag hatte sie mit Alexandra Meixner gesprochen. Freitagabend nach dem Essen hatte sie gehört, dass Franca und Gero sich heftig stritten. Franca hatte dann eine große Reisetasche und Michelle ins Auto gepackt und Chiara weismachen wollen, sie fahre jetzt gemeinsam mit der Kleinen zu einem Wellness-Wochenende. Sie erklärte das mit einem plötzlich entdeckten günstigen Angebot für Schnellentschlossene, das sie sich nicht entgehen lassen wollte. Chiara hatte nur müde gelächelt und ihr und Michelle gute Erholung gewünscht.

Den Samstagvormittag hatte sie in ihrem Zimmer am Computer verbracht. Sie hatte die Links im Internet aufgerufen, die sie in Maurice' Blättern finden konnte und dadurch seine Unterlagen nahezu vollständig rekonstruiert. In der Tat hatte er sich bis ins kleinste Detail kundig gemacht über diese schreckliche Krankheit. Aber warum hatte er das getan? Er war doch gesund?

Unter einen Text über den Verlauf der Krankheit

hatte Maurice geschrieben: *Live hard, love deep, die young!* Lebe heftig, liebe tief, stirb jung, übersetzte Chiara. Irgendwo hatte sie diesen Spruch schon einmal gehört. Es war das Lebensmotto von jemandem, der nur noch in der Gegenwart zu Hause war, für den es keine Zukunft mehr gab. Ein Zukunftsverweigerer. Eigentlich passte das nicht zu Maurice. Hatte er diesen Spruch für sich aufgeschrieben oder als Fazit zum Leben seiner Mutter?

Irgendwann in diesem verhängnisvollen Sommer 2011 schien es ihm tatsächlich gelungen zu sein, sie ausfindig zu machen und zu besuchen. Warum hatte er das getan? Nie hätte sie den coolen Maurice als jemanden eingeschätzt, der sich sentimental auf die Suche nach seiner Mutter machte. Nie hatte er von ihr gesprochen. Eigentlich hatte er doch gar keine Bindung zu dieser Frau gehabt. Warum besucht man eine Person, die einem eigentlich gleichgültig ist, über die man aber erfährt, dass sie eine grausame Krankheit hat? Aus Mitgefühl? Maurice? Niemals! Nach langem Abwägen fiel Chiara nur ein einziges Motiv ein, das zu Maurice passte. Er hat seine Mutter besucht, nicht weil sie seine Mutter war, sondern weil er mit eigenen Augen sehen wollte, wie das Endstadium dieser Krankheit aussah. Und dergleichen tat man nicht, wenn man gesund war, dergleichen tat man, wenn man wusste, dass man selbst dieses Gen in sich trug. Wie um alles in der Welt war er zu dieser Annahme gekommen?

Mit einem Mal stand Chiara die Lösung vor Augen. Atemlos hatte sie sich Notizen in Form eines Mindmaps gemacht. In der Mitte standen Max und Maurice. Max' Namen hatte sie in roter Schrift geschrieben. Maurice' Namen in Grün. Einer grün, einer rot, einer krank, einer gesund, flüsterte sie.

Dann trug sie in die Übersicht alle ihr bekannten Stationen des Lebens der beiden Jungen ein und dazu Personen, zu denen sie notierte, wann sie über welche Informationen verfügt haben und was sie damit hätten anfangen können. Der Wortlaut des Streites zwischen Brigitte Wiesner und Gero kam ihr dabei so lebendig in den Sinn, als stände sie gerade dabei. Knöchlein oder Hölzchen?

Sie ließ den Stift sinken und wusste nicht, was sie jetzt fühlen sollte. Erleichterung und grenzenlose Trauer vermischten sich. Rot und Grün verschwammen ineinander. Irgendwann musste sie eingeschlafen sein.

Sie setzte sich mit einem Ruck auf und bewegte sich auf wackligen Beinen zum Fenster in der Dachgaube. Sie öffnete beide Flügel. Eiskalte Luft schlug ihr entgegen. Die Frische tat gut. Die Landschaft sah aus wie ein naives Bild. Baum, Zaun, Gartenhaus. Über alles breitete sich eine pudrige Schneeschicht, die ein heftiger Wind zerstäubte. Das Wetter wechselte. Für morgen waren heftige Schneefälle angekündigt. Chiara wendete sich wieder ins Innere des Zimmers, nahm ihre Strickjacke vom Stuhl in der Fensternische und zog sie schnell über. Sie wollte ausgiebig lüften. Eine Windbö schlug ihr entgegen und fauchte durch die Fensterhöhle. Chiara dachte an die Papiere auf der Schreibtischplatte. Nicht dass noch etwas Wichtiges wegflog. Suchend schaute sie sich um und kniff die Augen zusammen, weil es im Zimmer viel dunkler war, als vor dem Fenster. Sie erstarrte. Nichts! Der Schreibtisch war leer, kein einziges Blatt darauf zu sehen. Dort, wo ihr Laptop gestanden hatte, ringelte sich ein einsames Kabel.

»Das gibt's doch nicht«, flüsterte sie. »Das darf doch einfach nicht wahr sein!« Mit fahrigen Fingern durchsuchte sie ihr Zimmer. Selbst der Papierkorb war geleert. Hatte sie vielleicht selbst alles in Sicherheit gebracht und erinnerte sich nicht mehr daran, weil sie so völlig übermüdet gewesen war? »Fang ich jetzt langsam an zu spinnen?«, murmelte sie. Sie öffnete den Kleiderschrank. Nichts. Tränen der Wut schossen ihr in die Augen. Sie lief zu ihrer Zimmertür und brüllte durchs Haus: »Gero!« Noch einmal schrie sie aus Leibeskräften: »Gero! Gib mir auf der Stelle meine Sachen zurück. Du hast kein Recht mich zu beklauen! Und nützen tut es dir auch nichts! Ich weiß alles. Ich kann das jederzeit wiederherstellen. Hast du gehört?«

Es kam keine Antwort. Im Haus blieb es still. Nur der Wind pfiff ums Dach.

»Na, warte, so kommst du mir nicht davon!«, knurrte Chiara. Sie lief hinunter zu Geros Arbeitszimmer. Abgeschlossen. Chiara lachte bitter auf. Sie wusste, wo die Ersatzschlüssel zu allen Türen im Haus aufbewahrt wurden.

Wenig später kam sie mit einem Schlüsselbund zurück und fand den passenden, der ihr Eintritt in Geros verbotenes Reich gewährte. Sie stand ein wenig unschlüssig in dem düsteren Raum. Die bodentiefen Sprossentüren führten hinaus auf die Terrasse. Dort spielte der Wind mit den zarten Schneekristallen.

Warum war sie eigentlich hierher gekommen? Sie hoffte, ihre Sachen zu finden. Sie wollte Gero zur Rede stellen. Beides war nicht möglich. Mit einem Blick ins Regal stellte sie fest, dass der Ordner mit der Aufschrift »Maurice« verschwunden war. »Radierertyp«, stieß sie hervor. Eine nie gekannte Wut schäumte in ihr auf. Sie sah hinüber zu dem Sessel, der mit einer Fußbank davor zum gemütlichen Verweilen mit Blick auf Terrasse und Park einlud. Daneben stand ein kleiner Tisch mit Getränkeflaschen. »Na gut, ich kann warten«, zischte sie. Als ihr Blick über den Schreibtisch glitt, kam ihr eine Erinnerung. Diesmal war die Schublade nicht abgeschlossen. Der Umschlag mit dem Geld für Köhler war nicht mehr da. Der interessierte sie auch nicht. Sie tastete, fand das Diktiergerät und steckte es in die Tasche ihrer Strickjacke. Dann ließ sie sich auf dem Sessel nieder und schenkte sich ein wenig Bitter Lemon in ein Glas, das sie großzügig mit Wodka auffüllte. »Ich kann warten«, flüsterte sie und hatte schmale Augen wie eine lauernde Katze.

Der eisige Wind pfiff um die Ecke des alten Bahnhofsgebäudes. Justin zog seine Jacke dichter um den knochigen Körper. Der Wind trieb ihm Tränen in die Augen und er drückte sich gegen die raue mit allerlei Sprayer-Tacks übersäte Wand. Die S-Bahn aus

Richtung Stadt war vor einiger Zeit angekommen. Eine Handvoll Fahrgäste hatte sich schnell in verschiedene Richtungen zerstreut und der Fahrer hatte seine übliche Pause an der Endstation eingelegt.

Justin lauschte in das Konzert des Windes hinein. Jetzt hörte er das, worauf er gewartete hatte. Es knackte und kratzte im Lautsprecher. »Bitte zurücktreten!« Dann setzte sich die Bahn mit kreischenden Schleifgeräuschen in Bewegung Richtung Stadt. Justin spähte vorsichtig um die Ecke. Der Bahnsteig war wie leer gefegt und verschwand gemeinsam mit dem Band der Schienen als lang gezogene Linie in der Dunkelheit.

Justin kontrollierte mit den Blicken vorsichtshalber alle Fenster des Bahnhofsgebäudes. Von dort drohte eigentlich keine Gefahr. Es war schon seit Jahren geschlossen. Sein Großvater hatte ihm erzählt, dass früher »richtige« Züge hier vorbeigefahren waren und sich im Innern des Gebäudes außer den Fahrkartenschaltern ein beheizter Wartesaal, eine kleine Gaststätte und ein Kiosk befunden hatten. Da war bestimmt an einem Samstagabend mehr los gewesen als jetzt. Plötzlich erstarrte Justin und stöhnte leise. Ausgerechnet der musste jetzt hier auftauchen! Eine leicht gebückte Gestalt in einem unförmigen Anorak, dessen Kapuze weit über die Stirn gezogen war, torkelte den Bahnsteig entlang. Es war Tippel-Heiner, der Justin bestens bekannt war, weil er öfter in einer der Gartenhütten in der Nähe von Mittelerde nächtigte. Tippel-Heiner zog von Papierkorb zu Papierkorb und durchsuchte sorgfältig den Inhalt nach Essbarem und nach Pfandflaschen. Bei jedem Fund stieß er ein heiseres Kichern aus und verstaute ihn umständlich in einer seiner vielen Jackentaschen. Justin verbarg sich hinter einer Ecke des Bahnhofgebäudes und lugte nervös zur Bahnhofsuhr. Endlich verschwand Tippel-Heiner wieder. Justin atmete auf. Seiner Mission stand nun nichts mehr im Weg. Es war ein selbst gestellter Auftrag, den er in regelmäßigen Abständen vor allem samstags zu dieser späten Uhrzeit erledigte. Gut zehn Minuten Zeit bis zur nächsten Bahn würde er haben. Für ihn war es eine Art heilige Handlung, ein Gelübde, das er abgelegt hatte. Er tastete vorsichtig nach dem Filzstift und wollte sich gerade von der Wand lösen, als nicht weit von ihm entfernt eine dunkel lackierte Limousine vorfuhr. Justin wunderte sich. Wer ein solch teures Auto fuhr, hatte es kaum nötig, um diese Uhrzeit bei diesem Wetter zur S-Bahn-Station zu kommen. Und abzuholen gab es hier niemanden mehr.

Justin beschloss, dass es besser war, verborgen zu bleiben und drückte sich noch enger an die Mauer, sodass er fast vollständig hinter einem Vorsprung verschwand. Ein wenig beugte er sich nach vorne, damit er beobachten konnte, was sich dort drüben abspielte. Die Fahrertür wurde weit aufgestoßen. Mit etwas unbeholfenen Bewegungen schälte sich ein groß gewachsener, korpulenter Mann mit Stirnglatze und silbrigem Haar aus dem Auto. Er richtete sich auf, knöpfte seinen weiten Mantel zu, hustete und hatte Mühe, das Gleichgewicht zu halten.

Plötzlich erkannte Justin, wer das war und erschrak. Das war der Mann, an den seine Eltern ihre Miete bezahlten und der sehr unangenehm werden konnte, wenn die nicht pünktlich eintraf. Eines Tages hatte der Mann in einer Gruppe von Bauarbeitern und Leuten mit Anzügen und Aktentaschen vor dem Haus gestanden und an der Fassade hinaufgesehen. Justins Vater hatte die Mutter und Justin auf den Balkon gerufen und hinunter gedeutet. »Schaut ihn euch genau an«, hatte sein Vater geschimpft. »So sieht der Kerl aus, der uns eines Tages hier rausjagt, weil er das Haus in einen teuren Luxusschuppen verwandeln will. Was aus uns wird, ist so einem scheißegal.« Justins Vater war schon ziemlich betrunken gewesen und hatte so laut geschrien, dass jeder es verstehen konnte. Der Mann hatte hinauf zu dem Balkon gesehen und Justin mit finsteren Blicken fixiert. Seitdem hatte er große Angst vor diesem Mann. Und nun war er plötzlich hier aus dem Auto gestiegen. Der Mann lief mit zielgerichteten, aber leicht taumelnden Schritten um das Auto herum. Dann öffnete er per Fernbedienung den Kofferraum. Der Deckel fuhr geräuschlos hoch. Der Mann beugte sich hinein und wuchtete etwas sehr Schweres und Sperriges, das in eine Decke gehüllt war, heraus. Er wandte sich mit seinem Gepäck auf beiden Armen in Justins Richtung und hantierte umständlich mit der Fernbedienung, da seine Last zu rutschen drohte und er nachfassen musste. Der Kofferraum schloss sich leise. Das fahle Licht der Straßenlaterne beleuchtete einen Augenblick, was er auf den Armen trug.

Justin erkannte ein Bein, das hin- und herbaumelte. Der Fuß steckte in dicken Wollsocken. Auch ein Arm löste sich aus dem Bündel. Der Mann wuchtete nach, dabei verrutschte die Decke und gab den Blick auf ein Gesicht im Schein der Straßenlaterne frei.

Ein eiskalter Schrecken durchfuhr Justin. Er wusste, wen der Mann da trug und es brauchte nicht viel Überlegung, um zu wissen, dass er nichts Gutes vorhatte. Hastig nestelte er nach seinem Handy und ließ den Mann nicht aus den Augen, der sich schweren Schrittes in Richtung der Schienen in Bewegung setzte.

Den ganzen Abend über hatte Max eine Unruhe in sich gespürt, die er nicht erklären konnte. Lange hatte er nicht einschlafen können und wurde plötzlich durch sein Handy aus dem Schwebezustand zwischen Wachen und Schlafen gerissen. Ein Blick auf das Display zeigte »Unbekannt« an und er überlegte, ob er überhaupt drangehen sollte. Dann jedoch siegte die Neugier. Ein Stimmchen, das er sofort als Justins erkannte, japste und keuchte und flocht dazwischen Wortfetzen ein.

»Max, schnell zum S-Bahnhof. Er legt Chiara auf die Schienen.«

Die Verbindung brach ab. Max starrte einen Sekundenbruchteil verwirrt in die Dunkelheit. Dann schnellte er hoch, streifte die Jeans über den Schlafanzug, schlüpfte in die Turnschuhe und war bereits auf dem Weg. Er sprintete, kürzte quer durch Gärten ab, sprang über halbhohe Zäune. Diese Route war ihm bekannt, da er sie manchmal wählte, wenn es morgens knapp wurde. Drei Minuten später traf er vor dem Bahnhofsgebäude ein. Dort stand bereits Justin neben einem dunklen Auto, das Max sofort als den Firmenwagen von Bentheims erkannte. Gerade fuhr ein zweites Auto vor. Max kümmerte sich nicht darum, sondern richtete seine volle Aufmerksamkeit auf Justin, der völlig aufgelöst war.

»Komm mit, er ist da lang!« Justin zog Max am Ärmel mit sich fort. Justin folgte dem Schienenstrang in die Dunkelheit. Nach einiger Zeit konnte Max schemenhaft eine massige Gestalt erkennen, die etwas Schweres entlang der Gleise trug. Mit einem Mal war ihm klar, was sich dort abspielte und dass Justin die Gefahr richtig eingeschätzt hatte.

»Hast du die Polizei gerufen?«, keuchte er.

»Die Bullen? Nein!«, rief Justin.

»Ich hab mein Handy nicht!«, rief Max. »Los, ruf an! Du musst!«

Max hatte keine Gelegenheit mehr, zu kontrollieren, ob Justin gehorchte. Er rannte der dunklen Gestalt hinterher und konnte sehen, wie sie ihr Bündel auf die Schienen gleiten ließ. Mit wenigen Sätzen war Max heran und kniete sich nieder. »Chiara!«, schluchzte er und griff nach ihrem Kopf, der schlaff zur Seite lag. Er spürte klebriges, warmes Blut an den Händen.

Der Mann im dunklen Mantel packte ihn mit eisernem Griff an der Schulter, zog ihn zurück und verpasste ihm einen heftigen Schlag seitlich gegen das Kinn. »Du mischst dich hier nicht ein! Hau ab!«, brüllte er ihm ins Ohr. Benommen richtete Max sich auf, der nächste Schlag traf ihn vor die Brust. Er trat einen Schritt zurück, um dem neuen Angriff auszuweichen.

Von Bentheim stand leicht schwankend vor ihm und hob den Arm. Max bückte sich und trat ihm heftig gegen das Schienbein. Bentheim kam nicht zu Fall, sondern glich die Rückwärtsbewegung durch einen Schritt nach vorne aus. Mit seinem ganzen Gewicht ließ er sich auf Max fallen. Max gelang es noch, sich seitlich wegzudrehen, doch er konnte nicht verhindern, dass er mit Bentheim über sich rückwärts zu Boden ging. Bentheim richtete den Oberkörper auf, um erneut zuzuschlagen. Max drehte den Kopf zur Seite und zog das Knie an. Von weit her drang ein Geräusch an sein Ohr, das er kannte. Der nächste Zug näherte sich. Max hatte trotz des Kampfes registriert, dass er und Bentheim sich von den Schienen wegbewegt hatten. Aber Chiara lag noch dort. Er musste hin, um sie in Sicherheit zu bringen. Wie viel Sekunden hatte er noch? Er hörte sich schreien. Er versuchte, Bentheim über sich loszuwerden, doch der drückte ihm die Arme nach unten auf den Boden. Sein Gesicht kam ganz nahe. Max roch Alkohol.

»Das hast du nun davon«, spuckte Bentheim ihm entgegen. »Du bist schuld an allem, was hier passiert ist! Nur du! Weil du keine Ruhe geben konntest!« Bentheim holte zum nächsten Schlag aus. Plötzlich rauschte mit Getöse eine flackernde Lichterkette knapp hinter ihnen vorbei. Der Zug! Chiara! Der eisige Fahrtwind zischte über Max hinweg, riss ihm die Haare aus dem Gesicht und spie ihm Staub und Eiskristalle in die Augen. Das Brausen und Toben um ihn herum vermischte sich mit einem überirdischen Verzweiflungsschrei, der sich aus Max' Brust löste. Es fühlte sich an, als habe er sich selbst in diesen Schrei verwandelt, als sei nichts anderes mehr von ihm übrig als nur dieser Schrei.

Bentheims Schlag traf ihn wehrlos und raubte ihm für einige Sekunden die Besinnung. Irgendjemand zog Bentheim mit einem Ruck von ihm herunter. Max blieb liegen und starrte in die Dunkelheit über sich. Von weit her hörte er Martinshornsignale. Zu spät, dachte er.

Er wollte hier liegen bleiben, für immer. Plötzlich hörte er eine piepsige Stimme neben sich. »Hallo? Ja, ich hatte gerade schon angerufen. Aber Sie müssen auch noch einen Krankenwagen schicken. Hier ist jemand schwer verletzt. Am Kopf. S-Bahn-Station Modertal. Ich? Ich heiße Max. Max Wirsing.«

Als er seinen Namen hörte, wandte Max langsam den Kopf in Richtung der Stimme. Justin hockte auf dem Boden, unweit der Schienen. Er hatte Chiara neben sich auf die Seite gelegt und ihr seinen zusammengerollten Anorak unter den Kopf gesteckt. Er streichelte ihr durch das lockige Haar. Sie lag da mit geschlossenen Augen, doch ihre Lippen zitterten, und sie stöhnte leise. Max stemmte sich auf die Knie und kroch zu ihr hinüber.

Er legte die Hand auf ihre Stirn und spürte ihre Körperwärme. Ihr Gesicht sah er nicht mehr. Es verschwamm vor seinen Augen. Er wischte sich die Tränen weg und sah sich vorsichtig um. Wo war von Bentheim? Warum hatte er plötzlich von ihm abgelassen?

Bentheim stand nicht weit von ihm. Er klopfte und strich den Schmutz von seinem Mantel und richtete seine Kleidung. Neben ihm stand eine Gestalt mit hängenden Schultern und einem verwitterten Steingesicht und zog an einer Zigarette. Köhler.

Dann überschlugen sich plötzlich die Ereignisse. Blaulichter erhellten pulsierend die Umgebung. Sanitäter hoben Chiara auf eine Bahre und trugen sie davon. Als Max ihr folgen wollte, hielt ein Polizist ihn zurück. Max schaute sich nach Justin um, doch der war wie vom Erdboden verschluckt. Zwei weitere Polizisten standen bei von Bentheim und Köhler. Dorthin wurde Max am Arm geführt.

»Meinen Sie den hier?«, fragte der Polizist. Von Bentheim nickte. »Ja, der war es. Ich war hier, um meine Tochter von der Bahn abzuholen. Da sah ich, wie er sich mit ihr gestritten hat und sie auf die Schienen warf!«

Max erstarrte. Der Vorwurf war so ungeheuerlich, dass er nach Luft rang, um Worte zu finden. »Nein!«, flüsterte er nur. »Der lügt!«

Über von Bentheims Gesicht flog ein kaltes Lächeln und er deutete auf Köhler. »Er kann bezeugen, dass ich die Wahrheit sage!«

Der Polizist schaute Köhler an. »Können Sie das?«

»Ich werde eine Aussage machen«, erklärte Köhler.

Max spürte am nachlassenden Druck im Arm, dass die Aufmerksamkeit des Polizisten nicht mehr nur ihm galt. Mit einem Ruck riss er sich los und rannte über die Schienen davon. Er sprang über einen Zaun, rutschte eine Böschung hinab und hielt auf den nächsten Gartenzaun zu. Hinter sich hörte er aufgeregte Stimmen. Neben sich eine andere. »Nicht da rüber, da suchen sie zuerst. Im großen Bogen zurück zum Bahnhof. Komm!«

Max folgte der kleinen Gestalt, die bezüglich geordneter Flucht deutlich mehr Erfahrung hatte als er. In der Tat gelang es ihnen, hinter den Rücken der Polizisten an den Einsatzfahrzeugen vorbei durch die Modertalsiedlung zu verschwinden.

»Und jetzt?«, fragte Max.

»An der Klapperwiese entlang nach Mittelerde!«

Max nickte und wollte die genannte Richtung einschlagen, als Justin ihn zurückhielt. »Moment noch!« Justin sah sich vorsichtig um. Das Haus, in dessen Vorgarten sie standen, schien hinter geschlossenen Fensterläden friedlich zu schlafen. Irgendwo in der Ferne schlug ein Hund an, aber hier im Garten blieb es ruhig. Justin pirschte sich vorsichtig an eine Mülltonne an und hob leise den Deckel. Dann begann er im Müll zu wühlen. Verständnislos sah Max ihm zu und wollte Justin gerade drängen, weiterzulaufen, als Justin ein Bündel leerer, schmieriger Mülleimerbeutel aus der Tonne zog. Er reichte Max zwei davon und sagte: »Hier! Bind dir das über die Schuhe.« Max schaute zögernd und mit angewiderter Miene auf die Beutel. Justin erklärte: »Nur für die nächsten hundert Meter. Falls sie mit Hunden kommen. Die verlieren dann die Spur.«

Max gehorchte. Es war sehr umständlich, sich mit den Tüten an den Füßen, die sich ständig lösten, fortzubewegen. Als sie am Rand der Siedlung ankamen, versenkten sie die Beutel in der nächsten Tonne. Max wollte quer über die Wiese, doch wieder hielt Justin ihn zurück. »Über den Fahrweg, da sind schon so viele Spuren im Schnee, da findet man unsere nicht heraus!«

Max nickte und schlich hinter Justin her. Auch nach Mittelerde kannte Justin eine Möglichkeit hinten herum, sodass sie keine frischen Spuren am Eingangstor hinterlassen mussten.

Im Gartenhaus schlug ihnen eine modrige, aber angewärmte Luft entgegen. Justin war heute bereits hier gewesen und hatte eingeheizt. Im Ofen war noch Glut, die den Raum schwach erhellte, nachdem Justin die Ofentür geöffnet hatte.

»Ich leg mal nichts nach, damit uns der Rauch nicht verrät«, sagte Justin, der auf eine merkwürdige Art ruhig und ganz Herr der Lage war. »Und Licht machen wir auch keins an.«

»Licht? Habt ihr hier Strom?«, fragte Max.

»Petroleum«, antwortete Justin. »Hast du Hunger?«

»Nein.« Max tastete sich zu der alten Couch vor und ließ sich darauf nieder. Kurze Zeit später spürte er Justin neben sich. Der hatte Decken mitgebracht, die er über ihnen ausbreitete. Fürsorglich stopfte er die Zipfel neben Max fest. Jetzt erst spürte Max, wie durchgefroren er eigentlich in seiner dünnen Kleidung war.

»Es war völlig bescheuert von mir abzuhauen! Jetzt glauben sie wirklich, dass ich das war«, flüsterte Max.

»Es war völlig richtig«, erklärte Justin. »Die Bullen glauben einem nie was.«

Max rang bebend nach Luft. »Und wie soll das jetzt weitergehen? Wir können doch nicht für den Rest unseres Lebens hier hocken bleiben!«

Aus der Dunkelheit kam keine Antwort und Max hatte auch nicht damit gerechnet. Daher wechselte er das Thema.

»Was hast du eigentlich so spät noch am S-Bahnhof gemacht?«

»Aus einem »o« ein »ö« und dann noch ein »r« dazu. Zumindest hatte ich das vor.«

»Du bist das? Du erneuerst die Buchstaben immer wieder? Warum tust du das?«

»Einer, den ich kannte, hat das gemacht und jetzt mach ich es für ihn weiter.«

»Aha«, sagte Max. »Jedenfalls war es großes Glück, dass du dort warst. Du hast ihr das Leben gerettet! Das werde ich dir nie vergessen!«

Es dauerte eine Weile, bis Justin antwortete: »Heißt das, dass wir jetzt Freunde sind?«

Max zögerte. Schließlich sagte er leise: »Klar sind wir Freunde.«

Er spürte, wie Justin näher an ihn heranrückte. »Hier, ich hab noch etwas für dich«, flüsterte er und drückte Max einen länglichen, kühlen Gegenstand in die Hand.

»Was ist das?«, fragte Max.

»Auf jeden Fall kein iPod. Ich weiß es nicht.«

»Wo hast du das her?«

»Es fiel aus Chiaras Jackentasche, als ich sie von den Schienen gezogen hab.«

Max erstastete kleine Knöpfe an dem Gerät. Ein grünes Lämpchen glühte auf. Dann waren Stimmen zu hören. Eine tiefe Männerstimme und eine hellere Mädchenstimme. Beide redeten aufgebracht miteinander. »Das sind Chiara und von Bentheim! Das ist ein Diktiergerät! Am Ende hat Chiara damit heute Abend alles aufgezeichnet!«

»Dann kannst du rauskriegen, warum er sie loswerden wollte«, sagte Justin sachlich.

Max brauchte nicht lange, bis er sich mit den Funktionen des Gerätes vertraut gemacht hatte, dann spulte er auf den Anfang zurück und drückte die Abspieltaste.

Von Bentheims Stimme war zu hören: Wie kommst du hier herein?

Chiara antwortete: Ich bin drin, das reicht doch!

Von Bentheim: Hör auf, so frech zu sein. Du weißt genau, dass ich dir verboten habe, diesen Raum noch einmal zu betreten.

Chiara: Du weißt bestimmt auch, dass es verboten ist, andere Leute zu beklauen! Wo ist mein Laptop? Wo sind meine Unterlagen?

Von Bentheim: Sie sind weg. Das reicht doch!

(Man hört Glas klirren. Aus einer Flasche entleert sich gluckernd Flüssigkeit.)

Chiara: So kommst du mir nicht davon! Es nützt

dir nichts, mir die Sachen wegzunehmen. Ich weiß inzwischen alles und es ist hier gespeichert. Hier!

Max konnte sich bildlich vorstellen, wie Chiara mit funkelnden Augen auf ihre Stirn deutete. Wieder ist zu hören, wie aus der Flasche nachgegossen wird.

Von Bentheim *(verächtlich)*: Was weißt du schon! Nichts weißt du, gar nichts! Du weißt nicht, wie das ist, wenn man eine Frau hat, von der man plötzlich erfährt, dass sie diese teuflische Krankheit hat und dass sie es auch noch mit 50 Prozent Wahrscheinlichkeit an ihr Kind weitergibt. Man ist wie benommen und hofft, dass das alles nicht wahr ist!

Chiara *(etwas ruhiger)*: Doch, ich kann mir das schon vorstellen. Ich habe mich sehr genau erkundigt, wie Morbus Huntington verläuft und wie elend man daran stirbt. Ja, ich kann mir sehr gut vorstellen, was die Diagnose damals für euch bedeutet hat, ausgerechnet während der Schwangerschaft.

Von Bentheim (*Trinkgeräusche sind hörbar, dann räuspert er sich. Seine Stimme klingt zynisch*): Wenn du dir das alles so gut vorstellen kannst, solltest du es dabei belassen und endlich Ruhe geben.

Chiara (*mit kühler Ruhe*): Nein, das werde ich nicht tun.

Von Bentheim (*aufgebracht*): Ach und warum nicht? Maurice ist tot.

Chiara: Aber Max lebt und Max hat ein Recht darauf ...

Von Bentheim (*fährt wütend dazwischen*): Max hat kein Recht auf irgendetwas.

Chiara: Er ist dein Sohn. Er ist Maurice' Zwillingsbruder. Es sind zweieiige Zwillinge. Ihr hattet für beide Kinder Gentests anfertigen lassen. Es kam heraus, dass der eine das Gen in sich trägt und der andere nicht. Du hast damals der Wiesner den Auftrag gegeben Max zu töten, weil du dachtest, dass er dieses Gen geerbt hat. Doch sie hat die Tat nicht ausgeführt. Sie hat ihn in der Uniklinik ausgesetzt. Und du hast geahnt, dass es so war. Du wusstest von Anfang an, dass dein zweiter Sohn lebt und hast dir nicht die Mühe gemacht, ihn zu finden!

Von Bentheim (*lacht böse auf. Dann plätschert erneut Flüssigkeit in ein Glas*): Ich hatte nicht vor, ihn zu finden. Meinst du ich habe Lust, mir dieses langsame Verrecken noch einmal anzuschauen? Das kann man keinem zumuten!

Chiara (*ruhig*): Max trägt die Krankheit nicht in sich. Maurice war Genträger, und er wusste es.

Von Bentheim (*lacht und schreit*): Jetzt redest du den gleichen Unsinn wie diese, diese ...

Chiara (*immer noch sehr ruhig*): Wiesner. Brigitte Wiesner.

Von Bentheim: Genau! Die wollte mir nach Jahren auf einmal weismachen, sie hätte die Kinder damals vertauscht und das Gesunde ausgesetzt, weil sie meinte, man könne unwissenden Adoptiveltern nicht zumuten, einen Sohn zu haben, der noch vor ihnen elend stirbt. Das wollte sie dann lieber mir zumuten aus stiller Rache und weil ich ja genug Geld hätte, das Pflegeheim zu bezahlen. Ach! Alles dummes Geschwätz! Sie hat gelogen. Sie wollte nur noch ein bisschen mehr Geld aus mir herauspressen, damit sie sich eine teure Therapie in den USA leisten konnte.

Chiara: Sie hat nicht gelogen. Ich finde diese Argumentation sehr plausibel und kann das gut nachvollziehen.

Von Bentheim: Jetzt rede nicht so gestelzt daher. Ich kann beweisen, dass sie gelogen hat.

Chiara: Und wie?

(Man hört Schritte im Raum. Schlüssel klirren. Eine Schublade wird geöffnet. Man hört metallisches Klappern, als sei eine Stahlkassette geöffnet worden.)

Von Bentheim: Wir haben die Proben damals mit Codenamen verschlüsselt und an verschiedene Labors geschickt. Die Kinder hatten unterschiedlich farbige Armbänder. Es gab Nummer 1, rot, und Nummer 2, grün. Hier siehst du das Ergebnis der Untersuchung: Nummer 2, grün, ist Genträger und Nummer 1, rot, nicht. Und hier siehst du das rote Band, das Maurice ums Handgelenk trug. Ich habe es ihm selbst abgenommen.

(Eine Weile ist nichts zu hören)

Chiara: Das Band ist nicht das richtige. Es ist eine Fälschung und wurde gegen das grüne ausgetauscht. Du konntest die Wiesner damals doch gar nicht ständig unter Beobachtung halten.

Von Bentheim: Wie kommst du darauf?

Chiara: Auf dem echten Band ist die Zahl 1 eingetragen. Hier ist nichts drauf geschrieben.

Von Bentheim: Gib her!

Chiara *(ihre Stimme hebt sich wieder)*: Und die Wiesner hat Maurice damals die Wahrheit gesagt. Deshalb war er plötzlich so verändert. Deshalb hat er nach seiner Mutter gesucht und sich ihren Zustand angesehen. Und deshalb hat er sich wahrscheinlich umgebracht. Weil er damit völlig allein da stand. Und der Einzige, der das hätte ändern können, warst du! Du bist schuld an seinem Tod!

Von Bentheim *(Schluckgeräusche sind hörbar, redet dann mit müder Stimme)*: Wenn jemand schuld ist, dann diese Wiesner.

Chiara *(lacht böse auf)*: Ja, so ist das bei dir immer, alle anderen sind schuld! Dabei hat die Wiesner verzweifelt versucht, ihren Fehler wieder gutzumachen. Sie hat der Wahrheit eine Chance geben wollen.

Von Bentheim *(ironisch)*: Ach ja, und wie hat sie das gemacht, diese edle, reuige Sünderin?

Chiara: Sie hat ja mitbekommen, dass ihr euer Kind Maurice nennen wolltet. Da hat sie das andere Kind Max genannt und den Hinweis auf den Namen in die Tasche gepackt, in der sie das Kind ausgesetzt hat. Sie hielt den Namen für passend. Maximillian und Maurice. Max und Moritz. Sie hat aus einem Wilhelm-Busch-Buch die erste Seite der Max-und-Moritz-Geschichte herausgerissen und durch Streichungen so manipuliert, dass ein Text dabei herauskam, der angedeutet hat, dass zwei Kindern mit diesen Namen von anderen Böses angetan wurde. Damit hat sie auch einen Hinweis darauf gegeben, dass die beiden Jungen etwas miteinander zu tun haben.

Von Bentheim: Woher willlst du das alles wissen? Das ist pure Fantasie und ich glaube dir kein Wort.

Chiara: Das Buch, aus dem sie die Seite herausgerissen hat, stand in Maurice' Bücherregal! Max hat eine Fotokopie von dieser Seite. Das Original ist in den Unterlagen des Jugendamtes. Außerdem lag in dem Buch das grüne Band mit der Nummer 2, das Maurice, der eigentlich Max war, als Baby ums Handgelenk hatte.

(Ein Poltern ist zu hören. Von Bentheims Stimme erklingt ganz nah am Aufnahmegerät): Wo ist dieses unselige Buch?

Chiara *(kühl)*: Ich habe es an einem sicheren Ort deponiert. Im Buchdeckel steht fein säuberlich *Friederike von Bentheim*.

Von Bentheim *(bemüht sich um Artikulation, dennoch bedrohlich):* Und jetzt glaubst du, damit etwas beweisen zu können? Gar nichts kannst du damit beweisen! Das ist alles nachträglich konstruiert! Aber ich lass mich nicht auf so plumpe Art hereinlegen. Von der Wiesner nicht und von diesem Max erst recht nicht. Das kannst du ihm ausrichten! Er ist es doch, der dir den Auftrag gegeben hat, hier herumzuspionieren!

Chiara: Hat er nicht! Max ist mein Freund. Anfangs hatte ich mir gar nicht erklären können, warum es dir nicht recht ist, dass ich mich so gut mit ihm verstehe! Deine Reaktion damals, als ich mit ihm in Maurice' Zimmer stand! Du hast ihn sofort erkannt, nicht wahr? Damals hatte ich mir deinen erschreckten Gesichtsausdruck damit erklärt, dass er dich an Maurice erinnerte. Zuerst glaubte ich wirklich, dass die Ähnlichkeit zwischen Max und Maurice purer

Zufall ist. Aber dann habe ich alles herausgefunden, Stück für Stück.

Von Bentheim: Und was willst du jetzt damit anfangen? Hast du das mit ihm ausgeheckt? Versuchst du über ihn an mein Erbe heranzukommen? Ist das dein Plan, weil ich dich nicht adoptiert habe?

Chiara: Was anderes fällt dir dazu nicht ein? Ich will dein Scheißgeld und deine Scheißfirma nicht, aber ich will verdammt noch mal, dass du dich zu deinem Sohn bekennst und den Schaden wiedergutmachst, den du angerichtet hast.

Von Bentheim: Was soll das denn heißen?

Chiara *(außer sich vor Wut)*: Du warst es doch, der ihm das Haus über dem Kopf angezündet hat. Du bist plötzlich auf die Idee gekommen, dass die Wiesner ihre Beweise bei der alten Frau Wirsing hinterlegt haben könnte. Da wolltest du auf Nummer sicher gehen. Du bist so ein elendes Schwein! Du ahnst, dass er dein Sohn ist und nimmst in Kauf, dass er im Feuer umkommt. Aber vielleicht war das ja auch dein eigentlicher Plan. Du wolltest Max vernichten! Du wolltest das, was die Wiesner nicht getan hat, zu Ende bringen.

Von Bentheim: Du hast keine Beweise für deine Unterstellungen! Der Kerl bekommt von mir keinen Cent.

Chiara: Er hat aber einen Anspruch darauf. Er ist dein Erbe, ob du das willst oder nicht!

Von Bentheim: Er ist krank!

Chiara: Er ist dein Sohn! Und wenn er krank wäre, hättest du das Geld, seine Pflege zu bezahlen!

Von Bentheim: Mein Sohn ist tot! Und diesen da, der dich geschickt hat, mir seine Ansprüche mitzuteilen, den will ich nicht. Der existiert für mich nicht!

Chiara: Er hat mich nicht geschickt! Er weiß gar nichts davon. Ich hatte gehofft, dass du in dem Gespräch mit mir zur Vernunft kommst. Dass du zu ihm gehst und ihn und seine Familie beim Neubau ihres Hauses unterstützt. Es wäre ein Klacks für dich, seinem Vater Arbeit zu geben. Wenn du das alles tust, kann ich vielleicht einiges für mich behalten.

Von Bentheim: Ach, erpressen willst du mich auch noch? Hör mal gut zu, ich will mit diesen Leuten nichts zu tun haben! Keinen Cent habe ich gesagt!

Chiara: Er ist dein Sohn, ob du willst oder nicht! Und er ist dein Erbe.

Von Bentheim: Für mich ist er ein Fremder. Die Verhältnisse, unter denen er aufgewachsen ist, befähigen ihn vielleicht mal dazu, ein kleiner Angestellter oder Handwerker zu werden, aber sicherlich nicht, eine Firma zu führen. Das wird eines Tages Michelle übernehmen. Ich brauche diesen Erben nicht. Und an der Art, wie du dich hier aufführst, merke ich, wie gut ich daran getan habe, dich nicht zu adoptieren.

Chiara: Ja, dafür bin ich dir auch dankbar. Aber so leicht kommst du mir nicht davon. Ich werde Max alles erzählen.

Von Bentheim: Was hast du davon?

Chiara: Gerechtigkeit! Ein einfacher Gentest wird beweisen, dass du sein Vater bist.

Von Bentheim: Ich werde einen Vaterschaftstest verweigern.

Chiara *(lacht böse auf)*: Das kannst du gar nicht. Außerdem, vergisst du, dass ich in diesem Haus wohne. Deine Gene liegen hier überall herum. Da brauchst du nichts abzugeben, das besorge ich gerne!

Von Bentheim *(brüllt)*: Das wirst du nicht tun.

(Ein Stuhl fällt polternd um.)

Chiara: Wie willst du das verhindern?

Von Bentheim: Das wirst du gleich sehen!

Chiara *(schreit verzweifelt)*: Nicht! Lass mich, du hast zu viel getrunken. Du tust mir weh. Nicht!

(Ein Gegenstand poltert dumpf zu Boden. Glas klirrt. Das Gerät schaltet sich plötzlich aus.)

Max legte das Gerät beiseite. Im Ofen knisterte die Glut. Justin schmiegte sich noch dichter an ihn. »Er ist auf sie losgegangen wie ein wilder Stier«, flüsterte er. »So sind sie immer, wenn sie besoffen sind.«

Max legte den Arm um Justin. Dann sagte er beklommen: »Hast du gehört? Maurice war mein Bruder.«

»Für mich war er manchmal auch wie ein großer Bruder«, erklärte Justin.

»Ihr habt euch wohl gut verstanden. Nach Mittelerde lässt du nicht jeden, oder? Aber ihm hast du vertraut.«

»Ja. Nur ihm. Aber dann wollte er auf einmal *sie* mit hierher bringen.«

»Wen?«

»Annalena.«

»Und das war dir nicht recht?«

»Nein. Er hat es aber trotzdem gemacht und mich weggejagt, damit er alleine mit ihr sein konnte. Sie war ihm viel wichtiger als ich. Er hat mir mein Mittelerde wegnehmen wollen! Er hat gesagt, er lässt sich von keinem mehr was sagen und nimmt sich, was er will, von wem er will und so oft er will. »

»Das hat dich bestimmt ganz schön wütend gemacht. Aber jetzt, wo wir das Band gehört haben, verstehst du ihn vielleicht ein bisschen. Er hat geglaubt, dass er früh sterben würde, weil er eine schreckliche Erbkrankheit hatte.«

»So ganz habe ich das nicht verstanden, was die da geredet haben.«

»Ich schon. Aber ich wusste auch, worum es geht. Auf jeden Fall wissen wir jetzt, warum Maurice sich umgebracht hat.«

»Das hat er nicht.«

»Was?«

»Er hat sich nicht umgebracht. Er wurde gestoßen.«

Ruckartig setzte Max sich auf. Er packte Justin an beiden Oberarmen und drehte ihn zu sich. »Was redest du da?«

Max spürte, wie Justins Körper plötzlich zu zittern begann. Ob er weinte, war in der Dunkelheit nicht zu erkennen. Max tastete mit den Fingerspitzen über Justins Gesicht. Es war trocken. Dennoch kam so etwas wie ein Schluchzen aus seiner Kehle. Dann folgten Worte. Sie kamen zögerlich und tonlos aus Justin heraus, wie eingesperrte Vögel, denen man plötzlich das Flugloch öffnete.

»Ich war drüben im Reitstall. Da kriegst du ein paar Cent. Fürs Ausmisten. Da höre ich Annalena. Sie labert mit ihren Tussen über Maurice und Sex. Sie hat abgelästert über mich und meine verlauste Hütte. Sie hat Mittelerde beleidigt! Da hab ich ihr später das Handy aus ihrem Putzkoffer geklaut. Maurice hab ich damit nachts zur S-Bahn bestellt. Wollte ja nur wissen, ob er immer kommt, wenn sie ihn haben will. Er ist hingegangen. Ich hab ihn getroffen. Mich hat er weggeschickt. Aber ich bin ihm bis zur Bahn nachgeschlichen. Er stand da so komisch an der Kante. Und hat nach dem Zug gesehen. Er stand wie einer, der gleich springen wird. Plötzlich wollte ich das. Ich wollte, dass etwas ganz Schlimmes passiert. Das ist bei mir manchmal so. Es ist wie Armritzen, verstehst du? Du willst was ganz Starkes spüren, was dich zerreißt, weil du es sonst nicht mehr aushältst. Dann dachte ich daran, dass er Mittelerde verraten hat und habe ihn gestoßen.«

In einem ersten Implus wollte Max den Kleinen am liebsten schütteln und anschreien. Er hatte Mühe sich zu beherrschen. Doch dann spürte er, wie er zunehmend erstarrte. Die Glut im Herd knisterte. Sie war zu Asche zusammengesunken und es war fast vollständig finster geworden. So fühlte sich Max gerade: wie Asche in einer unendlichen Finsternis.

Nach langer Zeit konnte er wieder sprechen. Seine Stimme klang rau und zittrig, als hätte er vergessen, wie man Worte formt. »Du hast mir gerade erzählt, dass du meinen Bruder umgebracht hast.«

Justin sagte kein Wort. Er drängte sich an Max heran und griff nach seiner Hand. Max zog die Hand weg und spürte, wie die kleine Gestalt an seiner Seite zitternd in sich zusammensackte. Max legte seinen Arm um die knochigen Schultern und zog Justin an sich heran. Jetzt spürte er, dass es nass wurde an seiner Brust.

»Ich habe dir das nur erzählt, weil du mein Freund bist. Und Freunde verrät man nicht!«, schluchzte Justin.

Max hatte das Gefühl, Justins Körper läge wie ein Eisengewicht auf ihm. Er atmete mühsam dagegen an.

Freitag, der 8. Februar

Heute ist nach allem Unglück ein absoluter Glückstag! Heute Mittag durfte ich das erste Mal Chiara besuchen. Inzwischen geht es ihr wieder einigermaßen. Sie redet ganz langsam. Das Wichtigste ist: Sie hat mich erkannt und sich gefreut, mich zu sehen. Sie liegt auf der neurologischen Station in der Uniklinik.
Als ich dort zum Haupteingang reinkam, hatte ich einen irren Flash. Plötzlich sah ich, wie eine Frau mit so einer Babytragschale an mir vorbeigeht und hinter einer Klotür verschwindet. Mir wurde auf einmal ganz flau. Aber völlig dizzy war ich eh schon wegen Chiara. Eine Woche lang lag sie in einer Art künstlichem Koma. Dann durfte nur ihre Mutter zu ihr. Chiara hat einen Schädelbruch. Franca hat erzählt, dass sie vermutlich

bei dem Streit mit Gero gegen die Kante von so einem Metalltisch gefallen ist. Die Polizei ermittelt gegen ihn wegen schwerer Körperverletzung. Er sagt, alles wäre nur ein Unfall gewesen. Sie wäre von der Bibliotheksleiter gefallen, als sie sich ein Buch ganz oben aus dem Regal nehmen wollte. Mann, der lügt sich was zusammen!

Das Diktiergerät habe ich bei der Polizei abgegeben. Ich bin zusammen mit Kurt Herold hingegangen und habe ihnen meine Version erzählt. Ich hatte ziemlich Schiss, dass sie mich gleich in Handschellen legen, doch Kurt hat mir Mut gemacht.

Eine echte Überraschung gab es außerdem noch: Die Polizisten haben mir auch deshalb so schnell geglaubt, weil meine Aussage gestützt wurde, und zwar durch die Schilderungen von Ernst Köhler. Man glaubt es nicht, aber er hat mich rausgehauen. Kurt hat mir dann später gesteckt, was seine Kollegen ihm erzählt haben. Köhler muss völlig fertig gewesen sein, dass Gero von Bentheim Chiara etwas antun wollte und hat deshalb reinen Tisch gemacht.

An dem Abend hat er den Streit gehört. Als es dann diesen Riesenschlag gab und es anschließend still war, wurde es ihm mulmig, und er ist in das Arbeitszimmer gegangen. Die Terrassentür stand offen. Er sah von dort aus, wie von Bentheim Chiara ins Auto lud. Sofort ist er hinterher, hat sie aber erst aus den Augen verloren und dann später am Bahnhof das Auto entdeckt. Dann hat er alles so erlebt, wie ich es erlebt habe.

Der Polizei hat er erzählt, dass von Bentheim ihm vor zwei Jahren viel Geld gegeben hat, damit er das Haus

von der Wiesner ansteckt. Er sagt, von Bentheim hätte ihm erzählt, die Wiesner sei an dem Abend nicht zu Hause und er will die Versicherung kassieren, er hätte das Haus gekauft. Unser Haus, meint Köhler, hätte er nicht angesteckt, das müsste von Bentheim selbst gewesen sein. Er verdächtigt ihn, weil mehrere Flaschen Grillanzünder plötzlich aus dem Gartenschuppen verschwunden waren. Ob das aber ein Beweis ist, ist fraglich.
Übrigens hat Köhler der Polizei auch gesagt, dass er der anonyme Spender ist, der auf unser Brandkonto so viel Geld eingezahlt hat. Aber das ist »top secret«, hat Kurt gesagt.
Kurt und Andreas sind der Meinung, dass Bentheim sich mit einem guten Anwalt von den meisten Anschuldigungen wird befreien können. Einiges ist verjährt und vieles ist nicht eindeutig zu beweisen.
Chiara kann sich an nichts mehr erinnern, was unmittelbar vor ihrer Schädelverletzung passiert ist. Der Bentheim muss wahrscheinlich noch nicht mal ins Gefängnis. Auch jetzt wohnt er gemütlich zu Hause. Fester Wohnsitz nennt man das. Allerdings wohnt er jetzt ziemlich allein in seinem Schloss. Köhler hat gekündigt. Franca (mit der ich mich jetzt duze) hat die Scheidung eingereicht und wohnt mit Michelle im Hotel, bis Chiara wieder reisefähig ist. Dann wollen sie alle nach Monza ziehen. Das ist ein herber Schlag für mich. Allerdings haben sie mich schon eingeladen, sie dort zu besuchen.
Meine größte Sorge ist im Moment, wie das mit Justin weitergehen soll. Er hängt an mir wie eine Klette und

wartet sehnsüchtig jeden Hundespaziergang ab, um mich zu begleiten. Irgendwie bin ich hin- und hergerissen. Genau genommen ist er der Mörder meines Bruders. Das ist schon ziemlich heavy. Andererseits: Kann er wirklich was dafür? Eigentlich ist er doch irgendwie gestört oder krank oder so was. Dann denke ich, dass ich ihm helfen sollte und geh die Extrarunden, auch deshalb, weil es mir selber guttut, wenn ich mir das alles ein bisschen von der Seele laufen kann. In der Schule reden sie inzwischen schräg über mich und meinen, ich hätte es wohl mit kleinen Jungs. Kaum bringst du mal etwas anderes als der Mainstream, schon fallen sie über dich her wie die Vampire. Bei den Herolds habe ich Internet und kann sehen, was so täglich abgelästert wird.
Mit Renate Herold habe ich, ohne Namen zu nennen, mal so rein theoretisch darüber geredet, wie man jemandem wie Justin helfen kann. Sie hat mir von ihrer Arbeit beim Jugendamt erzählt, von Eltern, die ihre Kinder halb tot prügeln, verhungern lassen oder einfach nur vernachlässigen. Es fielen Worte wie Inobhutnahme und Psychiatrie. Weder da noch dort könnte ich mir Justin vorstellen. Da ist er auf dem Hundespaziergang mit mir oder in Mittelerde vielleicht doch besser aufgehoben. Und auch wenn seine Eltern ziemlich oft besoffen sind, so hat er dort doch wenigstens so etwas wie ein Zuhause und seine Familie. Trotzdem, auf Dauer muss es eine Lösung für ihn geben und ich bin echt überfragt, welche das sein könnte.
Noch was bedrückt mich, und ich habe es ziemlich genau mit meinen Eltern besprochen. Ist dieses grüne

Bändchen mit Nummer 2, das Chiara in dem Buch gefunden haben will, wirklich ein Beweis, dass die Wiesner Maurice und mich damals vertauscht hat? Bin ich wirklich derjenige von uns beiden, der das Gen nicht trägt? Soll ich also diesen Gentest machen lassen, um das herauszufinden oder lebt man besser damit, wenn man es nicht weiß? Das ist eine harte Entscheidung und ich habe sie erst einmal vertagt. Eines jedenfalls weiß ich: Egal, was kommt, ich habe Eltern, die zu mir halten werden und das ist ein gutes Gefühl.
Das Max-und-Moritz-Buch hat man übrigens nicht gefunden. Chiara kann sich nicht mehr erinnern, wo sie es versteckt hat, vermutlich irgendwo im Bentheim-Schlösschen. Ich stelle mir gerne vor, wie der alte Bentheim mit Schaum vor dem Mund und mit Brecheisen und Schraubenzieher bewaffnet nach und nach sein Schloss zerlegt. Das wäre dann so eine Art Fluch, der ihn bis an sein Lebensende begleitet. Leider kann es aber auch sein, dass er das Buch längst gefunden und entsorgt hat.
Noch eine Problemfrage habe ich vertagt. Soll ich eines Tages vor Gericht ziehen und mein Erbe einklagen oder soll ich großzügig darauf verzichten? Wenn ich nicht darauf verzichte, müsste ich immer damit rechnen, dass mein Mördervater mich doch noch aus dem Weg räumen will. Aber traut er sich das noch, wo der Verdacht dann eindeutig auf ihn fallen würde? Ein bisschen mulmig ist mir trotzdem.

So, jetzt kommt noch ein absolutes Masterpiece auf mich zu. Ich werde nämlich in diesem Tagebuch all die

Passagen ergänzen, zu denen ich noch nichts geschrieben habe, sodass das Ganze wirklich wie so eine Art Roman die Geschichte von Max und Maurice erzählt. Keine Sorge! Ich will damit keinen Bestseller landen, sondern ich habe etwas viel Wichtigeres damit vor.

Epilog

Max stand in der Hotelhalle und sah sich suchend um. Dann entdeckte er sie. Sie war so schmal und zart geworden.

»Max«, rief sie und lief auf ihn zu.

Schorsch, der sofort an ihr hochsprang, verhinderte, dass sie ihrem Freund um den Hals fallen konnte. Sie streichelte den Hund, drückte ihn sanft nach unten und richtete sich vor Max auf. Etwas unschlüssig standen sie voreinander.

»Eigentlich hasse ich Abschiede«, sagte sie mit feuchten Augen.

»Ich auch«, grunzte Max, dem es endgültig die Sprache verschlagen hatte und der ebenfalls mit den Tränen kämpfte.

Doch noch bevor er etwas sagen konnte, tauchten Franca und Michelle mit Taschen und Rucksäcken beladen auf. Er ging mit in die Tiefgarage und half, das Handgepäck im Auto zu verstauen. Die großen Koffer waren bereits vom Hotelpersonal eingeladen worden. Dann verabschiedete Max sich artig mit Handschlag und Küsschen auf die Wange von Franca und ihrer kleinen Tochter. Während Franca hinter dem Steuer Platz nahm, kletterte Michelle auf den freien Rücksitz. Der Platz neben ihr war hoch beladen.

Plötzlich zog Chiara Max hinter eine Säule. Sie schlang die Arme um seinen Hals, küsste ihn und drückte ihn fest an sich. Max fühlte sich so schwer und unförmig, als sei er aus Wasserschläuchen gebaut. Auch seine Zunge hing wie ein dicker Klops im Mund. Sprechen ging nicht mehr. Wie unendlich tief kann einen Traurigkeit hinabziehen?

Chiara hatte sich schneller wieder im Griff. Sie ließ ihre Tränen einfach laufen. »Mach's gut, Max, lieber, lieber Max«, flüsterte sie. Dann drückte sie ihm ein kleines, sorgfältig eingepacktes Geschenk in die Hand. »Hier, aber erst öffnen, wenn ich weg bin.«

Max nickte schwankend. Sein Hals saß auf einem meterhohen Turm. Dann erinnerte er sich und begann äußerst umständlich seinen Rucksack abzulegen und daraus ebenfalls ein etwas weniger ordentlich eingewickeltes Päckchen hervorzuziehen. Eigentlich wollte er dazu etwas sagen, doch das klappte nicht. Chiara verstand auch so, dass sie erst später auspacken sollte.

Dann war sie auf einmal verschwunden. Wie in Zeitlupe sah Max den Wagen aus der Garage davonfahren. Hände winkten. Seine Hand war leider aus Blei und ließ sich nicht heben. Irgendwann riss ihn Schorschs Gebell aus der Erstarrung und er machte sich schleppend auf den Heimweg.

Als er mit der S-Bahn in Modertal angekommen war, lief er nicht gleich zur Siedlung, sondern setzte sich auf eine Bank neben dem Bahnhofsgebäude. Dort drüben auf dem Bahnsteig unter dem Schild hatte einmal ein Berg Blumen gelegen. Für Maurice. Eigentlich bin ich das, dachte er. Hier war er Chiara zum ersten Mal begegnet. Vorsichtig öffnete er das Päckchen. Es enthielt einen aufklappbaren Bilderrahmen mit drei Bildern. In der Mitte war das Foto von einer blonden, freundlichen Frau, die er noch nie gesehen hatte und die sich sanft an den Hals eines Pferdes schmiegte. Links war ein Bild von Maurice. Es war ein Porträtfoto, das ihn mit leicht verwehten Haaren zeigte. Er lächelte den Betrachter herausfordernd und zugleich ein wenig versonnen an. Das rechte Bild zeigte Max in einer sehr ähnlichen Kopfhaltung mit wehenden Haaren und demselben Lächeln. Max klappte das Album wieder zu. Er dachte an Chiara, die jetzt irgendwo auf der Autobahn unterwegs war und in einem Buch blätterte, das er mit der Hand geschrieben hatte.

Quellenangaben:

S. 11 Rainer Maria Rilke, »Schlussstück« aus: Das Buch der Bilder, 1916

S. 223 Wilhelm Busch, Gesamtwerk in sechs Bänden, Lizenzausgabe des Deutschen Bücherbundes, Stuttgart, Hamburg, München, Bd. 1, S. 197

Doris Bezler

Blinder Rausch

304 Seiten, ISBN 978-3-570-16142-5

Leonie wacht im Schilf des Stadtparkweihers auf. Ihre Kleidung ist zerrissen und blutverschmiert. Doch es ist nicht ihr Blut, sie ist unverletzt ... Unter Schock versucht das Mädchen zusammen mit ihrem Kumpel Niklas die Nacht zu rekonstruieren. Da war die wilde Party bei Frederik. Viel Alkohol, Kokain – und dann ist da nur ein Filmriss. Als Leonie erfährt, dass die Leiche von Denise im Stadtpark gefunden wurde, ihrer Rivalin im Kampf um die Gunst des Gastgebers, ist sie kurz davor, durchzudrehen. Mit Niklas macht sie sich auf die Suche nach der Wahrheit. Was aber, wenn er mehr weiß als er zugibt? Ist er der Mörder? Ist sie es? Plötzlich gibt es einen weiteren Toten ...

20141

www.cbt-jugendbuch.de

Christina Stein

Stumme Angst

288 Seiten, ISBN 978-3-570-16265-1

Anna wird seit Tagen gefangen gehalten. Ihr Ex-Freund Natan hat sie jahrelang gestalkt, jetzt hat er sie in seine Gewalt gebracht. Was hat er mit ihr vor? Was ist sein dunkles Geheimnis? Liam fahndet verzweifelt nach seiner verschwundenen Freundin Anna. In ihren Unterlagen findet er acht Zeichnungen von Ex-Freunden. Liam beschließt, alle acht aufzusuchen, um jeden noch so kleinen Hinweis auf Annas Verbleib zusammenzutragen. Ein gewisser Natan steht auch auf seiner Liste ... Marie, Annas beste Freundin, hilft Liam so gut sie kann bei der Suche und kümmert sich rührend um den Verzweifelten. Aber nur sie weiß, was sonst keiner weiß: dass Natans und Annas Eltern einst bei demselben Autounfall ums Leben kamen.

20176

www.cbt-verlag.de